【新訳】

チェーホフ短篇集

チェーホフ
沼野充義［訳］

集英社

新訳　チェーホフ短篇集／目次

女たち

子供たち（とわんちゃん一匹）

死について

愛について

装丁　大久保伸子
装画・挿絵　北村　人

【新訳】
チェーホフ短篇集

女たち

チェーホフは謹厳実直な堅物だった、それに病弱だったので女性にはあまり縁がなかっただろう、などと思われがちだが、これは完全な誤解である。彼は冗談好きの陽気な南方気質の持ち主だったし、背の高い美男子だった。

しかも才能のある有名人、とくれば、世のミーハーな女性たちに放っておかれるわけがない。チェーホフは「男と交際しない女は色褪せる。女と交際しない男は馬鹿になる」と『手帖』に書き留めているが、これも男女の機微に通じた粋人ならではの名言だろう。実際、彼の生涯を彩った女性たちは何人もいたし、彼の姿を一目見たいという「追っかけ」の女性たちまで現れて、ヤルタに押しかけてきたほどだ。

しかし、彼の女性関係には不可解なパターンがあった。美女たちとの付き合いを貪欲に楽しもうとする反面、誰からも一定の距離を置いて、のっぴきならない関係に陥ることを慎重に避け続けたのだ。「彼の生涯には、せめて一度でも大いなる愛があっただろうか」と後に問いかけたのは、チェーホフと親しかった後進の作家イワン・ブーニンである。

人々の愛のかたちを精確に観察しながらも、自分が観察の目にさらされることは耐えられない——チェーホフはそんな潔癖な人間だった。

かわいい

退職した八等官プレミャンニコフの娘、オーレンカ、つまりオリガちゃんは、自宅の中庭におりる玄関口の階段に腰をおろして、考え込んでいた。暑くて、ハエがしつこくつきまとってきたが、もうすぐ夕方だと思うとうきうきした。東から黒い雨雲が迫っていて、ときおりそちらから湿った空気が漂ってくる。

中庭の真ん中に立って、空を見つめていたのはクーキンだった。彼はティヴォリという遊園地を経営する興行師で、同じ屋敷の別翼にある離れを間借りしていた。

「またか!」クーキンはやけになっていた。「またしても雨! 毎日毎日雨ばっかり。まるでわざとみたいに。死ねっていうのか。これじゃ破産だ。毎日恐ろしい赤字だ」

そして手をぴしゃりと打ち合わせ、オリガちゃんのほうを向いて続けた。

「いやはや、お嬢さん、とんだ暮らしですよね。泣きたくなります! あくせく働いて、苦労して、夜も寝ないで、なんとかよくならないか、といつも考えているっていうのに、どうです。ひとつには、観客が無知で野蛮だっていうことがある。最高のオペレッタとか、芝居とか、すばらしいお笑い芸人を出したところで、むだでしょう。こんな観客に何がわかるっていうんです。観客が求めているのは、くだらない見世物小屋なんだ。連中には俗悪なものを与えていればいい。もうひとつには、この天気を見てください！　五月の十日に降り出したら、その後、五月も六月もずっとだ。最悪ですよ！　客は来ないのに、借地料だって、芸人の給料だって払わなけりゃならない」

翌日も夕方にまたもや雨雲が迫ってきて、クーキンはヒステリックな高笑いをした。

「やれやれ。もうどうにでもなれ！　遊園地なんか水びたしになればいいんだ。いっそこの俺も水びたしにしろ！　この世でもあの世でも、幸せなんか、なくってかまわない。芸人たちは俺を訴えりゃいい。裁判がなんだ。シベリア送りだって、断頭台だって怖くないさ！　ハ、ハ、ハ！」

その次の日も同じことだった。

オーレンカは男の話にじっと真剣に聞きいり、その目に涙が浮かぶこともあった。しまいに彼女はクーキンの災難に心を動かされ、彼が好きになってしまった。背が低く、やせこけ、黄色い顔をし、もみ上げをなでつけていて、弱々しく甲高い声で話す男だった。そして話すときは、口を歪《ゆが》めた。その顔にはいつも絶望の色が浮かんでいたけれども、いつも彼女に本物の、深い気持ちを呼び起こすのだった。彼女はいつだって誰かのことが好きで、好きな人なしではいられなかったのだ。以前好きだったのは自分のパパだったが、いまではそのパパも病気になり、暗い部屋で肘掛け椅子に座り、苦しそうに息をしている。それから、二年に一度くらいブリャンスクからやってくるおばさんのことも好きだった。もっと昔、中学生だったころはフランス語の男の先生が好きだった。彼女はもの静かで、おっとりとした気立ての優しいお嬢さんで、おとなしく柔らかいまなざしをし、健康そのものだった。そのふっくらしたバラ色の頬や、黒いほくろがぽつんと見える白くてむっちりした首すじ、そして何か楽しいことを聞くとき彼女がいつも顔に浮かべる気のよい無邪気なほほえみを眺めながら、男たちは「いや、悪くないね……」と思い、やっぱりほほえみを浮かべたものだった。一方、ご婦人のお客さんたちはこらえきれず、会話の最中にいきなり彼女の手をつかみ、嬉しさにわれを忘れてこう言うのだった。

「かわいい!」

彼女が生まれてからずっと住んでいる、遺言状でも彼女の名義になっているこの家は、町外れのジプシー村にあって、ティヴォリ遊園から遠くなかった。毎日、夕方から夜ふけまで、遊園地で演奏される音楽や、ぽんぽんはじける花火の音が聞こえてきて、彼女はクーキンが自分の運命と戦い、敵の大将、つまり無関心な観衆に突撃しているような気がした。心臓が甘くとろけるようで、全然眠くなかった。そして、明け方になって彼が家に帰ってくると、彼女は寝室の窓をそっと叩き、カーテン越しに自分の顔と片方の肩だけを見せて、優しくほほえむのだった……。

男からプロポーズがあり、二人は結婚した。そしてオリガちゃんの首すじや、健康そうなぽっちゃりとした肩をしっかり見とどけたとき、彼は手をぴしゃりと打ち合わせて言った。

「かわいい！」

彼は幸せだった。しかし、結婚式の当日の昼も夜も雨が降ったので、その顔から絶望の色は消えなかった。

結婚式の後、二人は仲よく暮らした。彼女は切符売り場に座って、遊園地が万事うまくいくよう目を光らせ、出費を記帳し、給料を渡した。そのバラ色の頰と、愛らしく、無邪気で後光にも似たほほえみは、ここと思えばまたあちら、切符売り場の窓や、楽屋や、軽食堂《ビュッフェ》にちらちら見え隠れした。そして彼女は知り合いに、この世で一番すばらしく、一番大切で、一番必要なものは芝居であって、本物の楽しみを味わい、教養ある人情豊かな人間になることができる場所は劇場だけだ、とまで言うようになっていた。

「お客さんたちにこれがわかるかしら？」と、彼女は言った。「お客さんたちが求めているのは、くだらない見世物小屋なんです！　昨日は『裏返しのファウスト』を上演したのに、客席はほとんどがらがら。でもうちのイワンちゃんといっしょに何か俗悪なものを出したら、劇場は大入り満員になるんですよ。明日はうちのイワンちゃんといっしょに『地獄のオルフェウス』をかけます。見に来てくださいね」

そして、クーキンが俳優について言うことを、彼女もそっくりそのまま繰り返すのだった。夫と同様彼女も、観客が芸術に対して無関心だとか、無知だとか言って、彼らをばかにした。

リハーサルにも口を出し、俳優たちにダメを出し、音楽家の品行を見張り、地元の新聞に芝居について否定的な批評が出ようものなら、泣いてくやしがり、それから編集部にかけ合いに行くのだった。

俳優たちは彼女が大好きで、彼女のことを「うちのイワンちゃんといっしょ」とか、「かわいい」と呼んだ。彼女も彼らをいたわり、皆にちょっとずつ金を貸したりもした。だまされるようなことがあっても、こっそり泣くだけで、夫には告げ口をしなかった。

そして二人は冬も楽しく暮らした。一冬、町の劇場を借りうけて、それを短期でウクライナの劇団や奇術師や、地元のアマチュアに又貸しした。オリガちゃんはますます太り、全身が喜びに輝いていた。一方、クーキンはますますやせて黄色くなり、商売のほうは冬中まずまずだったのに、恐ろしい赤字だ、とこぼしてばかりいた。毎晩彼は咳をしたので、彼女はキイチゴや菩提樹の花を煎じて飲ませ、オーデコロンをすりこんだり、自分の柔らかいショールにくるんでやったりした。

「なんて素敵な子なんでしょう！」と彼女は心底から言って、夫の髪をなでつけるのだった。

「なんていい子なんでしょう！」

大斎（復活祭前の七週間）のとき、彼は劇団員を募集するためモスクワに行ってしまった。ところが彼女は夫なしでは眠ることもできない。窓際にいつまでも座って、星を眺めるだけだった。そんなとき彼女はわが身をメンドリみたいなものだと思った。メンドリたちも、鶏小屋にオンドリがいないと、一晩中眠れないで不安を感じ続けるのだから。クーキンはモスクワで手間どり、帰りは復活祭のころになると手紙に書いてきた。それから何通かの手紙で、ティヴォリ遊園のことをあれこれ指図したのだった。ところが受難週間（大斎の最後の一週間）が始まる月曜の前日、夜遅く突然、門を叩く不吉な音が響いた。誰かが木戸を、まるで樽を叩くように、どん、どん、どん、と叩いていたのだ。寝ぼけまなこの料理女がはだしで水溜りをぴちゃぴちゃさせながら、木戸を開けに駆け出した。

「どうか開けてください！」門の向こうで誰かが、くぐもった低い声で言った。「電報です！」

オーレンカは以前にも夫から電報を受け取ったことがある。でも今回は、なぜか急にぼうっとなってしまった。そして震える手で電報の封を切り、次の文面を読み取った。

「いわん　くーきん　ドノ　キョウ　キュウシ　ハハハヤク　サシズ　マツ　ゾーシキ　カヨウビ」

電報には実際、こんなふうに、「ゾーシキ」とか、さらにわけのわからない「ハハハヤク」といった単語が印字されていたのだ。署名はオペレッタ劇団の演出家のものだった。

「あなた！」オリガちゃんはおいおい泣き出した。「わたしの大事なイワンちゃん、小鳩ちゃん！　どうしてあなたと会ったんでしょう？　どうしてあなたのことを知って、好きになったんでしょう？　哀れなオーレンカを見捨てて、誰に頼れっていうの？　この哀れで不幸せなオーレンカは？」

　クーキンは火曜日にモスクワのワガニコヴァ墓地に葬られた。オリガちゃんは水曜日に帰宅し、自分の部屋にはいったとたん、ベッドに倒れこみ、大声でおいおい泣き出したので、通りからでも、近所の家にも聞こえるほどだった。

「かわいい！」近所の女たちは十字を切りながら、言った。「かわいいオリガさんがねえ、なんてことでしょう、あんなに悲しんでいる！」

　三ヶ月ほど後のある日、オリガちゃんは教会の礼拝から、深い喪の悲しみにつつまれたままの姿で家に帰るところだった。すると帰り道でたまたま、やはり教会から戻る近所の住人といっしょになり、肩を並べて歩いていくことになった。それはワシリー・アンドレイチ・プストワーロフといって、ババカーエフという商人の材木倉庫の管理人だった。プストワーロフは麦わら帽をかぶり、白いチョッキには金鎖をぶらさげて、商売人というよりは、地主のように見えた。

「どんなものごとにも定めというものがありましてね、オリガさん」と彼は同情のこもった声で真面目くさって言った。「もしも身近な誰かが亡くなっても、それは神のおぼしめしですから、そんな場合にもわれを忘れずに、従順に耐えなければならないんです」

　彼はオリガちゃんを木戸のところまで送ると、別れて先に行った。この後一日中、彼女の耳にはこの男の真面目くさった声が聞こえ続け、目を閉じるとすぐに黒いあごひげが浮かんでくるのだった。彼のことがとても気に入ったというわけだ。しかし、どうやら、男のほうも彼女に好感を持ったようだった。その証拠に、しばらくすると、あまりよく知らない年配のご婦人がコーヒーを飲みにやって来て、テーブルにつくやいなや、すぐさま彼のことを話し始め、プストワーロフさんは立派ないい人だ、あの人のところなら誰でも喜んでお嫁にいくだろう、などと言い立てたのだ。その三日後には当のプストワーロフが訪問してきた。彼はほんのちょっと、十分ほどいただけで、たいして話もしなかったのだが、オリガちゃんは彼が好きになってしまった。どのくらい好きになったかというと、一晩中眠れず、熱病にかかったみたいに恋いこがれ、翌朝には年配のご婦人を呼びに使いを走らせたほどだった。やがて縁談がまとまり、それから結婚式が行われた。

プストワーロフとオリガちゃんは、結婚して楽しく暮らした。ふだん彼は材木倉庫に昼時までいて、それから用事を片付けに出かけた。彼に代わって事務所に夕方までつめたのはオリガちゃんで、彼女はそこで請求書を書いたり、商品を引き渡したりした。

「ちかごろ材木は毎年二十パーセントも値上がりしていましてね」と、彼女はお得意さんや知り合いに言うのだった。「なんてことでしょう、以前は地元の木材を商っていましたのにね、いまじゃうちのワシリーちゃんが毎年、木材の買い付けにモギリョフ県まで行かなきゃなりません。その運賃がまたたいへんでしてねえ！」彼女はそう言うと、ぞっとして頬を手で覆った。「その運賃がねえ！」

彼女は、もうずっと昔から材木を商っていて、人生で一番大切で一番必要なものは材木だという気がした。そして、桁材、丸太、割り板、薄板、小割《こわり》、木舞《こまい》、背板といった名前になんだか親しいものが感じられてじんとなるのだった。毎晩寝ているとき、山のように積み上げられた様々な厚さの板や、材木をどこか町はずれに運んでいく荷馬車の長く果てしない列が夢に現れた。また、太さ二十センチ、長さ八メートル半ある丸太の一大連隊が総立ちになって材木倉庫に戦争をしかけに押し寄せてきたり、丸太や桁材、背板がぶつかりあって乾いた木材の音をよく響かせ、全部倒れたかと思うとまた起きあがって、互いに積み重なっていく、といった光景も夢に見た。オリガちゃんが寝ながら悲鳴をあげると、プストワーロフは優しく言うのだった。

「オリガちゃん、いったいどうしたんだね？　十字を切りなさい」

夫の考えがそのまま、彼女の考えになった。もしも彼が、部屋の中が暑いとか、最近は景気がかんばしくない、などと思えば、彼女もまったく同じように思った。夫はおよそ娯楽や気晴らしというものを知らず、祝日は家にこもっていたが、彼女も同様に過ごした。

「いつも家か事務所にいらっしゃるけれど」と、知り合いが言った。「お芝居とか、サーカスにでも行けばいいのに、かわいいオリガさん」

「うちのワシリーちゃんとわたしはお芝居なんて見に行くヒマ、ありませんわ」と、彼女は真面目くさって答えた。「わたしたちは仕事人間ですからね、そんなくだらないものどころじゃないんです。お芝居なんて、どこがいいんでしょうね？」

毎週土曜日にプストワーロフと彼女は徹夜禱《てつやとう》に、祭日には朝の礼拝に行き、教会からの帰り道は感激した面持ちで肩を並べて歩き、二人からはいい匂いが漂い、彼女のシルクのドレスはさらさらと気持ちのいい音を立てた。家では菓子パンやいろいろな果物の砂糖煮《ヴァレーニエ》をお茶うけにしてお茶を飲み、それからピローグ（ロシア風パイ）を食べた。毎日正午になると中庭でも、門の前の通りでも、ボルシチと、ローストした羊かカモの匂いが、そして精進日には魚の匂いが美味《おい》しそうに漂い、食欲をそそられずに門の前を通り過ぎることなどとてもできなかった。事務所ではいつも湯沸かし《サモワール》がしゅんしゅんと湯を沸き立たせていて、お得意さんたちはお茶と輪型パン《ブブリク》でもてなされた。週に一度、夫妻は浴場に行き、二人とも赤く上気し、肩を並べて戻ってきた。

「ええ、楽しく暮らしております」とオリガちゃんは知り合いに言った。「おかげさまで。どなたさまも、うちのワシリーちゃんとわたしみたいな暮らしができますように」

プストワーロフがモギリョフ県に材木の買い付けに行ってしまうと、彼女はひどくさびしがり、夜も寝られず、泣いてばかりいた。ときどき晩方にスミルニンという連隊付きの獣医がやってくることがあった。まだ若い男で、彼女の家の別翼に下宿したのだ。彼はどんな話でもしたし、いっしょにトランプもやってくれたので、彼女にはいい気晴らしになった。特に面白かったのは、彼自身の家庭生活の話だ。スミルニンは結婚して息子も一人いたが、妻の不倫のせいで彼女と別れてしまい、いまでは元妻を憎みながらも、息子の養育費として毎月四十ルーブリ送っていた。この話を聞きながら、オリガちゃんはため息をつき、首を振ったものだ。お気の毒にねえ。

「ありがたいことですわ」彼女はロウソクを持って階段のところまで彼を見送り、別れ際に言った。「さびしさを分かちあってくださって。どうかお気をつけてね、神さまのご加護がありますように、聖母さまも……」

終始彼女は夫にならい、真面目くさったとても思慮深げな表情をくずさなかった。獣医が階段を下りてドアの向うに姿を消したとき、彼女は呼びとめて言った。

「ウラジーミルさん、奥さんと仲直りしなさいね。せめて息子さんのために、奥さんを許してあげて！……坊やだって、きっとわかっていますよ」

そしてプストワーロフが帰ってくると、彼女は獣医とその不幸な家庭生活について、声をひそめて夫に話し、二人ともため息をついて首を振り、獣医の男の子について、きっと父親がいなくてさびしがっているだろうなどと話し合うのだった。そしてなんだか奇妙な方向に思いは向かい、二人は聖像の前に立ち、深々と頭を下げて、どうか子供をお授けくださいと祈った。

こんなふうにプストワーロフ夫妻は静かに控えめに、愛しあい仲むつまじく六年間暮らした。ところが、ある冬のこと、夫のワシリーは倉庫で熱いお茶をたらふく飲んでから、材木の引き渡しのために帽子もかぶらないで戸外に出て風邪を引き、寝込んでしまった。最高の医者にも診てもらったけれど、病には勝てず、彼は四ヶ月患って亡くなった。こうしてオリガちゃんはまたしても未亡人になった。

「わたしを見捨てて、誰に頼れっていうの、小鳩ちゃん？」彼女は夫の葬儀を終えて、泣きくずれた。「あなたなしでこれからどうやって生きていったらいいの、哀れで不幸せなこのわたしは？　皆さん、寄るべないみなしごに、どうか哀れみを……」

彼女は喪章をつけた黒いドレスをいつも着て、帽子や手袋はもう一生身につけないと心に決め、外出もめったにせず、出かけたとしても行く先はせいぜい教会か夫の墓で、まるで修道女のように家にとじこもった。ところが六ヶ月が過ぎたとたん、彼女は喪章をはずし、窓の鎧戸《よろいど》を開けるようになったのだ。そうなるともう、毎朝のように彼女が料理女を連れて市場に食料を買いに行く姿も人の目にとまったが、いったいいま家でどんな暮らしをしているのか、家の中で何が起こっているのかは、推測するほかはなかった。推測の材料としては、たとえば、自宅の庭で彼女が獣医とお茶を飲んでいて、彼に新聞を読み聞かせてもらっているところが目撃されたということがある。それから、郵便局で知り合いのご婦人に会ったとき、彼女はこんなことを言ったともいう。

「この町では獣医による監督がきちんと行われていないので、病気がたくさん発生するんですよ。人が牛乳のせいで病気になったりとか、馬や牛から感染したりとか、そんな話ばかりでしょ。家畜の健康については、本当は、人間の健康と同じように心を配らなければいけないんです」

彼女は獣医の意見をそのまま繰り返していて、いまではどんなことについても、彼と意見が同じだった。はっきりしたのは、彼女が好きな人なしには一年も暮らせないこと、そして自分の新しい幸せを自宅の離れに見つけたということだ。他の女性がそんなことをしたら顰《ひん》蹙《しゅく》を買っただろうが、オリガちゃんについては誰も悪く思わなかった。彼女の身の上のことなら、何でももっともだと納得したからだ。彼女と獣医は二人の関係にどんな変化が生じたのか誰にも言わず、隠そうとしたけれども、結局うまくいかなかった。というのも、オリガちゃんは何も秘密にはしていられなかったからだ。獣医のところに連隊の同僚たちが遊びに来ると、彼女はお客さんのためにお茶を淹《い》れたり、夕食を出したりしながら、牛や羊のペストのことや、真珠病と呼ばれる家畜の結核のこと、町の食肉処理場のことなどを話題にしたので、彼はおそろしく当惑し、客が帰ると、彼女の手をつかんで腹立たしげにぶつぶつ言うのだった。

「自分でもわからないことを話すなって、あんなに言ったじゃないか！　お願いだから、ぼくたち獣医どうしでしゃべっているとき、口を出さないでください。それに退屈だし！」

そう言われて彼女はびっくり仰天、おどおどと彼を見つめ、聞き返した。

「ウラジーミルちゃん、じゃあわたしは何の話をすればいいの!?」

そして彼女は目に涙を浮かべて彼を抱きしめ、どうかお願いだから怒らないでと懇願し、二人は幸せな気分になった。

とはいうものの、この幸せは長続きしなかった。獣医が連隊とともに立ち去ってしまったからだ。永遠の別れだった。というのも、連隊はどこか遠いところへ、ほとんどシベリアのようなところに移ったからだ。オリガちゃんは一人取り残された。

いまや彼女はもうまったく一人ぼっちだった。父親はとっくに亡くなっていて、父の肘掛け椅子は脚が一本取れ、埃だらけになって屋根裏に転がっている。彼女はやせて器量もおとろえ、通りで会った人たちにももう、以前のようにしげしげと見つめられたり、ほほえみかけられたりしなかった。どうやら最良の歳月は過ぎて過去のものとなり、いまや何やら新しい生活が始まろうとしているようだ。しかし、それは未知の生活であり、どんなものかは考えないほうがよさそうだった。毎晩オリガちゃんは玄関口の階段に腰をおろした。ティヴォリ遊園で演奏される音楽や、花火のはじける音が聞こえてきたが、それを聞いてももはや何の考えも浮かばなかった。彼女は自宅のがらんとした中庭をうつろな目で眺め、何も考えず、何も欲しいと思わなかった。それから夜になって床に就くと、夢にも自宅のがらんとした中庭が現れた。食べたり飲んだりするのも、まるで嫌々ながらのようだった。

そして、これが肝心なのだが、何よりもやっかいなことに、彼女にはもう意見というものが一切なかった。身のまわりのものは目にはいっていたし、周囲で起こっていることもすべて理解できたが、どんなことについても意見をまとめられなかったし、何を話したらいいかもわからなかった。それにしても、意見が全然ないというのは恐ろしいことだ！　たとえば、瓶が一本立っているとか、雨が降っているとか、お百姓さんが荷馬車に乗っていくとか、そういったことが見えたとしても、それに何の意味があるのか、言うことができないし、たとえ千ルーブリくれると言われても、何も言えないのだから。クーキンやプストワーロフ、それから獣医といっしょにいたとき、オリガちゃんは何でも説明できたし、どんなことについても自分の意見を言うことができた。ところがいまは、頭の中も胸の内も、中庭と同じように空っぽだった。そして、まるでニガヨモギを食べ過ぎたときのように、ひどく気色が悪く、苦々しかった。

町は少しずつ四方八方に拡大していった。ジプシー村もいまではジプシー通りと呼ばれ、ティヴォリ遊園や材木倉庫のあったところにはすでに建物がいくつも出現し、横丁がたくさんできていた。時が経つのはなんと早いことだろう！　オリガちゃんの家は黒ずみ、屋根は錆びつき、物置は傾き、中庭には一面にとげのあるイラクサやその他の背の高い雑草が生えていた。オリガちゃん自身も年をとって、器量が落ちた。夏は玄関口の階段に腰をおろすのだが、心は相変わらず空っぽで退屈で、ニガヨモギの味がする。そして冬は窓際に座って、雪を眺める。春の気配が漂ってきたり、風が大聖堂の鐘の音を運んできたりすると、突然過去の思い出が湧き出てきて、心臓は甘く締めつけられ、目からは涙があふれ出すけれども、それもほんの一瞬のことで、またもや心は空っぽになり、何のために生きているのかわからない。ブルィスカという名前の黒い小猫が身をすり寄せてきて、ごろごろ喉を鳴らすのだが、こんなふうに猫に優しくされても、オリガちゃんの心は動かされない。そんなこと、必要なんだろうか？　いや、必要なのは、全身全霊を、頭脳まですべてとりこにし、思想と人生の方向を与え、老いつつある血を温めてくれるような愛なのだ。彼女はスカートのすそから黒いブルィスカを振り払って、いまいましげに言う。

「あっちへお行き……ここに用はないでしょ！」

そんなふうに一日また一日、一年また一年、と過ぎていったが、相変わらず嬉しいことの一つもなければ、考えの一つも湧くことはない。料理女のマーヴラの言うことなら、なんでもよかった。

ある暑い七月の夕方、通りを町の家畜の群れが追われて行き、中庭が一面もうもうと土埃におおわれていたとき、不意に誰かが木戸を叩いた。オーレンカは自分で木戸を開けに出て、一目見ただけで、ぼうっとなってしまった。門の前には獣医のスミルニンが立っていたのだ。彼はもう白髪になっていて、着ているものも軍服ではなかった。突然すべての記憶がよみがえり、彼女はこらえきれず泣き出し、一言も言わないで男の胸に頭をあずけた。彼女はあまりに興奮していたので、その後二人がどうやって家に入り、どんなふうにテーブルについてお茶を飲んだか、わからないほどだった。

「小鳩ちゃん！」彼女は嬉しさのあまり、体を震わせながら早口に言った。「ウラジーミルさん！　どういう風の吹き回しでしょう」

「ここに身を落ちつけようと思ってね」と、彼は話し始めた。「退職願いを出して、自由の身で運を試そうと思って来たんです、ひとところに住みついてみたくなって。それにせがれを中学校に入れなきゃならないし。あの子も大きくなりました。そういえば、ぼくは妻とよりを戻しましたよ」

「奥さんはいまどちら？」と、オリガちゃんが聞いた。

「息子といっしょにホテルにいます。で、ぼくがこうして借家を探して歩いてるってわけ」

「おやまあ、それならわたしの家をお使いなさい！　ここだって立派な借家になるでしょ。ああ、そうそう、家賃はいただきませんからね」オリガちゃんは気を高ぶらせ、また泣き出した。「こちらの母屋に住んでちょうだい。わたしは離れのほうで十分だから。なんて嬉しいんでしょう！」

　翌日にはもう家の屋根のペンキ塗りが始まり、壁も白く塗られた。そしてオリガちゃんは両手を腰に当てて中庭を歩き回り、あれこれ指図した。その顔には以前と同じほほえみが輝き、彼女は全身が生き返ったように元気になり、長い眠りから覚めたかのようだった。やってきた獣医の妻はやせこけた不器量なご婦人で、髪の毛は短く、わがままそうな顔つきをしていた。彼女といっしょに来た男の子はサーシャといって、年のわりに背が低く（数え年でもう十歳だった)、太っていて、目は明るい青色、頬にはえくぼがあった。男の子は家に入ったとたん猫を追いかけ始め、すぐに彼が楽しく嬉しそうに笑う声が聞こえてきた。

「ねえ、あれはおばちゃんの猫?」と、彼はオリガちゃんに聞いた。「子猫を産んだら、一匹ちょうだいね。ママはネズミをとっても怖がるんだ」

オリガちゃんは少年と少し話をし、お茶を飲ませた。すると彼女の胸の中で心臓が突然温かくなり、甘く締めつけられた。まるでこの男の子が、実の息子であるかのような気がしたのだ。そして晩になって、男の子が食堂に座って復習をしているとき、彼女は感激し、思いやりのこもったまなざしで彼を見つめ、ささやきかけた。

「小鳩ちゃん、ハンサムちゃん……わたしの坊や、それにしてもなんてお利口さんに、なんて色白に生まれついたんでしょう」

「島とは」と、男の子が読み上げた。「陸地の一部をなし、四方を水に囲まれたものをいう……」

「島とは、陸地の一部をなし……」と、彼女も繰り返した。これこそは、長い沈黙と思考の空白の歳月の後、彼女が自信をもって表明した初めての自分の意見だったのだ。

そう、彼女にはもう自分の意見というものがあった。そして夕食のとき、サーシャの両親を相手に、中学校《ギムナジア》の勉強がいまではどんなにたいへんか、語ったのだった。それでもやっぱり古典中学校《ギムナジア》のほうが実業学校よりいいんですよ、だって中学校《ギムナジア》からは道が開けていて、医者にもなれるし、エンジニアにもなれるんですからね。
サーシャは中学に通うようになった。母親はハリコフの姉のところに行ったきり、戻って来なかった。父親のほうは毎日どこかに肉牛の検疫に出かけ、三日続けて家を空けることも珍しくなかったので、オリガちゃんにはサーシャがまったくほったらかしにされているような気がした。これじゃまるで一家の余計者じゃないの、飢え死にしたらどうしましょ、と心配だった。そこで彼女はサーシャを自分の住む別翼の離れに引き取り、そこで小さな部屋に住まわせることにした。

こうしてサーシャが離れに住むようになってから、もう半年が過ぎた。毎朝オリガちゃんは彼の部屋に入っていく。サーシャは頰を片方の腕に載せ、ぐっすり眠っていて、寝息一つ立てない。起こすのがかわいそうになる。

「サーシャちゃん」彼女は悲しそうに言う。「さあ、起きなくちゃ、小鳩ちゃん！　学校に行く時間ですよ」

男の子は起きて、服を着て、神さまにお祈りをし、それから食卓についてお茶を飲む。彼はお茶を三杯飲み、大きな輪型パン《ブブリク》を二つと、バターを塗ったフランスパンを半切れ食べる。まだ目がさめきっていないので、機嫌が悪い。

「ねえ、サーシャちゃん、寓話の暗唱がまだきちんとできていないでしょう」とオリガちゃんは言って、まるで遠い旅に送り出すときのように、彼を見つめる。「心配だわ。がんばって勉強するのよ、小鳩ちゃん……先生のおっしゃることをよく聞いて」

「うるさいなあ！」と、サーシャが言う。

それから彼は中学校への道を歩いていく。小さな体に、大きな帽子をかぶり、ランドセルを背負って。その後に音もなくついていくのは、オリガちゃんだ。

「サーシャちゃーん！」と彼女が呼び止める。

サーシャが振り返ると、彼女はその手にナツメヤシの実やキャラメルを握らせる。角を曲がって中学校のある横丁に入ると、サーシャは自分の後から大柄な太った女がついてくることが恥ずかしくなる。そこで振り向いて、こう言うのだ。

「おばちゃん、家に帰ってよ。後はもう一人で行けるからさ」

彼女は立ち止まり、サーシャが中学校の玄関口の中に消えるまで、まばたきもせずにずっと後姿を見送っている。なんて愛しい子だろう！　彼女はいままでいろんな人に愛着を覚えたけれども、これほど深い愛着を感じたことは一度もなかった。魂がこれほどひたむきに、これほど欲も得も抜きで、これほどの喜びとともに魅せられたことは、かつてなかった。いまや彼女の内側では、母性の感覚がますます激しく燃え上がっていたのだ。赤の他人だというのに、この子供のためなら、そのえくぼ、その学帽のためなら、彼女は自分の命だって喜んで、感動の涙さえ流しながら差し出すことだろう。どうして？　それにしても、いったい、どうしてなのか？

サーシャを中学校まで送ると、彼女は満ち足りて、穏やかで、愛情があふれ出さんばかりの様子でゆっくりと家に戻ってくる。この半年で若返った顔はほほえみを浮かべ、輝いている。道で行き交った人たちはその姿を眺め嬉しくなって、話しかける。

「こんにちは、かわいいオリガさん！　ご機嫌いかがですか、かわいいオリガさん！」

「ちかごろは中学の勉強も難しくなりましてね」と、彼女は市場で話し始める。「ほんとに笑い事じゃありません、昨日は一年生に、寓話の暗唱と、ラテン語の翻訳と、それからもう一つ、宿題が出たんですよ……。ねえ、小さな子供がそんなにできるものでしょうか」

それから彼女は教師や授業のこと、教科書のことを話題にする。すべてサーシャの言っていることの受け売りだ。

二時すぎには二人でいっしょに昼食をとり、夜はいっしょに予習をし、いっしょに泣いたりもする。サーシャをベッドに寝かしつけるとき、彼女は長いこと彼のために十字を切り、小声でお祈りを唱えてやる。それから自分も床に入って、まだ遠くぼんやりとした未来を夢見るのだ。サーシャはいつか勉強を終えて、お医者さんかエンジニアになり、自分の大きな家も持つだろう。その家には馬が何頭もいて、馬車もある。そしてお嫁さんをもらい、子供も生まれるだろう……。彼女は眠りに落ちながらも、ずっと同じことを考え続け、閉じた目からあふれ出た涙が頬をつたって流れていく。黒い小猫がすぐ脇に寝ていて、喉を鳴らす。

「グルルル……ルル……ルル……」

突然木戸を強く叩く音がする。オリガちゃんは目を覚まし、恐ろしくて息がつけない。心臓がどきどきする。三十秒ほどして、またもや音がする。

「ハリコフから電報が来たんだ」と思うと、全身が震え始めた。「きっと母親がサーシャをハリコフに返せって言うんだわ……どうしましょう！」

彼女は絶望する。頭も、足も、手も冷たくなり、世界中で自分より不幸な人間はいないとさえ思える。でもさらに一分ほど過ぎると、人の声が聞こえてくる。獣医がクラブから家に帰ってきたのだ。

「ああ、よかった」と彼女は思う。

心臓から重しが少しずつとれていき、胸がふたたび軽くなる。彼女は床に入り、サーシャのことを考え続ける。男の子は隣の部屋でぐっすり寝ていて、ときおりこんな寝言を言っている。

「覚えてろ！　お前なんかあっちに行け！　ぶつなってば！」

「可愛い女」はかわいい？

「かわいい」は最初、『家族』紙一八九九年一月三日号に掲載された。チェーホフの短篇の中でも特によく知られたものの一つと言っていいだろう。ただし、真っ先にお断りしなければならないのは、これが従来「可愛い女」として知られていた作品だということだ。「可愛い女」という邦題は名訳の誉れ高い神西清訳を筆頭に、大部分の訳者に踏襲されてきており（ひらがな表記で「かわいい女」としている小笠原豊樹訳もあるが）、もはや確立した定訳といっていいだろう。それにあえて異を唱えたのは、必ずしも奇をてらったわけではない。このタイトルは原題を《Душечка》（ドゥーシェチカ）といって、辞書を見ると確かに「（主に娘や子供について）かわいい人」という説明がある。もともとは「魂」を意味する普通名詞「ドゥシャー」から派生したもので、文法的には「魂」の指小形であり、心にとって大事なもの、いとしいものについて、他ならぬ「魂」という単語を様々な形で使うのはいかにもロシア人らしい。

しかし、この「ドゥーシェチカ」という原題自体は、「女」だけを意味する単語ではない点に注意していただきたい（「プリティ・ウーマン」ではないのだ！）。ちなみに従来の邦題の「可愛い女」の場合、「女」と書いて「ひと」と読ませることになっているのだが、しばしば人は漢字に引きずられてこれを「おんな」と「誤読」してきた。それに対して、ロシア語の原題は、若い娘や子供のかわいらしさ、小ささをいとおしむニュアンスのこもった言い方で、普通名詞というよりは、実際にはもっぱら親しみのこもった呼びかけとして使われるものだ。決して、いわゆる男好きのする女について男たちが下す下卑た評価の言葉ではないし、成熟した「女」をにおわせるような言い方でもない。男性に対して使うことさえあり得る。

というような理屈はともかく、日本語は残念ながら、その種の（ロシア語にはきわめて豊かにある）呼びかけの語彙《ごい》が貧弱で、私はもう二十年以上前から、「可愛い女」をもっと自然な日本語で言い換えられないかと頭を悩ませてきた。昨年、ロジャー・パルバースさんに会ったとき意見を求めると、彼はこともなげに「英語のダーリンをそのまま使えばいいじゃない」と助言してくれたのだが（パルバースさんは日本語だけでなく、ロシア語の達人でもある）、まさかバタくさくて恥ずかしい英語の「ダーリン」をロシアの小説に使うわけにもいかないだろう（ちなみに、この小説の英訳タイトルは、二十世紀初めに活躍した名翻訳家コンスタンス・ガーネット以来、「ザ・ダーリン」が定着している）。そうこうしているうちに、最近の日本語の「かわいい」という言葉が世界にも通用するようなブームになっていることを聞いて、ふと、「なんだ、〈女〉をとるだけでいいんじゃないか」と思いついた。「可愛い女」に慣れてしまった年配の世代にはおそらく抵抗感が強くて受け入れがたい恣意的改変と思われる恐れがあることはわかっているが、語学的によく考えてみると、「女」をとったほうがより正確だといえる。

同じような問題が主人公の名前にもある。この短篇の主人公の名前は、オリガといい、大人の女性としてしかるべき敬意をこめて呼びかける場合は、父称のセミョーノヴナを添えて、「オリガ・セミヨーノヴナ」となるのだが、実際に小説の中でそう呼ばれることは稀で、かなり年をとってからも皆に（透明な存在である語り手にまで）「オーレンカ」と呼ばれている。語学的に「オーレンカ」は「オリガ」の愛称形ないし指小形で、親しみのこもった言い方ではあるが、いい年をした大人の女をつかまえていつまでも「オーレンカ」と呼び続けるのは、普通ではない。この種の愛称形はあまり使いすぎると、子供っぽくなったり、べたべたした感じになったりで、非文学的な悪趣味になる危険があるが、チェーホフはもちろん文体的効果をねらってわざとそうしているのである。このオーレンカ、こともあろうに自分の夫のことを、同様に「ワーニチカ」（イワンの愛称形）、「ワーシチカ」（ワシリーの愛称形）と人前でも平気で呼んでいるのだが、これはもっと可笑《おか》しい。というわけで、そういったニュアンスを伝えるために、今回の訳ではあえて、「ちゃん」付けの呼び方を採用し、それぞれ「イワンちゃん」、「ワシリーちゃん」としてみた。これまた冒険ではあるが、チェーホフの「可笑しさ」に近づくためのささやかな試みである。

いささか説明が長引いた。本来透明人間であるべき訳者がしゃしゃり出て、したり顔で解説するのは興ざめなもの、とわかってはいるのだが、日本ではよく知られていて愛読者も多い作品であるだけに、「かわいい」と「オリガちゃん」は説明しておかないと、と考えた次第である。じつは肝心の作品の内容について、もっと言うべきことがあるのだが、それはまた別の機会に譲ることにして、ここでは、この作品のオーレンカ像についてこれまで様々な議論が繰り返されてきたということだけ、付け加えさせていただこう。ロシアでは作品が発表された当初から、特に女性の読者から強い憤慨や批判の声があがった。「女性に対する侮蔑的な嘲笑」と受け止められたのである。それもそのはず、ここに描かれたヒロインは、ころころ愛情の対象を替え、そのたびに相手の言うことをわかりもしないで受け売りし、およそ自分の考えというものを持たない滑稽《こっけい》な存在である。その意味では、これはしみじみ読むよりは、可笑しがって読むべき小説なのだ。

それに対して、いや、このオーレンカこそ女性の理想だ、素晴らしい、と賛嘆した男たちもいた。その代表がかの文豪、レフ・トルストイであり、彼は旧約聖書の故事を引きながら、チェーホフはこの女性を呪おうと思って書き始めながら、当初の意図に反して祝福してしまった、なぜなら、自分の存在のすべてを捧げて人を愛することができる「かわいい女」は、滑稽であるどころか、神聖であり、このような無私の行為こそが、人間をもっとも神に近づけるのだから、とまで説いている（この辺の事情については、原卓也氏の名著『オーレニカは可愛い女か——ロシア文字のヒロインたち』〔集英社、一九八一年〕に詳しい）。これはいまならば、男性中心主義としてジェンダー論の立場から厳しく批判されるような見方かもしれないが、オーレンカという人物像にこの種の感動を誘う純粋なものがあることも否定できないと私は思う。やっぱり、「かわいい」のだ。

現代日本の、特に若い女性の読者は、このような女性像をはたしてどう受け止めるだろうか？正反対ともいえる賛否の両論にはさまれて、当のチェーホフは何を思っていたのか。このことを考えるとき、いつも思い出す大好きなエピソードがある。ゴーリキイが回想で書いているのだが、ヤルタで病気療養中のチェーホフにトルストイが会ったときのこと。「かわいい」がいかに素晴らしい作品か、興奮して目に涙さえ浮かべて力説するトルストイを前に、体調の悪いチェーホフはとまどってしまった。そして、ため息をつくと、そっと一言だけ、こう答えたのだという。

「あれには誤植がありまして……」

ジーノチカ

ハンターの一行が農家に泊まることになり、刈り取ったばかりの干し草の上で夜を過ごしていた。月の光が窓に差し込み、通りではアコーデオンがきいきい耳ざわりな音を立て、干し草は甘ったるくかすかに刺激的な匂いを放っている。ハンターたちの話題にのぼったのは、犬、女、初恋、それから田鷸《たしぎ》のこと。知りあいの女性がひとり残らず噂話の標的にされ、数え切れないほどの一口話が語られた後、ハンターたちのなかでも一番太っていて暗がりでは干し草の山のように見え、いかにも佐官らしい野太く低い声をした男が、あくびを一つして言った。

「女に愛されるなんてたいして難しいことじゃないさ。女というのはそもそも、われわれ男を愛するために生まれてきたんだからね。でも、どうだろう、君たちのなかで女に憎まれたことがある人はいるかな？　熱烈に、狂おしいほどに憎まれたことのある人は？　憎しみのあまり恍惚《こうこつ》となっている女を見たことがあるかな？」

答えはなかった。

「誰もいない？」と、佐官の低音がたずねた。「ところが、この僕は憎まれたことがあるんだ、きれいなお嬢さんにね。それで、わが身を実験台にして最初の憎しみの症状を研究することができた。最初の、というのは、つまり、ちょうど初恋の裏返しみたいなものだからさ。もっともこれから話すことが起こったのは、僕がまだ愛についても、憎しみについても、何もわかっちゃいない頃のことで、ほんの八歳くらいだった。でもそんなことは問題じゃない。なにしろ、主役は男じゃなくて、女のほうなんだから。まあ、いいから、じっくり聞きたまえ。ある夏の夕方、日暮れ前のこと、僕と住み込みの家庭教師のジーノチカは子供部屋で勉強をしていた。ジーノチカというのはじつに可愛らしい詩的な娘さんで、少し前に女学校を出たばかりだった。彼女は気もそぞろな様子で窓の外を見ながら、こう言った。

『そうね。私たちは酸素を吸っている。それじゃ、ペーチャ、私たちが吐き出すのは何でしょう?』

『炭酸ガス』僕も同じ窓から外を眺めながら、答えた。

『そうね』と、ジーノチカが同意した。『でも植物はその反対なのね。炭酸ガスを吸って、酸素を吐き出す。炭酸ガスは炭酸水や、湯沸かし《サモワール》の炭火から出るガスに含まれていて……これはとても有毒なガスなの。ナポリのそばには犬の洞窟というのがあって、ここには炭酸ガスが充満しているので、犬を中に入れると窒息して死んでしまうのよ』

やれやれ、この犬の洞窟とやらは、どうやら女性の家庭教師の化学に関する知恵の限界みたいなものらしく、誰一人としてその先には思い切って踏み出せないんだ。ジーノチカだっていつも自然科学の効用について熱く説いたけれど、この洞窟のほかに化学について何か知っていたかというと、怪しいものだね。

さて、そんなわけで、彼女が繰り返すよう命じた。僕が繰り返す。彼女が地平線とは何かと聞く。僕が答える。僕たちがこうして洞窟や地平線についてうんざりするほど繰り返している間に、中庭では父が狩りに出かける準備をしていた。犬たちは吠え、副馬《そえうま》たちはせかせかと足踏みをして御者たちの気を引こうとし、召使たちは幌馬車に俵やらなにやらを詰め込んでいる。幌馬車のとなりには、さらに一台、大型の馬車が並んでいて、母や姉たちが乗り込んでいるところだった。これからイワニツキー家に〈名の日〉のお祝いに行くところなのだ。家に残っていたのは僕と、ジーノチカと、それから大学生の兄貴だけ。兄貴は歯が痛いから、出かけないということだった。僕はうらやましいやら、さびしいやらで、たまらなかったな！

『それじゃ、私たちが吸っているのは？』ジーノチカが窓の外を見ながら、たずねた。

『酸素……』

『そうね。それから、地平線とは大地が、私たちの目には、空とくっついているように見えるところで……』

ところがこのとき幌馬車が動き出し、それに続いてもう一台の大型馬車も出ていった。見ていると、ジーノチカはポケットから何か手紙のような紙切れを取り出し、せかせかとそれを丸め、こめかみに押し当てたかと思ったら、今度は顔を赤く染めて、時計をのぞきこんだ。『それじゃ、ちゃんと覚えてくださいね』と、彼女は言った。『ナポリの近くには犬の洞窟と呼ばれるものがあって……』彼女はまた時計にちらりと目をやり、続けた。『そこでは大地が、私たちの目には、空とくっついているように見え……』

彼女は気の毒になるくらい取り乱した様子で、部屋を歩きまわり、それからもう一度、時計に目を向けた。勉強の時間が終わるまで、まだ三十分以上も残っていた。

『今度は算数です』と言いながら、彼女は苦しそうに息をし、震える手で問題集のページをめくった。『それじゃ、三二五番の問題を解いていてください。先生は……すぐに戻りますから』

彼女は出ていった。階段を身軽に駆けおりる足音が聞こえ、それから窓の外を見ると、青いドレスが中庭をさっと横切って、果樹園の木戸の中に消えていった。あんなにすばやく動いたり、頬を赤くしたり、そわそわしたり。なんだか怪しいぞ、と僕は好奇心に駆られた。あんなに急いでどこに、何をしにいったのだろうか？　年のわりに頭のいい子供だった僕は、すぐにぴんときて、全部見抜いてしまった。彼女が果樹園に駆け込んだのは、厳しい僕の両親が留守中であるのをいいことに、キイチゴの茂みにもぐり込むか、サクランボをつみとるために決まってる！　チキショウ、そうだとしたら、僕だってサクランボを食べに行ってやる！　僕は問題集を放り出し、果樹園に向かってまっしぐら。サクランボの木のところに駆け寄ってみたが、そこにはもう彼女の姿はなかった。彼女はキイチゴの茂みも、スグリの茂みも、番小屋も通り過ぎ、菜園を突っ切って、池のほうに向かっていた。青い顔をして、ほんのちょっと物音がしただけでもぎくりとしながら。しのび足でそっと跡をつけていった僕が眼にしたのは、なんと、こんな光景だった――池のほとり、二本のネコヤナギの古木の太い幹と幹の間に、兄貴のサーシャが立っている。その顔つきからは、どうも歯が痛いようには見えない。やってきたジーノチカのほうを見つめる彼の全身が、まるで太陽に照らされているように、幸福な気持ちを表して輝いていた。一方、ジーノチカは犬の洞窟の中に追い込まれ、炭酸ガスを呼吸させられているといった感じで、彼に向かって進んでいく。足を動かすのもやっと、苦しそうに息をし、頭を後ろにそらしながら……。どう見ても、生まれて初めての逢引《あいびき》に違いない。それでも彼女は近づいていき……。三十秒ほど二人はじっと見つめあい、まるで自分の目が信じられないといった様子だった。それから何かの力に背中を押されたように、彼女はサーシャの肩に両手をかけ、頭を兄貴のチョッキのほうに傾けた。サーシャは笑い声をあげ、なにやらとりとめのないことをもぐもぐ言って、いかにも恋する男らしいぎこちないやりかたで、ジーノチカの顔を両方の手のひらではさんだ。いやあ、それにしても素晴らしい天気だった……。丘の向こうに沈む太陽、二本のネコヤナギ、緑の岸辺、空――そのすべてがサーシャとジーノチカの二人といっしょに、池に映っている。なんという静けさだろう。スゲの上では長い触角をのばした無数の蝶たちが金色に照り映え、果樹園の向こうでは家畜の群れが追い立てられている。一言で言えば、絵のような光景だね。目撃した光景からわかったのは、サーシャがジーノチカとキスをしたことだけ。いやらしい、よくないことだ。もしママンが知ったら、二人とも叱られるだろうな。僕はなんだか恥ずかしくなって、逢引がどうなるか、最後まで見届けないで、子供部屋に戻った。そして机に向かって問題集を前にしたまま、あれこれ考えた。僕の顔には勝ち誇ったような微笑みが浮かんでいた。一方では、他人の秘密を握っていることが嬉しかったし、他方では、いつも偉そうな顔をしているサーシャやジーノチカがじつは世間の礼儀作法さえわきまえていないということを、いつでもばらしてやれると意識するのもとても嬉しかった。いまやあの二人はおれの思うがままだ、のんきにしていられるのも、おれさまが大目に見てやっているからだぞ。いまに見てろよ！

僕が寝床につくと、ジーノチカは子供部屋に立ち寄った。僕が服を着たまま寝てやしないか、お祈りはちゃんとしたか、確かめるためだ。僕は彼女のきれいな幸せいっぱいの顔を見て、ほくそ笑んだ。秘密が心の扉を押し開き、外に出たがっていた。一言でもほのめかして、その効果を楽しんでやろうじゃないか。

『知ってるんだ！』僕はにたりと笑って、言った。『ヒッヒ！』

『何を知っているの？』

『ヒッヒ！　見ちゃったもんね、ネコヤナギの木のところで兄ちゃんとキスしてたでしょ。

跡をつけていって、全部見ちゃった……』

ジーノチカはびくっと身震いし、顔中を真っ赤にした。そして、秘密をすっぱ抜かれたことにあまりにびっくりしたせいか、へなへなと椅子の上に腰をおろしてしまった。その椅子には、水の入ったコップとロウソク立てが載っていたというのに。

『見ちゃったんだ、ほら……キスをしてたでしょ』と僕は意地悪い笑いを浮かべながら言い立て、彼女がどぎまぎする様子を楽しんだ。『やーい！　ママに言いつけよう！』

気の小さいジーノチカは僕をじっと見つめ、僕が本当に全部を知っていると確信すると、絶望に駆られて僕の手をつかみ、震える声で囁《ささや》きかけた。

『ペーチャ、そんなの最低よ……。お願いだから、ねっ……。男らしくふるまって……誰にも言わないで……まともな人間はスパイみたいな真似はしないものよ……最低よ……お願いだから……』

うちのおふくろと言えば、厳格な貞女の鑑《かがみ》みたいな人でね、ジーノチカはかわいそうに、おふくろのことが怖くてたまらなかったんだな。それが一つ。第二に、うす笑いを浮かべた僕の醜悪な面《つら》のせいで、清らかで詩的な初恋が汚されざるをえなかったんだから、彼女の精神状態がどんなものだったか、言わなくてもわかるだろう。僕のおかげで彼女は一晩中眠ることもできず、翌朝お茶の時間に現れた姿を見ると、目の下に青い隈《くま》ができていた……。お茶の後に兄貴のサーシャと会ったとき、僕は我慢しきれず、にやりとして自慢げに言った。

『知ってるよ！　見ちゃったんだ、昨日ジーナ先生とキスしてるとこ』

サーシャは僕を見つめて、言った。

『ばーか』

兄貴はジーノチカほど小心ではなかったから、すっぱ抜きの効果はなかった。そのせいで、僕はいっそう気持ちを煽《あお》られた。サーシャはびっくりしなかった。ということは、どうやら、僕が全部を見て知っているとは信じていないんだろう。それならいまに見てろよ、思い知らせてやる！

ジーノチカは昼食まで勉強を見ながら、僕の顔を見ることもできず、口ごもってばかりいた。僕を脅すかわりに、なんとかして取り入ろうとし、満点をつけたり、おやじにいたずらをいいつけるのを止めたりした。年のわりに頭のよかった僕は、彼女の秘密を好きなように利用した、というわけだ。宿題をさぼり、勉強部屋で逆立ち歩きをしたり、生意気な口をきいたり。一言で言うと、もしこんな調子で今日まで続いていたら、僕はさぞ立派なユスリになっていただろう。さて、一週間が過ぎた。他人の秘密が僕をそそのかし、心に刺さったとげのように僕を苦しめた。何が何でも秘密をばらして、その効果を味わってみたくなった。そしてある日、たくさんのお客さんが集まった昼食のとき、僕はまぬけ面をしてにやりと笑い、ジーノチカのほうを意地悪く見て、言った。

『知ってるよ……。ヒッヒ！　見ちゃったもんね』

『何を知っているの？』とおふくろが聞いた。

僕はもっと意地悪い目でジーノチカとサーシャを見た。二人の様子を見届けなければならなかったからね。案の定、ジーノチカは顔を真っ赤にし、兄貴のほうはものすごく怖い目をした。僕は口をつぐみ、その先を言わなかった。ジーノチカは次第に血の気を失っていき、歯を食いしばり、もう何も食べようとしなかった。その日の夜の勉強時間に、僕はジーノチカの顔の激しい変化に気づいた。その顔は前よりも険しく、冷たく、まるで大理石みたいで、その目はなんだか奇妙な具合に僕の顔をまっすぐにらんでいる。いやあ、誓って言うけれども、あんな驚くべき憎々しげな目つきは、狼を追い詰める猟犬にだって見たことがないね。その表情の意味をはっきりと悟ったのは、勉強の最中に彼女が突然歯を食いしばって、吐き捨てるように言ったときだ。

『憎たらしい！　本当に嫌な、むかつくやつ。あんたがどんなに憎たらしいか、その坊主頭や、突き出た嫌らしい耳がどんなに憎たらしいか、あんたにわかったら！』

でもすぐさま、彼女はぎくっとして、こう言った。

『これはあなたに言っているんじゃないの、お芝居の台詞を練習しているの……』

それ以来、なんてことだろう、夜な夜な僕は、彼女が枕元にやって来て、長いこと僕の顔をじっとのぞきこむ姿を見ることになった。彼女はあまりにも激しく憎んでいたので、もはや僕なしでは生きていけなかったんだ。僕の憎たらしい面をまじまじと眺めることが、彼女には必要不可欠なものになっていた。そして、ある晩、そう、覚えているけれども、あれは素晴らしい夏の夜だった……。干し草の匂いが漂い、静かで、うんぬんかんぬん、という夜だ。月が輝いていた。僕は並木道を歩きながら、サクランボ・ジャムのことを考えていた。と、突然、青い顔をしたとてもきれいなジーノチカが寄ってきて、僕の手を取り、喘《あえ》ぎながら、告白を始めたんだ。

『ああ、あなたが憎くてたまらないの！　こんなに人に不幸を願ったことはないわ！　わかってちょうだい！　わかってほしいのよ、この気持ち！』

どうです、月夜に、激情をたたえた青白い顔、静けさ……。ガキの僕だって、嬉しくなった。僕は彼女の声を聞き、彼女の目を見つめた……。そう、最初のうちは嬉しくて、新鮮だったんだが、そのうち恐怖に襲われ、僕は叫び声を上げ、一目散に家に駆け戻ったのだった。

僕は結局、一番いいのはママンに言いつけることだと考えた。そこで言いつけたんだが、そのときついでに兄貴がジーノチカとキスをした一件も話したんだ。愚かにも、それがどんな結果をもたらすか、わからなかったんだな。もしわかっていたら、秘密は心にしまったままにしておいたのに……。ママンは僕の話を聞くと怒りのあまり顔を真っ赤にし、こう言った。

『そんなこと、あなたが話すべきことじゃありません。まだとっても小さいんですからね……。それにしても、子供にとってなんというお手本でしょう！』

僕のママンは貞淑なだけでなく、機転がきく人だった。スキャンダルを引き起こさないようにと、ジーノチカをすぐには追い出さずに、徐々に、しかるべき手順を踏んでじわじわと追い出した。要するに、きちんとしているのに、それでも耐え難い人間を追い払うときのやりかただね。ジーノチカがいよいよ家を去るときのことは、いまでも覚えている。彼女がわが家に投げかけた最後のまなざしは、僕がいた部屋の窓に向けられていた。本当に、いまでもあのまなざしは忘れられないね。

　ジーノチカはやがて兄貴の嫁さんになった。皆さんご存知の、ジナイーダ・ニコラエヴナ夫人だよ。その後、彼女に会ったとき、僕はもう士官候補生になっていた。いくら目を凝らして見ても、口ひげを生やした士官候補生に、あの憎たらしいペーチャの面影を認めることはできなかったはずだが、それでも彼女は僕を本当の家族のように親しくは扱わなかった。いまだにそうだ、僕もほら、ご覧のとおり人のよさそうな禿頭《はげあたま》に穏やかな太鼓腹、なごみ系のルックスになっているっていうのに、兄貴のところに寄ると、彼女は僕を白い眼で見て、機嫌が悪くなる。どうやら憎しみは愛と同じで、忘れられないもののようだ……。おや！　鶏が鳴いている。それじゃお休み！　ミロルド（犬の名前）、自分の場所に戻るんだ！」

「憎まれ初《ぞ》め」の物語

短篇「ジーノチカ」は、チェーホフ一八八七年の作。初出は『ペテルブルク新聞』一八八七年八月十日付で、署名にはまだユーモア作家としての筆名Ａ・チェホンテが使われていた。しかし、一八八〇年代後半に入ったこの時期、チェーホフは、生計を立てるためにユーモア短篇を書きまくっていた初期の大衆作家から、より本格的な小説家に生まれ変わりつつあったところで、「ジーノチカ」にもそういった時期の「境界性」が刻印されている。つまり軽い「お笑い」と読み飛ばすこともちろんできるのだが、それだけでは済まされない、苦さや鋭さ、描写の洗練と心理的洞察の深さなどをあわせもっている、と言えるのではないか。ちなみに、チェーホフは「ジーノチカ」発表の翌年、『北方報知』三月号に彼としてはかなり長い「曠野《ステップ》」という自伝的中篇を発表して文壇から高い評価を受けた。『北方報知』というのは当時のロシアで「分厚い雑誌」と呼ばれた純文学系の雑誌であり、このような媒体に寄稿するのは、チェーホフにとって初めてのことだった。これ以後、ユーモア作家チェホンテは姿を消し、十九世紀ロシア・リアリズムの伝統を受け継ぐ本格的な作家としてのチェーホフの時代が始まる。

というわけで、「ジーノチカ」はこういった移行期のさなかに、新たな飛翔を目前にして書かれた作品だということになる。ただし、今後の大作家としての展開を予期させるものがあるから興味深いといった「文学史的」読みを私は求めているわけではない。可笑しさと深刻さの境界上に成立しているという点で、あくまでも作品自体が自立した価値を持つということが肝心だと思う。

「ジーノチカ」の設定は単純で、ロシア文学にしばしば登場する「女家庭教師」像を鮮やかに描いた作品になっている。十九世紀ロシアの裕福な貴族の屋敷には、住み込みの家庭教師がいて子弟の教育に携わるのが普通だった（十九世紀半ば頃までは、フランス人、イギリス人、ドイツ人など、外国人の家庭教師が多く、貴族の子弟は小さい頃から彼らを通じて外国語を話す訓練を受けた）。住み込みの家庭教師が若い女性である場合、当然予期されることだが、身分違いの許されない恋とか、不倫といった問題が生ずることがしばしばあり、文学作品にもそれが反映されることになった。例えばトルストイの『アンナ・カレーニナ』の冒頭は、よく知られているように、オブロンスキー家の大混乱の場面から始まるが、そもそもどうしてそんな混乱が起きたかといえば、夫がフランス人の元家庭教師と浮気をしていたことがばれたためだった。

「ジーノチカ」の主人公は、外国人ではなく、ロシア人女性である。「女学校」（ИНСТИТУТ）を出たばかり、と作中にあるが、ここでいう「女学校」というのは主に貴族の子女のための中等教育機関であり、ジーノチカはおそらく二十歳前だろう。当時のロシアでは一般の大学はまだ女性に門戸を開いていなかったが、女子のためのこういった特権的教育機関は比較的早くから整備され、一八六九年にはモスクワとペテルブルクに女子高等専門学校も開設され、女性の教育に関してロシアは意外にも西欧に遅れをとってはいなかった。

この短篇では女性家庭教師が持つ自然科学の知識の乏しさが揶揄《やゆ》されているが、ジーノチカが当時のロシアの若い女性としてはかなり教養のある人物であったことは否定できない。家庭教師先の家の息子との恋愛が結局、成就するのも、家柄だけに縛られずに自分たちの選択で結婚を決めようとする当時の若い世代の考え方が背後にあってこそだろう。もっとも、彼女が「女学校」出であるとすると、貴族の家柄か、少なくとも良家の子女ということになるから、彼女とサーシャが後にめでたく結ばれたとしても、ひどい「身分違い」の結婚というスキャンダルにはならなかったはずだ。

おそらくジーノチカは零落した貧しい貴族の家の出で、生活費を稼ぐために、女学校を卒業してから家庭教師の職に就いたということなのだろう。ここで、まったくの脱線になるが、私などがつい思い出してしまうのは、ロシアのお隣、(当時は国土の大部分をロシアに支配されていた)ポーランドのキュリー夫人のことである。マリー・キュリーはポーランド名をマリア・スクウォドフスカといい、一八六七年にワルシャワで中学教師の家に生まれた(だからチェーホフとほぼ同時代人である)。両親はともに地主貴族(ポーランド語でいう「シュラフタ」)の家系だが、豊かではなかった。マリアの姉、ブロニスワヴァは医学を志して先にパリに留学したが、マリアはその姉を経済的に支援するため、国内に残り、ある裕福な貴族の田舎屋敷に住み込んで家庭教師をした。そして家庭教師先で、その家の長男と深く愛し合うようになったが、貧乏貴族の娘などとの身分違いの結婚は絶対に許さない、という先方の両親の猛反対にあう。そこでマリアは破れた恋を振り切って一八九一年にパリに出て、失恋の痛みを忘れようとするかのように猛烈に物理学と数学を学んだのだった。つまり、家庭教師先での恋愛の破綻《はたん》という傷心の事件がなければ、世界の科学を先導した最初の偉大な女性科学者、物理学と化学の二分野にわたってノーベル賞を受賞したあのキュリー夫人は誕生しなかっただろう、ということである。

閑話休題。ジーノチカの運命に話を戻すと、彼女は科学者にこそなれなかったが（化学に関して「犬の洞窟」しか知らないのでは、しかたないか）、家庭教師先の長男と最終的には無事に結ばれ、ハッピーエンドになる。ところがこの短篇が面白いのは、憎しみが最後まで残ってしまうという点にあり、その意味ではもちろん単純なハッピーエンドの作品ではない。この解説でもここまでジーノチカのことばかり語ってきたが（作中にも「主役は女」のほうだという記述がある）、ある意味ではそれ以上に重要な役割を果たしているのは語り手の男性であり、これは彼が幼い頃に味わった「初恋」ならぬ「初めての憎み」、つまり「憎まれ初《ぞ》め」の物語なのである。

語り手は八歳くらいのとき、自分の家庭教師のジーノチカと、兄の大学生サーシャの密会の場面を目撃し、幼い子供のやんちゃさと意地悪さから、母親に告げ口して二人の清らかな（ジーノチカにとっては明らかに初めての）恋をめちゃくちゃにしてしまう。そのときのことを、語り手は少なくとも三十年は経ってからだろうか、もう禿頭と太鼓腹になってから、ハンターの仲間に面白おかしく述懐する、という設定なのだが（過去の出来事をだいぶ後になってから語る、という構造は、本書に収録した「いたずら」の改訂版もそうだが、チェーホフにはかなり多い）、注目すべきは、初恋をロマンティックに描く文学的伝統に対する一種のパロディになっているということだ。中でもトゥルゲーネフの有名な『初恋』（一八六〇年）をチェーホフが意識していることは、ほぼ確かだろう。『初恋』のヒロインの名前はジナイーダで、これを愛称形にしたものがジーノチカだから、じつは両者は同じ名前である。『初恋』において父とジナイーダの大人の愛（不倫）と、ジナイーダに憧れるウラジーミル少年のまだ幼い「初恋」が織り成す三角関係が描かれていたとすれば、「ジーノチカ」に描かれているのは、兄とジーノチカの大人の愛（許されざる恋）と、まだ幼い弟ペーチャがジーノチカに激しく憎まれるという「憎まれ初め」が織り成す三角関係である。だからチェーホフの短篇は、『初恋』のウラジーミル少年のジナイーダに対する恋情をひっくり返し、ジーノチカがペーチャに向ける激しい憎悪に書き換えたパロディだといってもいいだろう。ペーチャがジーノチカの後を追い、果樹園を通りぬけ、池畔で二人の恋人の密会の場面を目撃するというシーンも、トゥルゲーネフの『初恋』で、父がジナイーダに会うため深夜庭に出てきたところを、木陰で待ち伏せしていた息子が目撃するという場面を彷彿とさせる。

さきほど、一八八〇年代後半に「十九世紀ロシア・リアリズムの伝統を受け継ぐ本格的な作家」としてのチェーホフが誕生する、といった趣旨のことを書いたが、こうして見ると、チェーホフは単に受け継いだのではないことがよくわかる。むしろ先人たちが創造し、美しく飾り上げて作り上げた世界をアイロニーとパロディの毒によって解体する作業を始めていた、と言ったほうが適切だろう。その作業は最後には、誰もこれ以上先には進めない、というリアリズムの極北に達し、リアリズムそのものに引導を渡す次の時代、二十世紀のモダニズムの時代へと読者を導いていくことになる、というのが私なりの見取り図なのだが、「ジーノチカ」からそこまで一気に話を持っていくのは、まだちょっと気が早すぎるようだ。

いたずら

晴れた冬の真昼。寒気はきびしく、身を切るようで、ぼくの腕につかまるナッちゃんのこめかみの巻き毛も、上唇の上のうぶ毛も、銀色の霜に覆われている。ぼくたちが立っているのは、高い丘の上だ。足元からふもとまで延びる斜面はまるで鏡のようで、そこに太陽が照り映えている。目の前には燃えるように赤いラシャを張った橇《そり》がある。

「滑ってみましょうよ、ナジェージュダさん！」と、ぼくは頼み込む。「一度だけでも！　だいじょうぶ、怪我なんかぜったいしませんから」

でもナッちゃんは怖がっている。自分の小さなオーバーシューズ（保温や靴の保護のため、靴の上にはく靴）から、氷に包まれた丘の果てまでの空間全体が、彼女には恐ろしく、底知れない深淵のように思えるのだ。下を見ただけでも、橇に乗るように勧められただけでも、足がすくみ息が止まりそうなのに、もしも思い切って深淵に飛び込むような冒険をしたら、どうなることか！　死んでしまうか、気が狂ってしまうかだろう。

「お願いです！」と、ぼくは言う。「怖がることはありません。だって、そんなことじゃ臆病すぎですよ、弱虫だなあ！」

ナッちゃんはとうとう根負けしてぼくに譲歩する。でもその顔を見ると、命の危険を覚悟していることがわかる。ぼくは青ざめて震える彼女を橇に乗せ、その体に腕を回して支え、彼女もろとも深みに真っ逆さまに落ちていく。

橇は弾丸のように飛んでいく。切り裂かれる空気が顔を打ち、うなり、耳元でひゅうひゅう鳴り、引きちぎろうとし、憎しみのあまり痛いほど刺し、肩から首をもぎ取ろうとする。風の圧力のせいで、息をすることもできない。まるで悪魔がみずから両手でぼくたちを抱きかかえ、うなり声をあげながら地獄に引きずりこもうとしているようだ。周りのいろいろなものが溶け合って、恐ろしい勢いで流れる一本の長い筋になる……。ああ、一巻の終わりになるんじゃないか──いますぐにも！

「す・き・だ・よ、ナージャ！」と、ぼくは声をひそめて言う。

橇はしだいにスピードをゆるめ、風のうなり声と滑り木のきしる音はさほど恐ろしくなくなり、息もつけるようになり、ぼくたちはようやくふもとに着く。ナッちゃんは生きた心地もない様子だ。青ざめて、息もたえだえになっている……。ぼくは彼女を助け起こしてあげる。

「もう絶対、二度と乗らないわ」彼女は恐怖に満ちた大きな目でぼくを見ながら、言う。「どんなことがあっても！　死ぬかと思った！」

しばらくすると彼女は人心地がついて、もうぼくの目をのぞき込んでいる。あの言葉を言ったのはあなたなの、それとも渦巻く風のざわめきがそう聞こえただけなの、と問いかけるように。でもぼくは彼女の前に立ち、タバコを吸いながら、自分の手袋をじっと見つめている。

彼女はぼくの腕をとり、ぼくたちは丘の周りを長いこと散歩する。どうやら謎のせいで、落ち着かないようだ。あの言葉は本当に言われたものなの、それとも？　違うの？　本当？　それはプライドと名誉の問題、人生と幸福がかかった、とても大事な問題、この世で一番大事な問題なのだ。ナッちゃんはじれったそうに、悲しげに、見通そうとするようなまなざしで、ぼくの顔をのぞき込み、何を聞かれてもとんちんかんな答えをしながら、ぼくが切り出さないかと待っている。ああ、この可愛い顔は、なんて生き生きと表情を変えるのだろう、本当になんて生き生きと！　見ていると、彼女が自分と闘っていることがわかる。何かを言わなければ、何かを聞かなければ、と思いながらも、言葉が見つからない。決まりが悪く、怖くもあり、嬉しくて困っているようでもある……。

「あのね」と、彼女はぼくを見ないで言う。

「何でしょう？」と、ぼくが聞き返す。

「もう一度、その……橇に乗ってみましょうか」

ぼくたちは階段をよじのぼって丘の上にもどる。もう一度、ぼくは青ざめて震えるナッちゃんを橇に乗せ、もう一度、ぼくたちは恐ろしい深淵に飛び込み、もう一度、風がうなり滑り木がきしみ、もう一度、飛ぶような橇の勢いが一番強くなり、そのざわめきが一番激しくなったとき、ぼくは声をひそめて言う。

「す・き・だ・よ、ナッちゃん！」

橇が停まると、ナッちゃんはたったいま滑り降りてきたばかりの丘を眺め回し、それから長いことぼくの顔を穴が開くほど見つめ、ぼくの声に聞き入るのだが、ぼくの声はそっけなく冷淡なままだ。そして彼女の姿のすべてが——それこそマフも、頭巾《フード》までも——全身で極度の不審を表している。その顔にはこう書いてあった。

『いったいどういうことなの？　あの言葉は誰が言ったの？　あなたなの、それとも空耳だったの？』

それがわからないせいで彼女はそわそわし、もうこれ以上我慢できないという気分になる。かわいそうに、この少女は何を聞かれても答えず、顔を曇らせ、いまにも泣き出しそうだ。

「家に帰りませんか」と、ぼくが聞く。

「でも、あたし……この橇遊びが気に入ったわ」と、顔を赤くしながら言う。「もう一度、滑りません？」

この橇遊びが「気に入った」というくせに、彼女は実際にいざ橇に乗るとなると、前の二回と同様に、青ざめ、恐怖のあまり息も止まりそうになって、震えている。

こうして三度目の滑降が始まり、彼女を見ると、ぼくの顔をじっと見つめ、唇の動きを見守っていることがわかる。でもぼくはハンカチを口に当てて、咳をする。そして丘の中腹まで来たとき、さっと言ってしまう。

「す・き・だ・よ、ナージャ！」

そして謎は謎のまま残る！　ナッちゃんは黙ったまま、何かを考えている……。ぼくは彼女を滑走場から家まで送っていくが、彼女はできるだけゆっくり歩こうとし、歩調をゆるめ、ぼくにあの言葉を言ってもらえるのではないか、といつまでも待っている。その様子を見てわかるのは、悩ましい思いを抱えながら、なんとか自分を抑え、こう言い出さないよう努力していることだ。

『あの言葉を風が言うなんてこと、ありえないわ！　風が言ったなんて、思いたくないし！』

翌朝、ぼくは書き付けを受け取る。「今日も橇遊びにいらっしゃるなら、迎えに来てね。㋤」そしてこの日から、ぼくとナッちゃんは毎日滑走場に出かけるようになり、橇で丘を飛ぶように滑り降りながら、ぼくは毎回必ず声をひそめて同じ言葉を繰り返す。

「す・き・だ・よ、ナージャ」

やがてナッちゃんはこの言葉にまるでワインかモルヒネみたいに、病み付きになってしまう。それなしにはもう生きていけないのだ。たしかに飛ぶように丘を滑り降りるのは相変わらず怖いのだけれども、恐怖と危険のおかげで、相変わらず謎のままになっていて心を悩ませるあの愛の言葉に特別な魅力が加わるのだ。容疑者はいつも同じ二人。ぼくか、それとも風か……。その二人のどちらが自分に愛の告白をしているのか、彼女にはわからない。でも彼女にとってはもう、どちらでも同じみたいだった。どんな器から飲もうとも、酔えさえすれば同じこと。

そんなある日の真昼、ぼくは一人で滑走場に向かった。人ごみに紛れて見ていると、ナッちゃんが丘のほうにやってきて、目でぼくをさがしている……。それから彼女はおずおずと階段を登り始める。一人で滑るのは怖い、ああ、とっても怖い！　彼女は雪のように顔面蒼白になり、まるで断頭台に向かうような様子だが、それでも振り返りもせず、きっぱりと進み続ける。とうとう試してみることにしたのだろう――ぼくがいないときでもあの甘く素晴らしい言葉が聞こえるかどうか。ぼくに見られているとも知らないで、彼女は青ざめ、恐怖のあまり口を開け、橇に乗り込み、目を閉じ、地上の世界に永遠の別れを告げて、滑り出す……。「ジュジュジュ……」と滑り木がきしむ。ナッちゃんにはあの言葉が聞こえたのだろうか、ぼくにはわからない。ただ、ぐったりとして、橇からふらふら立ち上がるのが見えるだけ。その顔を見ると、どうやら彼女は自分でも、何か聞こえたのかどうか、わからないようだ。滑り降りているときは、恐怖のせいで耳が聞こえなくなり、音を判別する能力もなくなってしまったのだろう。

―雑誌版―

でも春が訪れ、三月になる。太陽がしだいに優しくなり、大地は灰色に、陰鬱《いんうつ》になっていく……。ぼくたちの氷の丘は黒ずみ、持ち前の輝きを失い、やることもなくくすぶるようになる。もう橇遊びの季節もおしまいだ。かわいそうに、ナッちゃんはどこに行ってももうあの言葉を聞くことができない。タバコを止めたり、モルヒネから手を切ったことがある人ならば、それがどれほど大きな喪失かわかるだろう……。

あるたそがれどき、ぼくはナッちゃんが住む家の隣にある小さな公園に腰をおろし

―改訂版―

でも春が訪れ、三月になる。太陽がしだいに優しくなっていく。ぼくたちの氷の丘は黒ずみ、持ち前の輝きを失い、とうとう溶けてしまう。もう橇遊びの季節もおしまいだ。かわいそうに、ナッちゃんはどこに行ってももうあの言葉を聞くことができない。そもそも、それを言ってくれる人が誰もいなくなってしまう。風の音は聞こえなくなるし、ぼくはペテルブルクに発とうとしていて、長いこと、いや、きっともう二度と、ここに帰ってこないからだ。

出発の二日ほど前のこと、たそがれどき

ていた。まだかなり寒く、地面には雪が残り、木々は死んだようだが、それでももう春の匂いがちらほら漂っている……。ナッちゃんが玄関口の階段に出てきて、悲しげで憂いに満ちたまなざしを木々に向けるのが見える。春の風が彼女の青白く物憂げな顔にもろに吹きつける……。その風は、彼女が氷の丘であの言葉を聞いたときうなっていた風を思い出させ、彼女はまるでこの風にあの甘い言葉を運んで来て、と頼むように、哀れな泣き顔をする……。ぼくは泥棒のようにこっそり灌木《かんぼく》の植え込みに近づき、その陰に隠れ、自分の頭を越えてナッちゃんのほうに一陣の風が吹くのを待ち受けて、すかさず声をひそめて言う。

「す・き・だ・よ、ナージャ！」

そのときのナッちゃんの様子といったにぼくは小さな公園に腰をおろしていた。ナッちゃんが住む家とこの公園の間は、釘を植えた高い塀で区切られている……。まだかなり寒く、堆肥の陰にはまだ雪も残り、木々は死んだようだが、それでももう春の匂いが漂い、ねぐらに就こうとするミヤマガラスたちが騒々しく鳴いている。ぼくは塀のすぐそばまで行って、隙間から長いこと覗《のぞ》き見をする。すると、ナッちゃんが玄関口の階段に出てきて、悲しげで憂いに満ちたまなざしを空に向けるのが見える。春の風が彼女の青白く物憂げな顔にもろに吹きつける……。その風は、彼女があの言葉を聞いたとき丘でうなっていた風を思い出させる。そして彼女の顔は悲しみにふさがれ、頬を伝って涙が流れていく……。かわいそうな少女はこの風にもう一度あの言葉ら！　とっさに叫び声をあげ、満面にほほえみを浮かべ、風を迎えるように両手を差しのべる……。待ってました、とはこのことだ。ぼくは灌木の陰から出て、ナッちゃんが手を下ろしたり、驚きのあまり口をぽかんと開ける暇《いとま》も与えず、彼女に向かって駆けていく……。

　でもこのへんで、結婚させていただきましょう。

を運んで来て、と頼むように、両手を差しのべる。そしてぼくは、風が吹いて来るのを待ち受けて、すかさず声をひそめて言う。

「す・き・だ・よ、ナージャ！」

　そのときのナッちゃんの様子といったら！　とっさに叫び声をあげ、満面にほほえみを浮かべ、風を迎えるように両手を差しのべる。その姿は嬉しそうで、幸せそうで、とてもきれいだ。

　一方、ぼくは荷造りに戻っていく……。

　この話はもう、だいぶ昔のことになる。ナッちゃんはもう人妻だ。お嫁に行かされたのか、自分から結婚したのか、それはともかく、夫は貴族後見人会の書記をつとめる男で、いまはもう三人の子供がいる。いつかぼくといっしょに橇遊びに通い、風が「す・き・だ・よ、ナッちゃん」という言葉を運んできてくれたことは、忘れていない。彼女にとってそれがいままでは、一番幸せで、一番胸にぐっとくる美しい思い出なのだ……。

　ぼくもあれからだいぶ年をとり、いまではもうわからない。どうしてあんな言葉を言ったのか、何のためのいたずらだったのか……。

ナッちゃん、好きだよ！　あるいは人生が芸術を模倣することについて

ここに訳出したのは、これまで多くの場合「たわむれ」と訳されてきたチェーホフの小品である。非常に有名な作品とまで言えるかどうかはわからないが、本当に「たわむれ」のようなエピソードをさっと一筆で書いた鮮やかさがあって、この短篇が好きだという人は少なくない。例えば、井上ひさし氏も私との対談で、「チェーホフは、たった十枚ぐらいで（中略）人生はあっという間に夢のように過ぎ去ってしまうという生そのものの真実を、あざやかに書いています」（『すばる』二〇〇八年二月号）と高く評価している。まったくその通りなのだが、この一見したところ単純な「あざやか」さの背後には、意外にこみいったテキスト上の問題や、実生活と虚構の関係などが秘められている。そういったことについて、これから少し考えてみよう（以下、引用の場合を除いて、作品名は「いたずら」で通すことにする）。

二つの「いたずら」

今回の新趣向は、普通は訳されることのない一八八六年の雑誌初出版の結末（確認の努力を怠って

いるのだが、おそらく本邦初訳ではないか）をあわせて掲載し、普通「正典」（カノニカルなテクスト）とされるマルクス社版著作集のための改訂版と並べて読めるようにしたことである。そんな変な、それこそ「たわむれ」みたいなことを思いついたのは、この翻訳に取り掛かる直前、ベオグラードのレストランで、ある晴れた昼下がり、詩人・セルビア文学翻訳家の山崎佳代子さんと二人で、ミロラド・パヴィチにお昼をごちそうになっていたときのことだ。奇想の塊ともいうべき前代未聞の事典小説『ハザール事典』の著者として知られるパヴィチは、東欧ポストモダン文学の旗手であり、「単線的《リニアル》ではない物語」形式を探求してきた。

「単線的ではない物語」というのは、要するに、作者によって最初から最後まであらかじめびしっと決められた一本のレールに沿って作品が展開するのではなく、事典のクロスレファレンスに従って拾い読みするように、ここを読んだら次はあちらに飛んだりとか、ある章を読んだら次にどの章に進むかについて、いくつも選択肢が用意されている、という風に書かれた作品のことだが、八十歳を目前にしてそんな実験をいまだに旺盛に実践している、いかにも楽しそうなパヴィチの顔を見ているうちに、私はひらめいたのだった。そうか、一つの作品に二つのかなり異なったバージョンがある場合、事前にどちらか一つに決めてしまわないで、二つとも並べて提示して、読者に好きなほうを選んでもらえばいいのだ、と（パヴィチはこのほぼ一年後、二〇〇九年十一月に八十歳で亡くなった。思えば、私は彼の最後の輝きに照らされたのだった）。

「いたずら」は最初、ユーモア雑誌の『こおろぎ』一八八六年第十号（三月十二日付）に掲載された。しかし、その後、マルクス社版チェーホフ著作集第二巻（一九〇〇年刊行）に再録するにあたって、一八九九年に作家自身が異例の——結末まで書き換えるような——大幅な改訂を行った。その後、この改訂版がこの作品の「正典」と見なされるようになり、ロシアで出るどんな著作集に収められるのも、海外での翻訳の底本とされるのも、改訂版のほうである。雑誌初出の際には特に反響も呼ばなかったが、改訂版が世に出ると批評家にも注目されるようになった。そういうわけで、第一に、作家自身が成熟してから、未熟な若書きの作品を直した、第二に、受容史においても圧倒的多数の一般読者が読んできたのは改訂版のほうだった、ということを考え合わせれば、改訂版のほうを「正典」とすることに何の問題もなさそうだ。つまりわれわれは改訂版一つを読んでいればいいのだ、雑誌初出との異同などは一般読者とは無縁の些事を生きがいにする書誌学者にでも任せておけばいい、ということになりそうなものだが、じつはそう単純に言い切れない問題がここにはある。

よく知られているように、チェーホフは地方都市タガンローグからモスクワに出てきたとき、貧しい一家の家計を支えるために、医学生としての勉学に励むかたわら、チェホンテを初めとする様々なペンネームを使って、ユーモア雑誌のために短篇を書きまくり、原稿料を稼いだ。この「お笑い作家」時代は、一八八四年にモスクワ大学医学部を卒業し、開業医になってからもしばらく続く。「いたずら」ももともとはその時期の作品であり、「脾臓《ひぞう》のない男」というペンネームで発表された。なおこの短篇が書かれた一八八六年三月、チェーホフは文壇の長老グリゴローヴィチから、あなたには「めったに与えられるものではない才能」があるのだから、それを大事にしなさい、「やっつけ仕事はおやめなさい」という真率な忠告の手紙を受け取り、強い感銘を受けている。そして同年五月、『雑話集』という二冊目の短篇集を出す際には、本名で署名するようにという周囲の強い勧めをしぶしぶ受け入れて、チェホンテという筆名の後にチェーホフという本名を括弧に括って表示することに同意したのだった。つまり「いたずら」が書かれた一八八六年とは、「お笑い作家」チェホンテがシリアスな作家チェーホフに変貌する直前の転機にあたる年だったのだが、そうだったからこそと言うべきか、ユーモア短篇を生み出す彼の筆力にはすさまじい勢いがあった。なんとこの年だけで、百十一本もの短篇が書かれているのだ。軽い短い作品ばかりだとはいえ、この数は尋常ではない。

それに対して、「いたずら」を改訂した一八九九年といえば、チェーホフはもはや本格的な大作家としての地位を確立していた。そもそも彼は一九〇四年に結核のため、四十四歳の若さで亡くなるのだから、この頃はもはや晩年といってもいい。一八九九年だけを見ても、短篇「かわいい」「奥さんは小犬を連れて」（一般には「犬を連れた奥さん」の邦題で知られる作品）が書かれ、戯曲『ワーニャおじさん』がモスクワ芸術座で初演されている。雑誌初出と改訂版の間は十三年。長寿の現代日本では、たいした時間ではないかもしれないが、短い人生を駆け抜けたチェーホフにとっては巨大な歳月だった。だから、十三年の期間をはさんで存在する雑誌版と改訂版が、同一の作家による同一の作品とは言いがたいくらい異なるものになっていたとしても、不思議ではない。少なくとも、読者が一八九九年の改訂版しか知らないで、「いたずら」をチェーホフの〈初期〉作品の一つと単純に考えているとしたら、それは錯覚だと言わざるをえない。

チェーホフが現実に生きた恋物語？

しかし、考えてみると、この種の問題はチェーホフに限った話ではないだろう。一つの作品に二つの、いや、いくつものヴァリアントがあるのはむしろ普通のことだが、生前の作家の意思、校訂者の権威、出版社の商売熱心さ（そして翻訳の場合は、翻訳者の判断）などが複雑に絡み合って、複数のテキストのうちの一つだけが、あたかももともと一つしか存在しなかった唯一「正しい」版であるかのように流通し、読者は——特に外国文学を翻訳で読む場合——与えられたテキストが複雑な権力行使と選別のプロセスの結果であることを忘れがちである。ロシア文学の古典的大作を例にとれば、ドストエフスキーの『悪霊』にせよ、トルストイの『戦争と平和』にせよ、「正典」の問題は潜在的には非常に大きなものだし、もっと身近なところでは、誰もが知っているあの「山椒魚」を作者の井伏鱒二が初出後、六十二年もの歳月を経て自選全集（一九八五年、新潮社）に収めるとき、皆が愛読したあの印象的な結末をばっさり削ってしまい（「今でもべつにお前のことをおこってはいないんだ」という、山椒魚に対して蛙が言うあの言葉を覚えていない読者がいるだろうか！）、多くの読者から猛反発を買ったという「事件」がある。

結局、「山椒魚」のケースを通じて明らかになったように、すでに存在してしまっているテキストに対しては作者といえども全能の独裁者となりえず、複数の版がそれぞれ独自の価値を持ってパラレルな生を生き続けるという事態が生ずるのである。「いたずら」もそんなケースではないかという気がする。とはいうものの、私はなにも、雑誌版のほうが改訂版よりも優れているなどといいたいわけではない。冷静に比較してみれば、改訂版のほうが芸術的に優れているのは明らかだろうが、それでは初期の「お笑いチェーホフ」にもそれなりの（天才的な？）面白さがあるという見方は否定されてしまうのだろうか。雑誌版「いたずら」は、後の改訂版とはまた違った作品として、独自の面白さを持っているのであって、それはどちらがいいといった比較の問題を超えて面白い、初期のチェーホフの才能そのものなのだ、と考えるべきではないだろうか。

「いたずら」の雑誌初出と改訂版の違いは、ここに掲載した結末だけではない。じつは全篇にわたって文章表現上の細かい異同がある上、雑誌初出には改訂版からは削られた大きな場面も含まれていた（ナージャに呼ばれて、語り手が彼女の家に食事に行く場面）。だから結末だけ二つ並べたのでは不十分なのだが、ここでは読書の楽しみのための一つの便法として二つのまったく異なった結末を提示して、読者に好きなほうを選んでいただきたい、と考えた。全体を仔細に比べて言えるのは、雑誌版のほうが、ユーモア雑誌の読者を想定したいささか下卑た調子が強く、語り手は自己満足した饒舌《じょうぜつ》なお調子者といった風で、語りはこんな文体になっている。「しかし、親愛なる紳士の皆さん、女というものは自分を犠牲にする能力があるのです。そのことについてなら、私は千回誓ってもいい」「しかし、おお、女というものは！　ナージェンカはもう一度、女の耳に甘く響くあの言葉を聞きたくてしょうがなかったのです……」それにあわせて、ヒロインのナージェンカ（ナジェージュダの愛称）、つまり私の訳の「ナッちゃん」のほうも、それ相応の通俗な姿に描かれていると言える。

改訂版のほうが、語り手はより繊細で知的と言えるだろうし、ヒロインのイメージもより詩的に仕上がっている（それと同時に初々しさが増し、少し年齢が下がっているという印象を受ける）。しかし、それにしても、よく考えてみると、これは機知に富んだアイデアに基づいた楽しい小品というよりは、なんだか残酷で、嫌な面を秘めた謎めいた作品のようでもある。少なくとも改訂版の場合、語り手は初心《うぶ》な若い女性の気持ちをもてあそぶだけで、結局何も言わないで別れてしまうのだから（その点、雑誌版のほうでは、語り手はより俗っぽい存在ではあるが、最後にはナージェンカに向かってまっしぐらに走っていき、結婚することを決めるのだから、こちらの唐突なハッピーエンドのほうが、ばかばかしいけれども気持ちよいと言えるだろう）。改訂版で語り手は最後に、どうしてあんないたずらをしたのか、と自問するのだが、うがった見方をすれば、これは多くの女性を惹《ひ》きつけながら、結局、普通の意味の（互いに相手を縛りあう、どろどろした面も多分に含む）男女関係になかなか踏み込めなかったチェーホフ自身の恋愛に対する態度を反映したものとも考えられる。

フランスの作家、ロジェ・グルニエは『チェーホフの感じ』（山田稔訳、一九九三年、みすず書房）というユニークなエッセイ集で、「アントン・チェーホフが現実に生きた恋物語は、『たわむれ』に似ている」と言っているが、この指摘は鋭い。そして、グルニエはそのすぐ後に、リジヤ・アヴィーロワという女性の例を取り上げている。アヴィーロワはチェーホフより少し年下の女性作家で、一時チェーホフと親しい関係にあったが、後に『私のなかのチェーホフ』という回想を書いて、自分のチェーホフとの「恋」について告白した。確かにこの回想を見ると、アヴィーロワはよく思い出すチェーホフの短篇として「いたずら」を取り上げ、そのあらすじを紹介したうえで、こう言っている。「モスクワのわたしも橇遊びをしていた。以前にもしたことがあった。『君が好きだ』という囁きも一度ならず耳にした。けれども、ほんの少し時が過ぎてすべてが日常に戻ると、アントン・パーヴロヴィチ（チェーホフ）の手紙は冷ややかで淡々としているのだった」（尾家順子訳、二〇〇五年、群像社）。

アヴィーロワの回想の信憑性《しんぴょうせい》については、昔から疑念が提出されていて、チェーホフの妹、マリアなどはそこに書かれていることは「事実ではない」「主観的すぎる」とかなりはっきり批判している。マリアはマリアでまた、自分の兄の名誉をよからぬ女どもから守ろうとする「身内」の論理を貫いているので（有名作家の遺族によくある話だ）、「主観的」であることを免れないのは同じだが、じつは私自身もアヴィーロワの回想は、有名作家に恋された自分を演出しようという自己陶酔的な美化と虚構を相当含んでいるのではないかと以前から疑っていて、この「いたずら」についての回想もどこまで信じていいのか、怪しいものだという印象を持っていた。ちなみに、アヴィーロワは、「いつか私の命が必要になったら、取りに来てください」という言葉が書かれたチェーホフの短篇集のページと行の数字を彫りこんだ「下げ飾り」をチェーホフに贈ったということも、回想で書いている。これはマリアも事実だと請け合っているから、実際に彼女がしたことなのだろう。よく知られているように、チェーホフはこのエピソードを利用して、後に『かもめ』のニーナによって繰り返させることになった。

愚かさと、哀しさと

確かなのは、チェーホフが「いたずら」という作品を書いたということ。そしてアヴィーロワという、有名作家に愛されたと強く思い込んでいた女性が（勘違いであった可能性は高いが）あの作品は自分のことを書いたのだと、やはり思い込んだことである。チェーホフは「いたずら」の改訂版では、単なる可愛い恋のたわむれを書いたわけではなかった。むしろ、そこに描かれているのは、勘違いの思い込みで有頂天になる女性の可愛さと愚かさ、そして、そういう女性に心惹かれながらも、本当には愛することができない男の哀しさではないか。だから、アヴィーロワの我田引水的な回想は、転倒したものだと言えるだろう。チェーホフが小説で描きだした女の可愛さと愚かさを、アヴィーロワが人生において見事に模倣しているのだから。そう、人生は芸術を模倣するのである。

興ざめになることを承知で、もっと通俗的なフロイト的解釈も可能だということを付け加えておくべきだろうか（あまりに明白なことだが、従来、旧ソ連の批評家はあまりこういうことを言わなかったので）。「ぼく」とナージャが橇遊びをする丘は、氷のような雪に包まれて純白（処女の純潔さを連想させる)。彼らが乗る橇は燃えるような(血を思わせる)赤いラシャ張り。ナージャは男にそそのかされて、奈落の底に落ちるように飛んでいく。そして、男は恍惚感の絶頂で女にささやきかける。これが何を象徴しているか、これ以上説明の要はないだろう。チェーホフが意図的にこのような性的ほのめかしを持ち込んだのか(そして当時の読者がどの程度それを理解したのか)、それともまったくの偶然なのか、それとも作家の潜在意識のなせるわざなのか、私にはわからない。しかし、これはテキストの事実としてそこにある。こういったことも含めて、「いたずら」は単純な外見に反して、じつは陰影に富んだ、一筋縄ではいかない作品なのである。

タイトルや人名について、最後に一言。原題はロシア語でШуточка(シュートチカ)といって、(冗談、しゃれ、おふざけ、いたずらなどを意味するごく普通の名詞Шутка(シュートカ、英語だったら単にjoke)の指小形だから、「ちょっとしたおふざけ」くらいのニュアンスである。最初に書いたようにこれまでの先行訳(中村白葉、原卓也、児島宏子各氏による)の多くは「たはむれ」ないし「たわむれ」と訳していて、「いたずら」と訳しているのは、私の知る限りでは松下裕氏ただ一人。「たわむれ」は決して悪くはないのだが、この訳語は現代ではちょっときれいごと過ぎるようにも思えたので、「いたずら」を採ることにした。もっとも、いっそもっと現代的に「やんちゃ」とでも訳してみたいという誘惑もあったのだが。なお、「シュートカ」という単語には、上記の意味とは別に、小喜劇、短篇笑劇という意味もある。例えば『かもめ』では、トレープレフが母親のアルカージナに対して、自分の書いた芝居のことをほんの「シュートカ」だと言っている(これは「ほんのおふざけ」と言っているようにも、あるいは演劇のジャンルとしての「軽い小喜劇」だと言っているようにもとれるので、意外に翻訳しにくい)。そうだとすると、チェーホフはこの表題にも、ナージャに対する語り手によるいたずらという文字通りの意味のほかに、この作品そのものが「ちょっとした喜劇」だという暗示をこめていたのかもしれない。

ヒロインの名前は、正式に言うと、ナジェージュダ・ペトローヴナ。ペトローヴナは父称で、苗字は作品中には出てこない。語り手は最初に、彼女を「ナジェージュダ・ペトローヴナ」と丁寧な形で一度だけ呼んでいるのだが、それ以外の場所で、というか、要するに心の中では一貫して、愛称形ナージャや、さらにもっと親密なナージェンカという形を使っている。この翻訳ではそのニュアンスを少しでも伝えるために、かしこまった言い方は「ナジェージュダさん」とし、ナージャは原文のまま、そしてよりくだけたナージェンカは思い切って「ナッちゃん」としてみた。そんなのは訳者の勝手な「おふざけ」だと言われてしまいそうだが、そう訳してみると、ぐっと身近な感じがしてくる。訳し終えていま言いたいのは、この作品についてはいろいろ謎めいたところが残るけれども、「ナッちゃん、好きだよ！」ということだけ。

中二階のある家

ある画家の話

1

六、七年前、T県のある郡で、ベロクーロフという地主の屋敷に住んでいたことがある。この地主は若い男で、とても朝が早く、ハーフコートを着て歩きまわり、毎晩ビールを飲んでは、どうしておれはどこの誰にもわかってもらえないんだろう、といつもぼやくのだった。彼は庭の離れに住み、ぼくは古い母屋で、円柱が立ち並ぶだだっぴろい広間に暮らしていた。こちらにはおよそ家具と呼べるようなものがなく、あったのは大きなソファとテーブルくらいで、ソファはベッド代わりに、テーブルは一人占いのトランプを並べるために使った。ここではいつも、穏やかな天気のときでさえ古めかしいアモソフ式の暖炉がうなり、嵐になると家中が震えて、ばらばらになるのではないかという気がした。特に夜中に、十もある大きな窓がすべて突然、稲妻にぴかっと照らし出されたときなどは、ちょっと怖かった。

ぼくは毎日ぶらぶら過ごす境遇を自分の運命とこころえ、まるっきり何もしなかった。何時間もぶっ続けに窓から空や、鳥や、並木道を眺めたり、郵便局から配達されるものを手当たり次第に読んだり、そうでなければあとは寝るだけ。たまには家を出て、夜遅くまでどこでもかまわずぶらつくこともあった。

そんなあるとき、家に戻る途中、見覚えのない誰かの屋敷にたまたま迷いこんだ。太陽はもう隠れようとしていて、花咲くライ麦畑には夕べの影が長く伸びている。びっしり植えられたとても背の高いモミの老木が二列、まるで隙間のない二つの壁のようにそびえて、美しい並木道をつくっていた。ぼくは生垣を軽々と乗り越え、地面に四、五センチほども積もっている針のような葉に足を滑らせながら、並木道を歩き始めた。静かで暗く、ただ梢の高みのあちこちでまばゆい金色の光が震え、蜘蛛の網を虹色に輝かせていた。針葉の匂いが強烈で、むんむんする。それから道を曲がり、長い菩提樹の並木道に入った。ここもやはり荒れはて、すべてが古びた感じだった。去年の落ち葉が足元で悲しげにさらさら音を立て、たそがれの木々の間には影たちがひそんでいた。右手の古い果樹園ではコウライウグイスが弱々しい声でいやいや歌っていた。きっとこの鳥も年寄りなのだろう。でもこの菩提樹の並木もとうとう終わった。テラスと中二階のある家の前を通り過ぎると、目の前に思いがけず、地主屋敷の庭と大きな池の眺めが開けた。池には水浴場があって、青々とした柳の群れが生い茂り、向こう岸には村が見え、村には細く高い鐘楼がそびえ、その天辺では十字架が沈み行く太陽の光を反射して燃えるようだ。一瞬、なんだか懐かしい、とてもよく知っているものの魅力にぼくは打たれた。子供の頃、これと同じ光景を見たような感じがしたのだ。

庭から野原に出るところに石づくりの門があった。一対のライオンの像が飾られた、その古くて頑丈な門のところには、二人の若い女性が立っていた。そのうちの一人、年上のほうはほっそりして青白い、たいへんな美人で、栗色の髪をふさふさ盛り上げ、小さな口は強情そうで、顔の表情も厳《いかめ》しく、ぼくのほうなどほとんど見向きもしなかった。もう一人はとても若く――せいぜい十七か、十八くらいだろうか――やはりほっそりして青白かったが、大きな口と大きな目をしていた。そしてぼくが通りかかると、びっくりしてこちらを見つめ、何かを英語で言ってから、恥ずかしそうな顔をした。ぼくはこの二つの愛らしい顔も、ずっと前から知っているような気がした。そして、いい夢を見たような気分になって家に帰った。

その後まもなく、ある日の昼ごろ、ベロクーロフとぼくが家の周りを散歩していると、不意に草をざわざわ鳴らしながら、スプリングつきの馬車が庭に乗り入れてきた。そして馬車の中には、二人の娘のうちの一人が座っていたのだ。お姉さんのほうだった。彼女は火事で焼け出された人たちのために義捐金《ぎえんきん》を集めようと、寄付者名簿を持ってきたのだった。ぼくたちの顔も見ないまま、彼女はとても真面目に詳しく、説明を始めた。シヤーノヴォ村では何軒の家が焼け、何人の男たち、女たち、子供たちが焼け出されたか、また被災者救済委員会は当面、どんな手を打つつもりか。彼女もいまでは、その委員会のメンバーなのだという。ぼくたちに署名をさせると、彼女は名簿をしまい、そそくさと別れを告げた。

「わたしたちのこと、すっかりお見限りですか、ピョートルさん」と、彼女はベロクーロフに手を差し出しながら言った。「遊びに来てくださいね。ムッシューX（ここで彼女は私の苗字を言った）の才能を崇拝する者たちの暮らし向きをちょっとのぞいてやろうかという気になって、ムッシューご自身が来てくださったら、ママもわたしも大歓迎です」

ぼくはお辞儀をした。

彼女が行ってしまうと、ピョートル・ペトローヴィチ、つまりベロクーロフは説明を始めた。あの娘《こ》はね、いい家の出で、名前をリディア・ヴォルチャニーノワというんだ。お母さんと妹さんといっしょに暮らしている領地は、池の向こう岸にある村と同じで、シェルコフカと呼ばれている。お父さんはかつてモスクワで要職にあって、ぽっくり死んだときは三等官になっていた。相当な財産があるっていうのに、ヴォルチャニーノワ家の人たちは夏も冬も田舎に引きこもって暮らしているんだな。リディアさんは地元のシェルコフカ村の郡立小学校の先生をしていて、二十五ルーブリの月給をもらっている。自分のためにはこのお金しか使わず、自活しているのが自慢なんだよ。

「魅力的な一家さ」ベロクーロフは続けた。「そのうち行ってみようか。きみが行けば、大喜びするよ」

ある祝日のこと、昼食の後で、ぼくたちはヴォルチャニーノワ家のことをふと思い出し、その屋敷のあるシェルコフカに向かった。彼女たち、つまり母親と二人の娘たちは家にいた。母親はエカテリーナ・パーヴロヴナといって、昔はきっと美人だったのだろうが、いまでは年に似合わずぶくぶく太り、病的な息切れに悩んでいた。その彼女がさびしげでうつろな顔をしながらも、なんとかぼくの話し相手になろうと、絵のことを話題にしたのだった。ぼくがシェルコフカに来るかもしれない、と娘から聞いた彼女は、いつかモスクワで見たぼくの風景画を二、三枚、泥縄式に思い出しておいたのだろう。というわけで、いまぼくは、あの絵で何を表現なさりたかったんでしょう、と彼女に聞かれている。リディアは――というか、この家の呼び方だとリーダだが――ぼくよりもベロクーロフと話をした。真面目な顔で、にこりともせず、彼女は、どうして地方自治会《ゼムストヴォ》（一八六四年の農地改革によって創設された地方自治の組織）に勤めないのか、なぜ自治会の会合にいままで一度も出たことがないのか、と彼を問い詰めた。

「よくないわ、ピョートルさん」と、彼女は非難がましく言った。「よくないわ。恥ずかしいわ」

「本当ね、リーダ、本当ですよ」と、母親が同意した。「よくないわ」

「この郡は隅から隅までバラーギンに牛耳られているんです」と、リーダは続けながら、ぼくのほうを向いた。「自分は郡庁の長官におさまって、郡の要職は全部、自分の甥っ子やお婿さんたちに割り振って、したい放題でしょ。戦わなければ。若者たちは強力な党派を作るべきです。でも、どうでしょう、ここの若者たちと来た日には。恥ずかしいわ、ピョートルさん！」

妹のジェーニャのほうは、地方自治会が話題になっている間、ずっと黙っていた。彼女は真面目な会話には加わらなかった。この家ではまだ大人とは扱われず、まるで小さな女の子のように、「ミシュス」と呼ばれていた。というのも、子供のとき、住みこみ家庭教師のイギリス人女性を「ミス」と呼べずに、「ミシュス」と言っていたからだ。彼女は興味津々のまなざしでずっとぼくを見つめ、ぼくがアルバムの写真を眺めていると、「これはおじさん……。これは名付け親の人」と説明してくれ、写真のうえに指を走らせた。そしてその間中、子供のように、自分の肩をすり寄せてきたので、彼女のまだ発達していない弱々しい胸や、ほっそりした肩、ベルトできつく締めつけられた痩《や》せた体が間近に見えた。

ぼくたちはクロッケーやローン・テニスをし、庭を散歩し、お茶を飲み、それから長い時間をかけて夕食をとった。円柱の立ち並ぶだだっぴろい広間に暮らした後では、壁に石版画もかかっておらず、召使にも丁寧な言葉遣いをするこの小さな居心地のいい家が、なんだか自分に合っているような気がした。この家のすべてが若々しく清らかに感じられたのはリーダとミシュスがいてくれたおかげで、何もかもがきちんとした雰囲気を漂わせていた。夕食の後、リーダはまたしてもベロクーロフと地方自治会や、バラーギンや、学校の図書館の話をした。彼女は固い信念を持った、誠実で生気あふれる女性で、大声でたくさん話したけれども——ひょっとしたら、学校でそういう話し方が癖になったのかもしれない——その話を聞くのは面白かった。それに対して、わが友、ピョートル君は、どんな会話でも論争にしなければ気がすまないという学生時代以来の癖が抜けておらず、退屈なことを生気なくだらだら話した。そして自分を頭のいい進歩的な人間に見せたいという思惑が見え見えだった。大げさな手振りで話すうちに、彼はソース入れを袖でひっくり返し、テーブルクロスに大きな水溜りができたけれども、ぼく以外は誰も気づかないようだった。

家に戻るとき、もう暗くなっていて静かだった。

「育ちのよさとは、ソースをテーブルクロスにこぼさないことじゃなくて、誰かほかの人がそんなことをしても、気がつかないいってことなんだな」とベロクーロフは言って、ため息をついた。「確かに、素晴らしいインテリ一家だ。おれはこういう立派な人たちから遅れてしまったよ、いや本当に！ いつも仕事、仕事、仕事でね！」

彼は、模範的な農場経営者になろうと思ったら、どんなにたくさん働かなければならないか、語り続けた。一方、ぼくは内心思った。こいつはなんて鈍重な怠け者だろう！ 彼は何か真面目なことを言おうとすると、緊張して「エーエーエー」と音を引き伸ばしたものだが、仕事ぶりも話し方と同じくのろまで、いつも遅れ、期限に間に合ったためしがなかった。たとえば郵便を出してくれと、彼に手紙を託したことがあったが、彼はそれを自分のポケットに入れたまま、何週間も持ち歩いていた。そのこと一つとっても、彼の事務能力をまともに信用できなくなるには十分だった。

「一番つらいのは」ぼくと並んで歩きながら、彼はぼやいた。「一番つらいのはね、いくら働いても、誰にもわかってもらえないってことさ。誰にもわかってもらえないんだ！」

2

ぼくはヴォルチャニーノワ家に、ちょくちょく遊びに行くようになった。そして、たいていテラスの下の段に腰を下ろしていた。ぼくは自分自身に対する不満でやりきれず、こんなにも早く退屈に過ぎていく自分の人生が惜しくてならず、耐え難く重くなった心臓をこの胸から引っこ抜くことができたら、どんなにいいだろう、なんてことばかりいつも思っていた。そんなとき、テラスでは他の人たちがおしゃべりをし、きぬずれの音が聞こえ、本のページがめくられていた。リーダは昼間病人たちを診察し、本を皆に分け与え、しばしば帽子もかぶらず（当時のロシアでは若い女性は外出の際、帽子をかぶるものとされていた）日傘をさして村に出かけ、夜には地方自治会や学校のことを大声で話したが、ぼくはそれにもすぐ慣れた。このほっそりした、美しく、いつも変わらず厳格な女性は、上品な輪郭の小さな口をしていたが、実務的な話が始まるといつも、そっけなくぼくに言うのだった。

「あら、こんな話、センセイには面白くありませんね」

ぼくは彼女に好感を持たれていなかった。嫌われてしまったのは、ぼくが風景画家であって、自分の絵で民衆の求めるものを描かないからだった。そして、彼女が固く信じているものに対してぼくが無関心だと思われたからだった。そういえば、以前、バイカル湖のほとりを旅行していたとき、ブリャート人の娘に出くわしたことがあった。彼女は青い木綿のシャツとズボンといういでたちで、馬に乗っていた。ぼくは彼女に、パイプを売ってくれないかとたずねた。そして言葉を交わしている間、彼女は軽蔑のまなざしでぼくのヨーロッパ風の顔や帽子を見つめていたが、ある瞬間ぼくと話すのにうんざりし、そらっと掛け声を発したかと思うと、馬を走らせて消えてしまった。リーダもまったく同じように、ぼくを違う人種とみなして軽蔑していたのだ。彼女はぼくに対する嫌悪感を決して表には出さなかったけれども、ぼくはそれを感じていて、テラスの下の段に座っていてもなんだか苛立たしくなって、医者でもないのに農民の治療をするなんてインチキじゃないですかとか、二千デシャチーナ（一デシャチーナは一・〇九二ヘクタール）も土地を持っていれば、慈善家になるのも簡単でしょうね、などと言ったりした。

　でも妹のミシュスのほうはなんの気苦労もなく、ぼくと同じようにまるっきり何もしないで毎日を過ごしていた。朝起きるとすぐに本を手に取り、テラスに出て、細い足が床に届かないくらい深い肘掛け椅子に腰を下ろして読み始める。あるいは本を持って菩提樹の並木道に姿を消したり、門から野原に出て行ったり。彼女は一日中読書をし、本をむさぼるように見つめていた。そして時折疲れたようなぼんやりした目つきになり、顔色がひどく青ざめることからやっと、この読書がどんなに彼女の頭を疲れさせているか、推測できるのだった。訪ねていくと、彼女はぼくの姿を目にとめただけで微かに顔を赤らめ、本を置き、大きな目でぼくの顔をのぞきこみながら、召使の部屋でススが燃え出したとか、使用人が池で大きな魚を捕まえたといった話を生き生きとしてくれた。平日の服装は、明るい色のブラウスに濃紺のスカート。ぼくたちはいっしょに散歩し、砂糖煮《ヴァレーニエ》にするためのサクランボを摘み、ボート遊びをした。そして彼女がサクランボを摘むために跳びあがったり、オールを使ってボートを漕いだりするとき、ゆったりした袖口を通して、細くて弱々しい腕が見えるのだった。またぼくがスケッチをしているとき、彼女は脇に立ってうっとりと見守ってくれた。

七月末のある日曜日、ヴォルチャニーノワ家を朝の九時ごろ訪ねたことがある。なるべく家から離れるようにして庭園を歩き回り、その夏とても多かったヤマドリタケ（白いキノコ。美味）を探し出しては、後でジェーニャと採りに来ようと思って、そのそばに目印をつけた。暖かい風が吹いていた。ジェーニャと母親が、どちらも明るい色のドレスという晴れ姿で教会から出てきて家に向かうのが見えた。ジェーニャは風に飛ばされないように、帽子を押さえている。やがてテラスからお茶を飲む気配が伝わってきた。

ぼくのように、毎日何もしないでぶらぶら過ごしていたくて、その口実になることが何かないかと探しているのんきな人間にとって、ロシアの田舎屋敷のこんな夏の朝は、いつもこの上なく魅力的だった。まだ朝露に濡れている緑の庭は、太陽の光を浴びて一面に輝いて幸福そのもののように見え、家の周りではモクセイソウやキョウチクトウが香り、教会から戻ったばかりの若者たちが庭でお茶を飲み、誰もがとてもきれいに着飾って楽しげで、この健康で満ち足りた美しい人たちが皆これから長い一日をずっと何もしないで過ごすことがわかっている——そんなとき、人生が最初から最後までこんなだったらいいのに、と思ってしまうものだ。そしていまもぼくはそんなことを考えて庭を歩き回り、仕事も目的もなしにこのまま一日中でも一夏中でも歩き回りたい、という気分になっていた。

ジェーニャがバスケットをさげてやって来た。まるでぼくが庭で見つかると知っていたか、予期していたかのような表情をしている。ぼくたちはキノコを採りながら、話をした。何かをたずねるとき、彼女はぼくの顔を見るために、前に回りこむのだった。

「きのう村で奇蹟が起こったの」と、彼女が言った。「足の悪いペラゲーヤはね、もうまる一年も病気で、お医者さんもお薬も全然役に立たなかったのに、きのうあるお婆さんが何かをささやいただけで治ってしまったんですって」

「別にたいしたことじゃないでしょう」と、ぼくは言った。「病人やお婆さんのところだけに奇蹟を探すべきじゃありませんね。だって健康は奇蹟じゃないんですか？　そもそも生きていることは？　わからないことはまさに奇蹟なんです」

「でもわからないことは怖くないんですか？」

「怖くありませんね。理解できない現象にぼくは元気よく近づいて、それに屈服しない。ぼくのほうが上に立っているんですから。人間は自分のほうが上だということを自覚しなければいけない——ライオンや虎や星よりも、そして自然界の何よりも、いや、わからないもの、奇蹟のように思えるものよりも上だってね。そうじゃなかったら人間じゃなくて、何でも怖がるネズミになってしまう」

ジェーニャはぼくが芸術家としてとても多くのことを知っていて、知らないことでも正確に推測できると思いこんでいた。彼女はぼくに導かれて、永遠と美の領域に足を踏み入れたがっていたのだ。なにしろ彼女の考えでは、ぼくはこの至高の世界で気ままに暮らす住人だったのだから。そして神や、永遠の命、奇蹟についてぼくと語り合った。ぼくもまた、自分や自分の想像力が死後永遠に滅びてしまうとは認めたくなかったので、「そう、人間は不死です」とか、「その通り、ぼくたちを待っているのは永遠の命です」などと答えたものだ。彼女はそれを聞いて信じ、証明を求めたりはしなかった。

家に戻る途中、彼女は突然立ち止まって言った。

「うちの姉は素晴らしい人です。そうでしょ？　わたしはリーダ姉さんのことが大好き。いつでも自分の命を投げ出せるくらい。でもね」ジェーニャは指でぼくの袖に触れた。「どうして先生はお姉さまと議論ばかりするんでしょう。どうして腹を立てたりするの？」

「お姉さんが間違っているからですよ」

ジェーニャは首を横に振り、その目には涙があふれた。

「わからないわ！」と、彼女は言った。

そのときリーダはどこかからちょうど帰ってきたところで、手に鞭を持って玄関先に立ち、すらりとした美しい体に日の光を浴びながら、使用人に何か指図をしていた。そしてせかせかと大声で話しながら、病人を二、三人診察してから、まるで仕事に追われ何か気がかりがありそうな様子で、部屋から部屋へと歩き回り、こちらの戸棚を開けたかと思うと、今度はあちらの戸棚、といった具合だったが、やがて中二階に上がっていった。昼食のとき、皆は彼女を長いこと捜しまわって、呼び続け、彼女がやってきたとき、他の人たちはもうスープを飲み終えていた。こんな些細《ささい》なことを、なぜかぼくは覚えていて心の中で大事にしている。この日のすべても、特に何かが起こったわけではないのに、ありありと覚えているのだ。食事の後ジェーニャは例の深い肘掛け椅子に寝ころんで本を読み、ぼくはテラスの下の段に腰を下ろした。二人とも黙ったままだった。空は一面雲におおわれ、ぱらぱらと小雨が降りだした。暑く、風はとうに止み、この日はいつまでも終わることがないのではないかと思えた。エカテリーナ・パーヴロヴナがぼくたちのいるテラスのほうに、寝ぼけ顔で、扇を手にして出てきた。

「まあ、ママったら」ジェーニャが母親の手にキスをしながら言った。「お昼寝は体に毒よ」

この母娘《おやこ》は互いのことが大好きだった。一人が庭に出ると、もう一人はすぐにテラスに出てきて、木々を見渡しながら、「ジェーニャ！」とか、「マーマァ、どこなの？」と呼んだものだ。二人はいつもいっしょにお祈りをし、同じ信仰心を持ち、口をきかなくても互いの気持ちがよくわかった。他の人たちへの態度も同じだった。エカテリーナ・パーヴロヴナもすぐにぼくに慣れて親しくなり、ぼくが二日か三日姿を見せないと、使いをよこして病気ではないか確かめたほどだ。彼女もぼくのスケッチにうっとり見とれ、ミシュスと同様饒舌にあけっぴろげにいろいろな出来事を話してくれ、家庭の秘密を打ち明けることもしょっちゅうだった。

母は長女に対しては、畏敬の念を持っていた。リーダは決して甘えることがなく、真面目なことしか話さなかった。この姉は自分だけの特別な生き方をしていたので、母親にとっても妹にとっても神聖で、ちょっと謎めいた存在だった。ちょうど水兵たちにとって、いつも自分の船室にこもっている提督がそうであるように。

「うちのリーダは素晴らしい人ですよ」と、母はしばしば口にした。「そうでしょう?」

そして小雨がぽつぽつ降るいまもまた、リーダの話になった。

「素晴らしい人ですよ」と母は言ってから、おどおどとあたりを見回しながら、まるで陰謀でも企むような口調で、ひそひそ付け加えた。「金《かね》のわらじを履いてでも、探さなくちゃならないくらいの人でしょ。でもね、ちょっと心配になってきたんです。学校とか、救急箱とか、本とか、それはもうけっこうなことですよ。でもどうしてあんなに極端なのかしら。だってあの娘《こ》ももう数えで二十四歳ですもの、そろそろ自分のことを本気で考えないとね。こんな風じゃ、本や救急箱に気を取られているうちに、いつのまにか人生の盛りが過ぎてしまう……。やっぱりお嫁にいかないと」

読書のせいで血の気が失せ、髪型も乱れたジェーニャがちょっと頭を上げ、まるで独り言のように、母を見ながら言った。

「ママ、すべては神様のおぼしめしでしょう!」

それからまた、読書に耽った。

ベロクーロフが刺繍《ししゅう》つきのシャツにハーフコートという姿でやって来た。ぼくたちはクロッケーとローン・テニスをして、それから暗くなると、長い時間をかけて夕食をとり、リーダはまたもや学校や、郡全体を牛耳っているというバラーギンのことを話した。この日の夜、ヴォルチャニーノワ家を辞去するとき、ぼくは何もしないで過ごした長い長い一日だったという印象を心に抱くとともに、この世のすべてはどんなに長くてもいつかは終わるのだ、と悲しく意識した。ぼくたちを門のところまでジェーニャが送ってくれたが、ひょっとしたら、彼女と朝から晩までまる一日いっしょに過ごしたせいだろうか、この娘《こ》がいなくなったらさびしいだろうな、この愛すべき一家はぼくにとってそれほど身近なものになっている、と感じた。そしてこの夏を通して初めて、絵を描きたいという気持ちになった。

「いったいどうして、そんなに退屈で色彩に乏しい暮らしをしてるんだろう」ベロクーロフと家に戻る途中、ぼくはたずねた。「ぼくの人生は退屈で重苦しく、単調だけれども、それはぼくが芸術家だからでね。つまりぼくは変な人間で、若い頃から嫉妬や、自分に対する不満や、自分の仕事に対する不信に悩まされ、いつも貧乏で、放浪者だ。でもきみはどうだろう、健康でまともな人間、地主で貴族じゃないですか。どうしてそんなにつまらない暮らしをして、人生からろくに何も引き出さないんだろう？　どうして、例えば、いままできみはリーダかジェーニャに恋をしなかったんだろう？」

「ぼくが他の女を愛していることを忘れてるよ」と、ベロクーロフは答えた。

　彼が言っているのは、いっしょに離れに住んでいるリュボーフィ・イワーノヴナという女友達のことだった。とても太ってむっちりした堂々たる御婦人で、餌をやたらに与えられて太ったガチョウに似ていた。ぼくはその女がビーズをあしらったロシア風のツーピースを着ていつも日傘をさし、庭を散歩する様子や、女中がしじゅう、食事ができましたとか、お茶が入りましたとか、呼んでいるところを、毎日見ていた。三年ほど前、彼女は離れの一棟を別荘として借りたのだが、そのままベロクーロフのところに居残ってしまい、どうやらこれからもずっといるつもりらしかった。この女は彼よりも十歳は年上で、ベロクーロフはがっちり尻に敷かれていたものだから、家を空けるときも許可を得なければならなかった。彼女はしょっちゅう男みたいな声で泣きわめいたので、そんなときぼくは使いをやって、もし泣き止まなかったら、自分のほうが借家から出ていくぞ、と通告した。すると彼女は泣き止むのだった。

　家に戻ると、ベロクーロフはソファに腰を下ろし、陰気な顔をして考え事に耽った。ぼくはまるで恋に落ちたように、静かな興奮を覚えながら、広間を歩き回った。ヴォルチャニーノワ家の人たちのことを話したかった。

「リーダが好きになれるのは、自分と同じように病院や学校のことに熱中している地方自治会の議員だけじゃないかな」と、ぼくが言った。「いやあ、あれほどの女性のためならば、議員になったっていい。それどころか、おとぎ話にあるように、鉄の靴を履きつぶしたっていいくらいだ。ところでミシュスは？　なんて素晴らしいんだろう、あのミシュスって娘は！」

ベロクーロフは「エーエーエーエー」と音を引き伸ばしながら、長々と、世紀の病、つまりペシミズムのことを語り始めた。彼は自信たっぷりに、まるでぼくと論争をしているような調子で話した。何百キロも続く荒涼とした単調な焼け野原でさえも、こんな風に一人の人間が座りこんで、いつ立ち去るとも知れずしゃべり続けているときほど憂鬱な気分を引き起こすことはできないだろう。

「問題はペシミズムでもオプティミズムでもないね」と、ぼくは苛立って言った。「問題は、百人のうち九十九人までが馬鹿だってことだよ」

ベロクーロフは自分のことを言われたのだと思い、腹を立てて立ち去った。

3

「マロジョーモヴォ村に公爵が滞在していて、お母様によろしくですって」どこかから帰って来たリーダが、手袋をはずしながら言った。「面白い話をたくさんしてくれたわ……。マロジョーモヴォ村に診療所をつくる件を、県会でもう一度提案しようって約束してくださったけれども、あまり希望は持てないだろうですって」それからぼくのほうを向いた。「ごめんなさい、いつも忘れてしまうんですけれど、こんな話、センセイには面白いわけありませんね」

ぼくは苛々した。

「面白くないとは、またどうして？」と聞き返し、肩をすくめた。「ぼくの意見など聞きたくもないでしょうけれども、ぼくはこの問題に興味津々です、本当ですとも」

「そうかしら？」

「そうですよ。ぼくの考えでは、診療所なんてマロジョーモヴォ村には全然必要ありませんね」

ぼくの苛立ちが彼女にも伝わったようだった。リーダは目を細めてぼくをにらみ、たずねた。

「じゃあ何が必要なんです？　風景画かしら？」

「風景画も必要ありません。あそこには何にも必要ないんです」

彼女は手袋を脱ぎ終えると、郵便局から配達されたばかりの新聞を広げた。でもすぐに、自分の感情を抑えようとする様子で、静かに言った。

「先週、お産でアンナが死にました。もしも近所に診療所があったら、死なないですんだかもしれません。こういうことについて風景画家の先生方も、なんらかの信念を持つべきじゃないかしら」

「そのことについてなら、ぼくには非常にはっきりとした信念があります、本当ですとも」とぼくは答えたが、彼女は聞きたくもないと言わんばかりに、新聞で顔を隠してしまった。

「ぼくの考えでは、診療所や、学校、図書館、救急箱といったものは、現在の条件のもとではですね、人々をますます奴隷にする役に立つだけです。民衆は巨大な鎖にがんじがらめに縛られているのに、あなたはその鎖を断ち切ろうとはせずに、新しい鎖の環を付け加えているだけでしょう。これがぼくの信念ですよ」

　彼女は眼を上げて、あざけるような笑みを浮かべたが、ぼくは自分の考えの一番肝心なところをつかもうとして話を続けた。

「大事なのは、アンナがお産で死んだということではなくて、アンナやマーヴラやペラゲーヤといった女たちが朝早くから真っ暗になるまで、身を粉《こ》にして働き、手に負えない重労働のせいで病気になり、飢えた子供たち、病気の子供たちのことを一生びくびく心配し続け、死と病気を一生恐れ続け、一生治療を受け続け、早くから色あせて早くから老け込んでしまい、ゴミと悪臭の中で死んでいく、ということなんです。その子供たちも成長するにつれて、同じことを繰り返すようになり、そんな風に何百年が過ぎ、何十億もの人たちが結局、動物よりもひどい生活をしてきたんですよ——一切れのパンのために絶え間ない恐怖を味わいながらね。彼らの境遇の恐ろしい点は、魂のことを考えるヒマがない、自分の姿形が誰に似せて作られたか（旧約聖書「創世記」第一章第二六節「神は言われた『我々にかたどり、我々に似せて人を作ろう』」を踏まえた表現）思い出すヒマもない、ということに尽きます。飢え、寒さ、動物的な恐怖、山のような仕事が、まるで雪崩《なだれ》のように、精神活動へのあらゆる道をふさいでしまった。精神活動こそが、人間を動物から区別し、人間の生きがいとなる唯一のものだというのにね。あなたは病院や学校をつくって彼らを助けようとしていますが、そんなことじゃ彼らを枷《かせ》から解放することはできません。それどころか、ますます奴隷にするだけです。というのも、彼らの生活に新しい偏見を持ち込むことによって、必要なものの数を増やしているんですから。膏薬《こうやく》や本のお金を地方自治会に払わなければならない、だから余計にあくせく働かなければならない、ということは言うまでもありません」

「センセイと議論するつもりはありません」と言ってリーダは、新聞を置いた。「そんな理屈は聞き飽きました。一つだけ申し上げておきたいのは、手をこまねいて座っていてはいけない、ということです。確かに人類を救うわけにはいかないでしょうし、間違いも多いかもしれません。でもわたしたちはできることをしている。それで正しいんです。教養ある人間にとって最高の神聖な課題は、隣人に奉仕することでしょう。だからわたしたち、できるだけ奉仕しようとしている。センセイのお気には召さないのかもしれませんが、誰もが気に入るようにはできませんから」

「本当ね、リーダ、本当ですよ」と、母親が言った。

リーダの前では母親はいつもびくびくし、何か余計なこととか、場違いなことを言いやしないかと心配して、話をするときも不安げにリーダの顔色をちらちらうかがった。そしてリーダには決して反対せず、いつも相槌《あいづち》をうつのだった——本当ね、リーダ、本当ですよ。

「農民に読み書きを教えたって、しみったれた教訓や警句を載せた本を配ったって、診療所をつくったって、彼らの無知蒙昧《もうまい》や死亡率を減らすことはできませんよ。この家の窓の光が、大きな庭全体を照らし出せないのと、同じことでしょう」と、ぼくは言った。「あなたは何も与えてはいない。あの人たちの生活に干渉することによって、ただ必要なものを増やし、あくせく働く理由を新たに作り出しているんです」

「まあ、あきれたわ。だって何かしなきゃならないでしょう！」とリーダはいまいましそうに言った。その口調からは、彼女がぼくの議論を下らないものと見なし、軽蔑していることがわかった。

「人々を重い肉体労働から解放しなければなりません」と、ぼくは言った。「くびきを軽くし、一息入れさせることが必要なんです。彼らがかまどや飼葉桶の前や畑で一生を過ごさなくてもいいように、魂や神について考える時間を持ち、自分の精神的な能力をもっと広く発揮できるようにするんですよ。すべての人間の使命は精神活動に、つまり常に真実と人生の意味を探求することにあるんですから。粗野で動物的な労働を不必要なものにし、人々に自由を感じさせてごらんなさい。そうしたら、こんな本や救急箱なんて、笑い種《ぐさ》でしかないってわかるでしょう。人間はいったん自分の本当の使命を自覚したら、もう宗教や学問、芸術によってしか満足できなくなるんですよ。こんな下らないものじゃだめなんです」

「労働から解放するですって！」リーダが鼻で笑った。「そんなこと可能かしら？」

「可能ですよ。彼らの仕事の一部を肩代わりすればいいんです。肉体的欲求を満たすためにそもそも人類が費やしている労働時間を、ぼくらが皆で、都会の住人も田舎の住人も一人残らず、分け合うことに合意したら、一人ひとりの割り当てはせいぜい一日二、三時間でしょうね。想像してみてください、ぼくらが皆、金持ちも貧乏人も、一日三時間しか働かず、余った時間が自由になるということを。それから、こんなことも想像できますか――ぼくらが自分の肉体にあまり依存しなくなり、労働を減らせるように、人間の代わりに働いてくれる機械を発明して、自分たちに必要なものを最小限まで減らすんです。ぼくらは自分を鍛え、さらに子供たちも鍛え、子供たちが飢えや寒さを恐れないようにし、アンナやマーヴラやペラゲーヤみたいに子供の健康の心配をしなくてもすむようにする。いいですか、医者にかからなくなり、薬局もタバコ工場もウォッカ蒸留工場も持たなくなったら、結局のところ、どんなにたくさん時間が残るでしょう！　ぼくらは皆心を合わせて、この余暇を学問と芸術に捧げるんです。ときどき農民たちが皆でいっしょに道路を修理するように、ぼくらも一体となって、皆でいっしょに真実と人生の意味を探すべきなんですよ。そうしたら——ぼくは確信していますが——真実はあっという間に発見され、人間は自分を絶えず苦しめ悩ませる死の恐怖から解放される、いやそれどころか、死そのものからも解放されるでしょう」

「でも自己矛盾していますよ」と、リーダが言った。「だって学問、学問て言いながら、自分では読み書きを教えることを否定しているじゃありませんか」

「読み書きと言ってもね、酒場の看板が読めるとか、まあ、中身を理解できない本をたまには読んだりとか、その程度の読み書きの能力だったら、わが国ではリューリク（九世紀後半にリューリク期を創始したとされるロシア最初の公。ノルマン出身）の時代からありますよ。ゴーゴリのペトルーシカ（『死せる魂』の主人公チチコフの従僕）だって、ずっと前から本は読めた。その一方で、リューリク時代の農村はそのままの姿で残って、いまに至っている。必要なのは読み書きじゃなくて、精神的能力を広く発揮するための自由なんですよ。必要なのは小学校じゃなくて、大学なんです」

「医学も否定するんですね」

「否定しますよ。医学が必要だとしたら、自然現象としての病気を研究するためだけで、病気を治すためではない。もしどうしても治すんだったら、病気じゃなくて、その原因のほうでしょう。主な原因、つまり肉体労働を取り除いたら、病気なんてなくなってしまいますよ。そもそも癒しの学問なんて認めませんね」と、ぼくは興奮して言葉を続けた。「学問や芸術が目指すのは、もしもそれが本物ならば、一時的、個別的な目的ではなくて、永遠で普遍的な目的です。それは真実と人生の意味、そして神と魂を探し求めるもので、もしもそれを日々の必要や焦眉の問題に、救急箱や図書館に結びつけたりしたら、人生を複雑にし、ごちゃごちゃさせるだけでしょう。わが国には医者や薬剤師、法律家はたくさんいるし、まともに読み書きのできる人たちも増えた。でも生物学者や数学者、哲学者、詩人となると、まったくいません。知力のすべて、精神的エネルギーのすべてが一時的ではかない必要を満たすために費やされてしまったんです。学者や作家、芸術家たちは猛烈な勢いで仕事をし、彼らのおかげで生活はますます便利なものになり、肉体が必要とするものがどんどん増える一方、真実までの道は相変わらず遠く、人間は以前同様、一番獰猛《どうもう》で不潔な動物のままで、人類の大部分は退化して、すべての生活能力を永遠に失ってしまう方向に傾いている。そんな条件のもとでは、芸術家の生活になんて、何の意味もありません。才能があればあるほど、芸術家の役割は変な訳のわからないものになってしまう。というのも実際には、芸術家は獰猛で不潔な動物を楽しませるために働いて、現存する秩序を維持しているんですからね。だからぼくは働きたくないし、これからも働かないでしょう……。何も必要ないさ、地球なんか地獄に落ちればいいんだ！」

「ミシュスちゃん、あっちに行って」と、リーダは妹に言った。どうやらぼくの言葉が、こんなにも若い娘には有害だと判断したようだ。

ジェーニャは悲しそうに姉と母親を見て、出て行った。

「そういう素敵なことって、自分の無関心を正当化したがる人がよく言いますよね」と、リーダが言った。「病院や学校を否定するのは、治療したり教えたりするより簡単ですから」

「本当ね、リーダ、本当ですよ」と、母親が賛成した。

「ぼくは働かないぞ、なんて言って人を脅かそうとなさるのは」と、リーダは続けた。「ご自分の仕事を高く評価しているからでしょうね。議論は止めましょう、とうてい折り合うことはありませんね。だって、図書館や救急箱についてひどく貶《けな》されましたけれど、わたしはあらゆる図書館や救急箱のうち一番不完全なものでも、この世のどんな風景画よりもましだと思っているんですから」そしてすぐに母親のほうを向いて、まったく違った調子で話し始めた。「公爵はうちにいらっしゃったときよりずっと痩せて、ずいぶん変わってしまったわ。ヴィシーに派遣されるんですって」

彼女が母親に公爵のことを話したのは、ぼくと口をきかないようにするためだった。その顔は燃えるようで、彼女は自分の興奮を隠すため、まるで近視の人のようにテーブルのうえに低くかがみこみ、新聞を読む振りをした。ぼくがいることが不愉快だったのだ。ぼくは別れのあいさつをして、家を出た。

4

外は静かだった。池の向こう岸の村はもう眠っていて、明かりひとつ見えない。ただ池に青白い星影が映って、かすかに輝いているだけだった。ライオン像を飾った門のところには、ぼくを見送ろうと、ジェーニャが身動《みじろ》ぎもしないでじっとたたずんでいた。

「村では皆眠っている」と言いながら、ぼくは暗闇のなかで眼を凝らし、彼女の顔を見分けようとした。こちらにじっと向けられた、悲しそうな黒い瞳が見えた。「居酒屋のおやじも、馬泥棒も、みんなすやすや眠っているのに、ぼくらみたいな立派な人間たちは互いを怒らせて、議論をしているんだ」

もの悲しい八月の夜だった。もの悲しいのは、すでに秋の気配が漂っていたからだ。赤紫色の雲におおわれた月が昇り、道と、その両側に広がる黒々した秋蒔きの畑をかろうじてぼうっと照らし出している。しきりに流れ星が落ちていった。ジェーニャはぼくと並んで道を歩きながら、空に目を向けないようにしていた。落ちていく流れ星がなぜだか怖くて、見たくなかったのだ。

「先生が正しいと思います」湿った夜の空気に震えながら、彼女は言った。「もしもみんなが力を合わせて精神の活動に打ち込むことができたら、どんなことでもすぐにわかるでしょう」

「もちろん。ぼくたちは最高の存在ですからね。もしも実際に、人間の持つ非凡な精神のすべての力を自覚して、最高の目的のためだけに生きれば、結局、ぼくらは神のようになれるでしょう。でもそんなことは実際には絶対起こらない——人類は退化して、精神なんて跡形もなくなってしまうんだ」

門が見えなくなったとき、ジェーニャは立ち止まり、あわててぼくの手を握った。

「おやすみなさい」と言う彼女は、震えていた。その肩をおおっているのはブラウス一枚で、寒さに身をすくめていたのだ。「明日も来てね」

自分にも他人にも満足できず、苛々した気分のまま一人になってしまうのかと思うと、ぼくはぞっとした。いまではぼく自身も、落ちていく流れ星のほうを見ないようにしていた。

「もうちょっとだけ、いっしょにいてください」と、ぼくは言った。「お願いだから」

ぼくはジェーニャを愛していた。彼女を愛したのは、きっと、ぼくを出迎えたり、送ってくれたりしたから、そして、ぼくを優しくうっとりと見つめてくれたからだろう。それにしてもなんという素晴らしさだろう、胸をぐっと打たれるようだ——その青白い顔、ほっそりした首すじ、きゃしゃな腕、ひ弱で、何もしないのんびりした生き方、次々に読みふける本。でも知性はどうだろう？　彼女には人並みはずれた知性がそなわっているのではないか、とぼくはひそかに思い、物の見方の広さに感嘆していたのだが、それはひょっとしたら、ぼくを嫌っているあの厳格で美しい姉のリーダとは違ったものの考えかたを彼女がしていたからかもしれない。ぼくは画家としてジェーニャに好かれ、自分の才能によって彼女の心を射止めた。ぼくはこの娘《こ》のためだけに絵が描きたい、と熱烈に思った。そして彼女が小さな女王になって、ぼくといっしょにこの村も、野原も、霧も、朝焼けも支配することを夢見た。そう、これまではその中にいても、自分を絶望的に孤独で不用な存在としか感じられなかった、この奇蹟のような魅力的な自然をも二人で支配するのだ。

「もうちょっとだけ、ここにいて」と、ぼくは頼んだ。「お願いです」

ぼくはコートを脱いで、凍えた彼女の肩にかけた。しかし彼女は男物のコートを着て滑稽で不恰好《ぶかっこう》に見えるのを嫌い、笑い声をあげるとコートを脱ぎ捨てた。その瞬間、ぼくは彼女を抱きしめ、顔にも、肩にも、手にもキスを雨のように浴びせた。

「また明日ね！」と彼女はささやき、まるで夜の静けさを乱すのを恐れるかのように、用心深くそっとぼくを抱きしめた。「うちではお互いに秘密は持たないことにしているの。いますぐ、全部ママとお姉さまに話します……。怖いわ！　ママは大丈夫、だってあなたのことが好きだから。でもリーダ姉さんはね！」

彼女は門のほうに駆け出した。

「さようなら！」と、彼女は叫んだ。

それからしばらくの間、彼女の駆け去る足音が聞こえていた。家に帰りたくなかった。だいたい、家に帰ってもしかたがない。ぼくはちょっとたたずんで物思いに耽ってから、ゆっくりとぼとぼと引き返した。彼女が住むあの家をもう一目見たいと思ったのだ。飾り気がなく古くて愛しいその家は、中二階の窓をまるで眼のように光らせてぼくを見つめ、すべてを理解しているかのようだった。ぼくはテラスの前を通って、ニレの古木の下の暗闇でローン・テニスのコートの脇に置かれたベンチに腰かけ、そこから家を見た。ミシュスが住んでいる中二階の窓でまばゆい光がぱっと輝き、それが緑の落ち着いた色に変わった。ランプに笠《シェイド》をかぶせたのだろう。人影がうごめいた……。ぼくの心は、優しさと静けさ、そして自分に対する満足感、つまり誰かに夢中になり、恋をすることができたという満足感に満たされていた。それと同時に、ここから数歩しか離れていないこの家の一室に、ぼくを嫌っている、いや、それどころか憎んでいるかもしれないリーダという女性が住んでいると思うと気が重かった。ぼくは腰を下ろしたまま、ジェーニャが出て来ないかとずっと待ち続け、耳を澄ませていた。中二階では人の話し声がするようだった。

一時間ほどが過ぎた。緑の明かりは消え、人影も見えなくなった。月はすでに家の上空高くかかり、眠りに包まれた家と、小道を照らし出している。家の前の花壇に植えられたダリアとバラの姿がくっきりと浮かび上がり、すべてが同じ一つの色のように見えた。冷え込みが厳しくなってきた。ぼくは庭を出て、道に脱ぎ捨てられたままになっていたコートを拾い、ゆっくりと足をひきずるように家に向かった。

翌日、昼食後にヴォルチャニーノワ家を訪ねると、庭に出るガラス戸が開け放たれていた。ぼくはテラスにちょっと腰を下ろし、いまにも花壇の向こうのテニスコートか、並木道の一つにジェーニャが現れるのではないか、あるいは家の中から彼女の声が聞こえてくるのではないか、と待っていた。それから客間にも、食堂にも行った。人っ子一人いない。食堂から長い廊下を伝って玄関に行き、それから戻った。この廊下にはいくつかドアがあり、その一つの背後からリーダの声が聞こえてきた。

「カラスに、あるところで……かみさまが……」彼女は大声で、音をゆっくり引き伸ばすように話していた。どうやら書き取りをやっているようだ。「かみさまが、チーズを、ひときれ、おくってくださいました……カラスに……あるところで……。どなたですか?」彼女はぼくの足音を聞きつけて、突然呼びかけた。

「ぼくです」

「あら！　ごめんなさい、いまお相手できないんです、ダーシャの勉強を見ているので」

「エカテリーナ・パーヴロヴナは庭でしょうか？」

「いいえ、母は妹といっしょに今朝、ペンザ県の叔母のところに行きました。冬はたぶん、二人で外国に行くと思います……」いったん口をつぐんでから、彼女は付け足した。「カラスに……あるところで……かぁみさまが、チーズを、ひときれぇ、おくってくださいました……書いた？」

　ぼくは玄関の間に出たが、何も考えることができず、つっ立ったまま、そこから池とその向こうの村を眺めていた。すると、こんな声が聞こえてきた。

「チーズを、ひときれ……カラスに、あるところで、かみさまが、チーズを、ひときれ、おくってくださいました……」

　そしてぼくはここに初めて迷い込んだときと同じ道を通って——ただし、逆の順にたどってだが——屋敷から立ち去った。最初に中庭から果樹園に出て、家の前を通り過ぎ、それから菩提樹の並木道を進み……そこで一人の男の子が追いかけてきて、手紙を渡してくれた。

「姉にぜんぶ話したら、あなたとお別れするようにと言われました」と、書いてあった。「姉の言うことに従わないで、姉を悲しませることなんて、わたしにはできません。どうかお幸せに。ごめんなさい。わたしとママがどんなにつらい思いをしているか、わかってくださったら！」

　それから暗いモミの並木道、崩れ落ちた生垣……。以前ライ麦の花が咲き、ウズラが鳴いていた畑では、いまは牝牛と足をゆるく縛られた放牧馬がぶらついている。丘のあちこちで、秋蒔き麦がまばゆい緑色に見えていた。酔いから醒めたような、日常的な気分にぼくは捉えられ、ヴォルチャニーノワ家で自分の言ったことすべてが恥ずかしくなり、以前と同じように生きるのが退屈になった。家に帰ると、ぼくは荷造りをして、その晩のうちにペテルブルクに発った。

もうそれ以上、ヴォルチャニーノワ家の人たちに会うことはなかった。ただ、最近、クリミアに行くとき、列車の中でベロクーロフにひょっこり出くわした。彼は以前同様、ハーフコートに刺繍を飾ったシャツという恰好で、調子はどうだい、とぼくがたずねると、「おかげさまで」と答えた。話がはずんだ。彼は自分の領地を売り払って、もうちょっと小さい領地をリュボーフィ・イワーノヴナの名義で買ったのだという。ヴォルチャニーノワ家の女性たちの消息も少し教えてくれた。彼の話によれば、リーダは以前と同じようにシェルコフカに住み、学校で子供たちを教えているそうだ。彼女は、共鳴してくれる人たちを少しずつ自分の周りに集めることに成功し、その人たちが強力な党派となったので、最近の地方自治会の選挙では、それまで郡全体を牛耳っていたバラーギンを「蹴落とした」のだとか。一方、ジェーニャの消息についてベロクーロフが教えてくれたのは、もうあの家には住んでいない、でもどこにいるかはわからない、ということだけだった。

ぼくはあの中二階のある家のことをもう忘れかけている。そしてほんの時折、絵を描いたり本を読んだりしていると、突然何かのはずみで、窓辺の緑の明かりや、恋に落ちたぼくが寒気にかじかんだ手を擦りあわせながら家に戻っていくときに夜の野原に響いた自分の足音などを思いだすくらいのものだ。さらに稀《まれ》なことだが、孤独に苦しめられ、気分がめいったとき、ぼんやりと思い出に浸ることがある。すると、ぼくのことを思い出し、待っている人がいるのではないか、ぼくたちはまた会えるだろう、という感じがなぜだか少しずつしてくる……。

ミシュス、きみはどこにいるんだ？

ミシュス、きみはいつまでもどこか手の届かないところにいる

短篇「中二階のある家」は、最初『ロシア思想《ルースカヤ・ムイスリ》』誌一八九六年第四号に掲載された。いま「短篇」と言ったけれども、チェーホフはこの作品に取り組んでいるとき、手紙のなかでこれを「中篇」と呼んでいる。単に物理的な長さから言えば、この作品はそんなに長くないので常識的には短篇といってさしつかえないが、そもそもロシア語の文芸用語における長篇（ロマン）、中篇（ポーヴェスチ）、短篇（ラスカース）の伝統的な区別は単に長さによる分類ではない。おそらくチェーホフはこの小説に、通常の短篇以上に複雑な構成を持ち込むことを意図していたのだろう。短篇が登場人物の人生の一局面や一つのエピソードを中心にいわば鮮やかに造形されるとすれば、中篇はいくつかのエピソードやテーマが鎖状に絡み合い、もっと複雑な図柄を描き出す。

この作品の場合、語り手の画家とミシュスと呼ばれる可憐な女性との淡い恋に、人生観の違いからくる画家とミシュスの姉との激しい対立と憎悪が対置されていて、前者のトーンが稀にみるほど清らかで抒情的であるのに対して、後者のトーンは風刺的・戯画的である。この二つの対照的な要素は互いに補いあうことによって、それぞれの真価を発揮するのであって、もしもどちらか一方だけだったら、作品はたぶん平板なつまらないものになっていただろう。そしてその対比の背後には、芸術家や

インテリゲンチャの社会的義務や、病めるロシアを救うにはどうするべきか、という深刻な社会的テーマがあって、いわば親密圏と公共圏が渾然《こんぜん》となって、小品ながら奥行きの深い小説の世界を作っていると言える。

小説に強い社会的要素を持ちこんでいるのは、リーダという若い女性である。大きな領地を持つ良家の娘でしかもとびきりの美人でありながら、学校教師の給料で暮らし、貧しい農民たちを助けるために医療や教育制度の充実をはかり、地方自治会《ゼムストヴォ》の活動に打ち込み、地方政治を牛耳って利権をむさぼっている男の追い落としまでやってのける。極めて精力的な社会活動家である。現代の日本の読者にはちょっと驚くべき人物のように思えるかもしれないが、十九世紀の半ばからロシアでは農奴解放の機運とともに、女性解放論が唱えられ、急進的な社会活動家の中にも女性の――しかもかなり良家の――姿は珍しくなくなっていった。一八七八年、ペテルブルク市長官トレーポフを狙撃したヴェーラ・ザスーリチも、一八八一年、皇帝アレクサンドル二世暗殺の企てに加わったソフィヤ・ペロフスカヤもヴェーラ・フィグネルも、みな貴族階級出身の女性革命家だった。こういった過激な先例がある以上は、「中二階のある家」のリーダのような女性は決して突拍子もない作家の空想の産物ではなく、当時のロシアの読者にすぐに理解される現実的なタイプだったはずである。ちなみに、チェーホフはリーダに、どんなに不完全な図書館や救急箱でも「この世のどんな風景画よりもましだ」という驚くべき言葉を吐かせているが、この種の主張は、急進的思想家ピーサレフが言ったとされる「長靴のほうがプーシキンよりもましだ」（ただし、これがピーサレフの言葉として広まったのは、彼に対して否定的だったドストエフスキーの悪口のせいであって、実際にピーサレフはこの通りには言っていないようである）とか、トゥルゲーネフの長篇『父と子』に登場するニヒリスト、バザーロフの言う「ラファエロには一文の価値もない」といった言葉に代表される当時の功利主義的潮流の中ではよく聞かれるものだった。

　問題は、そのリーダの社会活動を無意味なものと全面的に否定し、彼女に嫌味を言ったり論争を挑んだりする（そのくせ自分はぐうたら無為な生活を送り、ほとんど何もしない）画家の人物像のほうかもしれない。ロシアの研究者の中には、この画家のモデルはチェーホフと親交のあった風景画家レヴィタンではないかと推測する者もいるが、その当否はさておき、言葉の「芸術家」としてチェーホフ自身の姿もここには多分に投影されていると考えるのは無理のないところだろう。しかし、注意しなければならないのは、この画家は、当然のことながら、チェーホフと同一ではない、むしろ思想においても行動においても彼とはかなり異なっている、ということだ。チェーホフ自身はこの画家とも、その友人のベロクーロフとも違って、地方自治会の議員となってきちんと活動をしただけでなく、学校建設や医療活動にもずいぶんと尽力した。そして何よりも、作家として驚くほど多作だった。

　それにしても、画家のリーダ批判はずいぶん辛辣《しんらつ》である。生ぬるい小手先だけの援助や改善では根本的な解決にはならない、国民の生活の条件を根本的に変えなければならない、という過激な主張は、ひょっとしたら、チェーホフよりも、トルストイに近いものかもしれない。トルストイは『されば我ら何をなすべきか』（一八八六年）や、飢饉に苦しむ農民の救援を訴えた論文「飢饉について」（一八九一年）などで、この画家の考え方に近いラディカルな主張をしており、チェーホフも当然、トルストイのこれらの著作は読んでいただろう。ただし、民衆の立場に立って社会活動をしながらも、自分は裕福な地主貴族のまま、という自己矛盾に悩まされ、一生いわば良心の呵責《かしやく》に苦しみ続けていたのがトルストイだったとすれば、リーダにはそういった悩みは感じられない。彼女はもっと独善的で自分の正しさをまっすぐ信じ、自分の狭量さゆえに家族を苦しめていることもおそらく自覚していないのではないか。少なくとも、この作品の中では彼女の性格は、そんな風に（彼女を崇める愚かで人のいい母親とともに）少々戯画的に描かれており、当然のことながら、当時の読者の中には、進歩的な社会活動家の女性をこんな風にチェーホフが描いたことに対して、抗議や批判の声をあげる者も少なくなかった。

最後に、一番詩的でリリカルなミシュスことジェーニャについて書き留めておこう。伝記的な詮索をすれば、チェーホフの実人生にモデルがいたらしいということがわかる。作品に取り組んでいるとき、ある手紙でチェーホフ自身がこんな風に書いているからだ。「いま『僕のフィアンセ』という小さな短篇を書いています。僕にもかつて、フィアンセがいたのです……。ぼくのフィアンセは、そう、〈ミシュス〉と呼ばれていました。彼女をとても愛していました。そのことをいま書いています」（一八九五年十二月二十三日付、シャヴロワ宛）。これが本当なのか、実際に誰のことを念頭に置いているのかは、よくわからない。ロシアのチェーホフ学者たちの調査を見ると、ミシュスのプロトタイプについては、その他、互いに矛盾する多くの証言が出てきて、どれか一つが決定的とはなかなか考えられないのである。例えば、チェーホフはトヴェーリ県のトゥルチャニーノワという女地主の屋敷を訪ねたことがあるが、ここには確かにテラスと中二階のついた白い家とローン・テニスのコートがあり、ここに住んでいた姉妹の下のほうは愛称を「リュリュ」と言ったという。また別の証言によれば、チェーホフが一八九一年夏に住んでいたボギモヴォ村の屋敷のそばには、二人の姉妹が住んでいて、妹のほうは「ミシュス」と呼ばれていたともいう。チェーホフは夜中に友人とともにその家に行って、「今晩は、ミシュス！」と叫んだとも伝えられている（真偽のほどはわからないが）。

ちなみに「ミシュス」というのは、作品中にも説明がある通り、英語のMissが舌足らずに発音された結果できた愛称である。当時のロシアの裕福な家では住みこみの家庭教師を雇い、英語やフランス語の教育にあたらせることが普通で、そういうイギリス人の女性家庭教師のことをMissと呼んだ。幼児的な発音の変形なので、ちょっと突飛な連想だが、岡田利規《としき》の劇団が「チェルフィッチュ」と称しているのと、同様である（こちらは「セルフィッシュ（利己的）」が幼児語的に変形したものだという）。

いずれにせよ、チェーホフは女性としてはまだ成熟していない子供っぽく清らかな女性を世紀末のミューズとして描き出すことに成功した。この女性像からチェーホフのセクシャリティの問題を論ずることは、ここでは控えておこう。一つだけ指摘しておきたいのは、彼女が住む「中二階」が、地上（画家はいつもテラスの下段に腰を下ろす）と、天上の中間にあり、手が届かないほど神聖な存在ではないけれども、地上の卑俗さからはちょっと上に位置するジェーニャという詩的な存在をよく象徴しているということである。ジェーニャがなぜか「流れ星」を怖がるというのも、下に落ちてしまうことへの恐怖だと解釈できるだろう（ロシア語では「流れ星」は「流れる星」ではなく、「落ちる星」という。今回の翻訳で、あえて直訳に近い言い方をしたのはそのためである）。貧困と社会的不安を抱え、「隣人のために奉仕する」程度ではとうてい出口が見えてこない当時の閉塞した雰囲気のロシアで、闇の中を貫く一筋の光のように、「ミシュス、きみはどこにいるんだ？」という問いかけが響き渡ったのだ。

もっともこういった「軟弱」な結末は、社会派の批評家たちの気に入らなかった。人民主義（ナロードニキ）系の高名な文芸批評家アレクサンドル・スカビチェフスキーなどは、小説の結末にいたく不満で、自分の情熱を追求しないで投げ出してしまった主人公を批判し、ペンザ県など海の向こうじゃあるまいし、リーダからも離れているのだから、何の障害もなくジェーニャと結婚できるではないかと指摘したあげく、この主人公は「頭の天辺からつま先まで、正真正銘の精神病質者で、そのうえ色情狂だ」と罵っている。昔の文芸評論はなかなか激しい言葉を使ったものだが、それだけ人々は小説を真面目に読み、真剣に議論したのだった。

しかし、スカビチェフスキーはチェーホフの詩学の新しさを理解していなかった。浦雅春氏もその著書『チェーホフ』(岩波新書)で指摘しているように、チェーホフには「呼びかけ」が多く、しばしば呼びかけそのものが作品のタイトルになることさえある。例えば「かわいい」「ワーニカ」「ワーニャおじさん」「犬を連れた奥さん」(本書では「奥さんは小犬を連れて」)。しかし、呼びかけはしばしば相手に届かず、コミュニケーションが成り立たない(ワーニカが出す手紙が絶対に「村のじいちゃん」には届かないように〈一二八ページ参照〉)。「ミシュス、きみはどこにいるんだ?」という呼びかけも、人と人との間に横たわる絶望的に越え難い深淵を意識した人間の諦《あきら》めと希望の入り混じった叫びであって、ペンザまで追いかけて行って結婚すればいいじゃないか、といった次元の話ではもちろんない。この呼び声はいまでも、夜の闇のなかで響き続けているような気がする。

子供たち（とわんちゃん一匹）

チェーホフは一八六〇年、アゾフ海に面した南ロシアの地方都市タガンローグに生まれた。父はしがない雑貨店の経営者、祖父は元農奴だった。幼いころからチェーホフは厳格で横暴な父にしつけのため毎日殴られた。そして夜遅くまで店番をやらされた。後に彼は、「私の子供時代には、子供時代などというものはなかった」と苦々しく述懐している。

チェーホフの小説に登場する子供たちの多くが、虐待されたり、酷使されたりして、子供らしい喜びを知らない存在であるのも、おそらく作家のこんな生い立ちのせいだろう。また彼自身の創作は、ある意味では、奴隷のような子供として育った自分を解放するための行為だった。

まだ新進作家だった二十八歳のとき、彼はある手紙に書いている。「若者は農奴の息子として生まれ、雑貨商の小僧をつとめ、聖歌隊で歌い、何度も鞭打たれた。目上を敬い、司祭の手に接吻し、他人の考えに従うようしつけられた(……)。この若者が一滴ずつ自分の体から奴隷の血を絞り出し、ある朝ふと目覚めると、自分の血管を流れる血がもはや奴隷の血ではなく、本当の人間の血になっていると感じる……。書かなければならないのは、こういう物語なんです」(スヴォーリン宛、一八八九年一月七日付)

おおきなかぶ

おおきなかぶ

——子供語からの翻訳

むかしむかし、おじいさんとおばあさんが暮らしていました。暮らしているうちに、セルジュを生みました。セルジュには長い耳と、頭の代わりにかぶがありました。セルジュは大きく、それは大きくなりました……。おじいさんは耳を引っ張りました。うんとこしょ、どっこいしょ、でも世の中に引っ張り出してやることができません。そこで、おじいさんはおばあさんを呼びました。

おばあさんはおじいさんを、おじいさんはかぶをつかみ、うんとこしょ、どっこいしょ、でも引っ張り出すことができません。おばあさんは公爵夫人のおばさんを呼びました。

おばさんはおばあさんを、おばあさんはおじいさんを、おじいさんはかぶをつかみ、うんとこしょ、どっこいしょ、でも世の中に引っ張り出してやることができません。そこで公爵夫人は名付け親の将軍を呼びました。

名付け親の将軍はおばさんを、おばさんはおばあさんを、おばあさんはおじいさんを、おじいさんはかぶをつかみ、うんとこしょ、どっこいしょ、でも引っ張り出すことができません。おじいさんはがまんできなくなりました。そして、娘を金持ちの商人のところにお嫁にやりました。おじいさんは百ルーブリ札を何枚も持っている商人を呼びました。

商人は名付け親を、名付け親はおばさんを、おばさんはおばあさんを、おばあさんはおじいさんを、おじいさんはかぶをつかみ、うんとこしょ、どっこいしょ、やっとかぶの頭を世の中に引っ張り出してやりました。

それで、セルジュは五等文官になりましたとさ。

累積する不条理

「おおきなかぶ」は最初、『かけら』誌の一八八三年第八号（二月十九日付）に掲載された。有名でもなければ、おそらく傑作ともいえないようなごく小さな初期の風刺作品だが、それをわざわざ選んだのは、日本でもよく知られたロシア民話のパロディになっているからである。チェーホフの短篇の原題には「おおきな」という形容詞はなく、単に「かぶ」なのだが、じつは元の民話のタイトルも単なる「かぶ」で、これに「おおきな」を添えることは内田莉莎子さんの名訳によってすっかり定着しているので（『おおきなかぶ』福音館書店）、今回の翻訳のタイトルもそれを踏襲することにした。

元になっている話は、大きなかぶが抜けなくて困ったおじいさんのもとに次々に助っ人（おばあさん、孫、犬、猫、鼠）がやってきて鎖状につながり、かぶを抜こうとする行為が何度も繰り返されるという、典型的な「累積昔話」である。可笑しいのは、一九八〇年代初頭に、自民党広報委員会発行の『自由新報』が、日本の小学校の教科書にこの作品が載っていることにかみつき、「ソ連の民族学者」による「ソ連の民話」を通じて日本の子供たちに「集団的労働」を学ばせるのはいかがなものか、と批判したという一件である（この事件については、小長谷有紀《こながやゆき》編『「大きなかぶ」はなぜ抜けた？　謎とき世界の民話』［講談社現代新書］所載の齋藤君子氏の文章や、田中泰子著『「おおきなかぶ」のおはなし』〔東洋書店、ユーラシア・ブックレットno.119〕などに詳しい)。

もちろん「おおきなかぶ」は「ソ連の民話」(!)などではないし、この昔話を採集し最初に『ロシア民話集』の中に収録したアレクサンドル・ニコラエヴィチ・アファナーシエフは、十九世紀ロシア最大の民族学者の一人で、その功績はしばしばドイツのグリム兄弟に比べられる(彼の『ロシア民話集』の刊行は一八五五〜六三年)。「累積昔話」は、自民党だのソ連体制だのといったことを超えて、人間の想像力にとって、はるかに根源的なパターンを表すものである。

もっとも、私たちが内田訳で知っている「おおきなかぶ」の話は、ソ連時代の作家、アレクセイ・トルストイによる再話(一九四〇年)なので、ここに多少ソ連的なイデオロギーが「上書き」されていると推測することは間違っていないかもしれない。トルストイによる再話のテキストそれ自体は、特に社会主義色が濃いとは言えないが、なにしろ書かれた時代が時代である。国を挙げ、老若男女いっしょになって祖国を守るために戦おうと国民を鼓舞する機運の一翼を担ったことは否定できないだろう。ではアファナーシエフが採集した原話はどんなものであったかというと、これは集団的労働や挙国一致を称える教訓的なものというよりは、もっと不条理な感じのものだ。アファナーシエフ版の「かぶ」の邦訳は、一般の目に触れられることがあまりないものなので(私の知る限り、この昔話を収めた翻訳として古書店などで比較的入手しやすいのは、中村白葉訳『ロシア民話集(アファナーシエフ民話集)』I(現代思潮社、一九七七年)だけだが、これもじつは大正十五年に刊行されたものの復刻である)、以下に新たに訳出しておこう。

おじいさんがかぶ〔の種〕を蒔きました。かぶを抜きに行って、かぶをつかみました。引っ張っても、引っ張っても、抜くことができません！　おばあさんを呼び、おばあさんはおじいさんを、おじいさんはかぶをつかみ、引っ張っても引っ張っても、抜くことができません！　孫娘がやって来ました。孫娘はおばあさんを、おばあさんはおじいさんを、おじいさんはかぶをつかみ、引っ張っても引っ張っても抜けません！　雌犬がやってきました。雌犬は孫娘を、孫娘はおばあさんを、おばあさんはおじいさんを、おじいさんはかぶをつかみ、引っ張っても引っ張っても抜けません！　一本足（？）がやって来ました。一本足は雌犬を、雌犬は孫娘を、孫娘はおばあさんを、おばあさんはおじいさんを、おじいさんはかぶをつかみ、引っ張っても引っ張っても抜けません！　もう一本の一本足がやってきました。もう一本の一本足は一本足を、一本足は雌犬を、雌犬は孫娘を、孫娘はおばあさんを、おばあさんはおじいさんを、おじいさんはかぶをつかみ、引っ張っても引っ張っても抜けません！（こんな風に、五本目の一本足まで続く。）五本目の一本足がやって来ました。五本目の一本足は四本目の一本足を、四本目の一本足は三本目の一本足を、三本目の一本足は二本目の一本足を、二本目の一本足は一本足を、一本足は雌犬を、雌犬は孫娘を、孫娘はおばあさんを、おばあさんはおじいさんを、おじいさんはかぶをつかみ、引っ張りに引っ張ります。かぶが抜けました！

テキストにつじつまの合わないところがあるが、原文のままである。（　）内はアファナーシエフ自身による書き込み、〔　〕内は訳者による補足である。この原話で驚かされるのは、「一本足」というものだ。一本だけの足がやってきて、かぶ抜きに加わるというのは、考えただけでグロテスクではないか。採集したアファナーシエフ自身、怪訝に思ったらしく、一本足の後に疑問符を入れているくらいである。ロシア・フォークロアに詳しい伊東一郎氏によれば、じつはこれは元々、つながった複数の人たち（子供たち）が、それぞれ前にいる人の片足をつかんで引っ張りあう、という遊びから来たものだという。そう説明されると疑問も半ば以上解けてしまうのだが、私としては「一本足」が次々に駆けつけるという不条理なイメージそのものを楽しみたいという誘惑も捨てがたいと思う。

おそらくチェーホフもそんな風に考えたのではないだろうか。チェーホフ版「おおきなかぶ」には、頭の代わりに「かぶ」がついたセルジュという人間が登場する。原文を見ると、それを引き抜いて「人々の中に」引っ張り出そうとする、という言い方になっていて、「人々の中に引っ張りだす」というのは、ロシア語では「世間に出す」「出世させる」といった意味にも取れる表現である。それが分かってしまえば、何のことはない、これは縁故によって子供を出世させる親についての風刺だということになるのだが、そう理解してしまったら、私としては割り切れ過ぎて詰まらないような気もする。頭の代わりにかぶが生えた人間がいて、みんなでよってたかってそのかぶを引き抜こうとする——やはり、そんな不条理な光景を思い描くべきではないだろうか？　なんてグロテスクな、なんて残酷な、と思われる向きもあるだろうが、チェーホフはおそらく一般に思われている以上に、ナンセンスが好きな非情な作家だったのではないだろうか。

（付記）「うんとこしょ　どっこいしょ」は、ロシア民話「おおきなかぶ」の内田莉莎子さんによる名訳で使われている掛け声。ここでもそのまま借用させていただいた。内田先生、どうかお許しください。きっと「チェーホフにこんなのがあるなんて、知らなかったわ」と、天国で面白がってくださるのではないだろうか。

ワーニカ

ワーニカ・ジューコフはまだ九歳の男の子だ。三ヶ月前、靴職人のアリャーヒンのところに見習い奉公に出されたのだが、クリスマス・イヴの夜、床につこうとしなかった。主人一家や職人たちが深夜のお祈りのため教会に出かけてしまうまで待って、家の戸棚からインクびんと錆びたペン先のついたペンを持ち出すと、しわくちゃの紙を自分の前に広げて、書き始めた。でも最初の一文字を書きつける前に、びくびくと後ろのドアと窓を振り返り、黒っぽい聖像《イコン》を横目で見たのだった。聖像の両側には、靴型をのせた棚がならんでいる。ワーニカはとぎれとぎれにため息をついた。紙は腰掛けの上に置かれ、少年は腰掛けの前にひざまずいていた。

「じいちゃん、祖父のコンスタンチンどの！」と、ワーニカは書いた。「そんで手紙をかきます。クリスマスおめでとうござる。神さまのおめぐみがありますように。おれには父もおかあちゃんもいないから、じいちゃんしかもういないんだ」

暗い窓に目を向けると、ろうそくが映ってちらちらしている。ワーニカはコンスタンチン・マカルイチじいちゃんの姿をまざまざと思い浮かべた。このじいちゃんは地主のジヴァリョフの家で夜警をしていた。小柄で、やせこけていたけれども、すばしこく元気な老人だった。年のころは六十五くらい。顔にはいつも笑いをうかべ、酔っ払った目をしている。じいちゃんは昼間は召使用の台所で寝ているか、料理女たちを相手に無駄口をたたくかだが、夜になるとぶかぶかの毛皮外套に身をつつみ、屋敷のまわりを巡回して拍子木を打つのだ。じいちゃんの後からは、栗色の老犬カシタンカと雄犬のドジョウが首をたれてついてくる。ドジョウのほうは、黒い毛色とイタチのように細長い体のせいで、そんなあだ名がついたのだった。このドジョウはなみはずれてお行儀がよくて優しく、身内にも他人にも同じように愛想をふりまくのだが、信用はされていない。そのお行儀のよさとおとなしさの仮面の下には、おそろしくずるがしこい悪意が隠されているのだ。ちょうどいい折をみはからって忍び寄っては、人の足をぱくりとやったり、氷室にもぐり込んだり、百姓のニワトリを盗んだり。そういったことにかけて、ドジョウの右に出る犬はいないだろう。ドジョウは何度も後脚をさんざん殴られただけでなく、二度も吊るされたし、毎週のように鞭打たれて半殺しの目にあっているけれども、いつでもけろっと元気になるのだった。

いまごろじいちゃんはきっと、門の前に立って目を細め、村の教会の燃えるように赤い窓を眺め、長靴を踏み鳴らしながら、女中たちに冗談を言っていることだろう。拍子木は腰のベルトにくくりつけられている。じいちゃんは両手を打ち合わせ、寒さのあまり身を縮こまらせ、老人くさくひひっと笑い、小間使いや料理女をつねったりしているに違いない。

「嗅《か》ぎタバコでもちょっとやろうかね」とじいちゃんは言って、女たちの鼻先にタバコ入れを差しだす。

女たちはそれを嗅いで、くしゃみをする。するとじいちゃんは言葉で言い表せないほど大喜びして、愉快そうに笑いころげ、声を張り上げるのだ。

「ひっぺがすんだ、凍りついちまったぞ！」

犬たちもタバコを嗅がされる。カシタンカはくしゃみをして、鼻面をぐるぐる回すと、むっとした様子で脇に行ってしまう。ドジョウのほうは持ち前のお行儀のよさのためくしゃみはせず、しっぽを振っている。それにしてもなんて素晴らしい天気だろう。空気は静かで、透明で、みずみずしい。夜は暗いけれども、村のすべてが見える。家々の白い屋根も、煙突から立ち上る煙の流れも、樹氷に覆われて銀色になった木々も、雪の吹き溜まりも。陽気にまたたく星々が満天にちりばめられ、銀河はまるで祝日を前にして雪で洗われ、磨きあげられたかのようだ……。

ワーニカはため息をつき、ペンをインクに浸して、書き続けた。

「きのおはおしおきをされました。ご主人さまがおれのかみの毛をつかんで中庭にひっぱりだして、くつヒモでびしばし打ったんです。ご主人さまの赤んぼをベッドでゆすってるうちに、うっかりいねむりしちゃったからなんだ。それから今週、おかみさんにニシンのはらわたを取るように言われて、しっぽから始めたら、おかみさんはニシンをつかんで、そのどたまでおれの面《つら》をつっついたんだ。職人さんたちはおれのことを笑って、いざかやにウォッカを買いにいかせたり、ご主人さまのところからキュウリを盗んでこいって命令したり。ご主人さまは何でも手当たりしだいのものでおれをなぐるんです。そんで、食べものなんてなんにもない。朝はパン、昼はおかゆ、夜はまたパン。お茶やスープがあったって、ご主人さまたちがぜんぶがつがつ飲んじゃうんだ。げんかんの土間で寝るように言われてるんだけど、赤んぼが泣くと、おれはぜんぜん寝ないで、ゆりかごをゆすってやります。じいちゃん、お願いだおれをここから田舎の家につれていって。もうおれにゃどうしようもないんだ……。ひざまずいてお願いします、じいちゃんのためにずっと神さまにお祈りします、おれをつれてってください、そうじゃないと死んじゃうよ……」

ワーニカは口をゆがめ、真っ黒な握りこぶしで目をふくと、すすり泣いた。

「じいちゃんのためにタバコをきざんであげるから」と、ワーニカは続けた。「神さまにお祈りするよ。なんかよくないことをしたら、おもいっきりムチでうっていいよ。もしもぼくの仕事がないと思うんなら、管理人のおじさんにいっしょうけんめいお願いしてくつをみがかせてもらうか、フェーチカのかわりに羊飼いになるさ。じいちゃん、もうどうしようもないんだ、もう死ぬっきゃない。歩いて田舎まで逃げていこうとおもったけど、長ぐつもないし、さむさがこわいし。おれ、大きくなったら、恩がえしにじいちゃんをやしなって、だれにもじいちゃんをバカにさせないから。そんで、じいちゃんが死んだら、たましいが安らかに眠るようにお祈りしてやるから、ペラゲーヤ母ちゃんのときとおんなじようにさ。

そんで、モスクワは大きい町です。家はみんな立派なおやしきばかりで、馬がたくさんいるけど、羊はいないし、犬はこわくありません。ここじゃこどもたちは星をもって歩かないし（クリスマス・イヴにロシアの田舎では、紙の星を持って歌いながらねり歩く習慣があった）、聖歌を歌いたいっていったって聖歌隊の席には誰も入れてくれません。一度なんか、あるお店のまででどんな魚でもつれそうな釣り糸がちゃんとついた釣り針を見たんだ。とっても高そうな釣り針でね、そのなかには一プード（約十六キロ）のナマズだって釣れそうなのがあった。それから、何軒かの店じゃ、ご主人さまたちが持っているような銃がなんでもそろっていて、きっと一ちょう百ルーブリはするだろうな……。そんで、肉屋にはライチョウもウズラもウサギもあるけど、どんな場所でうつのかって聞いたって、店の人は教えてくれません。

じいちゃん、おやしきにクリスマスツリーがかざられて、プレゼントがつるされたら、おれのために金色のクルミをもらって、緑色の箱にしまっておいてください。オリガおじょうさまにお願いして、ワーニカのぶんだって言って」

ワーニカはしゃくりあげるようにため息をつき、また窓をじっと見つめた。そして、お屋敷のクリスマスツリーにするモミを切るために森に行くのはいつもじいちゃんで、そのときは孫の自分を連れていってもらったことを思い出した。なんて楽しい時だったろう！　じいちゃんは満足げにきゅっきゅっと喉を鳴らし、凍てつくような寒気も喉を鳴らし、それを見ているとワーニカも喉を鳴らしてしまった。モミの木を切るまえに、じいちゃんはパイプをくゆらせ、長いことタバコを嗅ぐということがよくあった。そして、ワーニカ坊主、凍えきっちまったか、と笑うのだった……。樹氷に覆われた若いモミの木たちは、身じろぎもせずに立ち、待ち構えている。自分たちのうちの誰が死ぬ運命なのか、と。だしぬけにどこから現れたものか、ウサギが雪だまりの上を矢のように飛んでいく。じいちゃんは思わず叫ばずにはいられない。

「つかまえろ、つかまえろ……つかまえろ！　えい、なんてウサ公だ！」

じいちゃんが切り倒したモミをお屋敷に運び込むと、みなが飾りつけにとりかかった。誰よりもこまめに立ち働いたのが、ワーニカの大好きなオリガお嬢様。ワーニカの母親ペラゲーヤがまだ生きていて、お屋敷で小間使いとして働いていたころ、オリガお嬢様はワーニカにキャンディーをくれたり、暇をもてあましてワーニカに読み書きや、百までの勘定や、さらにはカドリールの踊り方まで教えてくれたものだ。ところがペラゲーヤが亡くなると、孤児となったワーニカはじいちゃんのいる召使部屋へと追い払われ、さらに召使部屋からモスクワの靴職人、アリャーヒンのところに奉公に出されたのだった。

「早くきて、じいちゃん」ワーニカは続けた。「お願いだから、おれをここからつれてってって。不幸なみなしごをかわいそうだと思って。だって、みんなにぼこぼこにされるし、腹ペコで死にそうだし、口で言えないくらいさみしくて、泣いてばかりいるんだから。こないだも、くつの型でご主人さまに頭をなぐられたもんだから、ぶっ倒れちまって、やっとのことで正気にかえったんだ。どんな犬よりもひどい、どうしようもない毎日なんだ……。アリョーナや、片目のエゴールカや、御者のおじさんによろしく。おれのアコーディオンは誰にもあげちゃだめだよ。いつまでもあなたの孫のイワン・ジューコフおねがいだからじいちゃん早くきて」

ワーニカは書き上げた紙切れを四つにたたむと、前日のうちに一コペイカで買っておいた封筒に入れた……。そして、ちょっと考えてから、ペンをインクに浸して、宛名を書いた。

村のじいちゃんへ

それから頭をかいてまたちょっと考え、「祖父のコンスタンチンどの」と書き足した。誰にも書くことを邪魔されなかったのに満足して、帽子をかぶり、コートも着ないでシャツ一枚のかっこうでそのまま外に飛び出した。

前日、肉屋に行ったとき根掘り葉掘りたずねたら、店員たちは教えてくれたのだった。手紙ってもんはな、ポストに投げ込めば、そこから世界中どこにでも配達してもらえるんだ。酔っ払った御者が、ちりんちりんと鈴を鳴らして、三頭立ての郵便馬車でね。ワーニカは一番近くのポストにかけつけると、大事な手紙を箱の割れ目の中に押し込んだ。

甘い希望になぐさめられてほっとしたワーニカは、一時間もするとすやすや眠っていた。その夢に現れたのは暖炉《ペチカ》だった。ペチカのうえには、じいちゃんが腰をおろし、はだしの足をぶらつかせ、料理女たちに手紙を読み聞かせている……。なんだ、ペチカの前を歩き回っているのはドジョウじゃないか、しっぽを振ってるぞ。

じいちゃんに手紙は届かない

「ワーニカ」は最初、『ペテルブルク新聞』一八八六年十二月二十五日付の「クリスマス物語」欄に掲載された。署名はA・チェホンテ。チェーホフ初期の「お笑い作家」時代の小品の一つである。でもこの作品は可笑しいだけでなく、とても悲しい。その理由はこの後の説明で少しはわかっていただけるものと期待するが、理由はともあれ、涙もろい私はこの作品のことを人に説明したり、授業で話したりしていると(よく知りぬいた作品なのに)、それだけで涙が出そうになり、みっともないので(なんでこんな「軽い」ユーモア小説程度で大の大人が泣いてしまうのか、誰も理解してくれないだろうから)ゴミが入ったような振りをして目をこすったり、何気なく上を向いたりする。

「ワーニカ」というタイトルは、主人公の子供の名前をそのままとったものだ。彼は田舎の村から大都会モスクワの靴屋の家に、住み込み奉公に出された九歳の少年である。このワーニカ、モスクワの奉公先では、ひどい扱いをうけ、ちょっと失敗してもすぐにぶたれ、ろくな食事も与えられない。彼は父も母もいない孤児なので、頼れる身内は田舎のおじいちゃんしかいない。そこでクリスマスになつかしいおじいちゃんに手紙を書き、自分がどんなに辛い思いをしているか切々と、幼い文章で精一杯訴え、「じいちゃん、助けに来てください」と手紙に書く。

ただそれだけの話なのだが、何がそんなに可笑しくも悲しいのだろうか。まず、ワーニカの手紙の文章そのものが可笑しい。当時のロシアでは、まともな教育を受けたこともない農民の九歳の子供に、読み書きができるわけがなかった。読み書きの普及が遅れていたロシアでは、一八九七年の統計を見ても、識字率はわずか二九・七パーセントである。だからワーニカの書くロシア語が間違いだらけの変なものであることは、少しも驚くべきことではない。驚くべきは、ワーニカがそもそもまがりなりにも手紙を書いているということだ。この「非現実的」な設定を説明する必要があると考えたのか、チェーホフは作中で、屋敷の「オリガお嬢様」が「暇をもてあましてワーニカに読み書きや、百までの勘定や、さらにはカドリールの踊り方（！）まで教えてくれた」と書いている。農民の子供たちに教育を受けさせることはかつて、人道主義的理想家トルストイが一生懸命に取り組んだ課題だったが、この「お嬢様」はどうやら、そんな人道主義者ではなかったようだ。皮肉なチェーホフは、「暇をもてあまして」とわざわざ書いている。

「お嬢様」の動機はともあれ、彼女はワーニカを可愛がったのだろう。そのおかげで、ワーニカは自分の窮状を訴えるSOSのような手紙をまがりなりにも自力で書くことができた。しかし、そのロシア語たるや、間違いだらけの奇怪なしろものだった（それもまた当然のことだろう）。大人はこんな風に書くものだと、見よう見まねで少し背伸びして難しい書き方を試みるのだが、それがことごとく変な風になってしまう。ロシア語に即して一語一語吟味すると面白いのだが、それは別の場所に譲るとして、一例だけ挙げておくと、ワーニカは手紙の末尾に、日本語だったら「敬具」に相当するような言い方をしようとして「いつまでもあなたの孫」と書いて、「イワン・ジューコフ」と署名し、さらにその後に切迫したような調子で「おねがいだからじいちゃん早くきて」と付け加える。もちろん「いつまでもあなたの孫」などという言い方はあり得ない。これは「いつまでもあなたの忠実なる僕」という（大人の）手紙の常套的な結びをワーニカが中途半端に覚えていて、自分の書いているものをなんとか立派な手紙に見せたくて真似た結果だろう。しかも署名したら手紙は終わらなければならないのに、ワーニカはそこにいきなり自分の一番言いたいこと、つまり「じいちゃん早くきて」という言葉を駄目を押すように付け加えるのである。ワーニカの訴える内容の痛切さと、その手紙のロシア語の可笑しさの落差が、人を笑わせると同時に、痛ましい思いに誘う。

いま述べてきたことからもわかる通り、「ワーニカ」にはじつは名前が満ち溢れている。これは様々な呼び名、宛名の響き交わす物語だと言ってもよい。まず主人公の名前ワーニカだが、これはロシア人の男性名の代表格といってもいい「イワン」の愛称形であって、普通の愛称形だったら「ワーニャ」となる（たとえばチェーホフの戯曲『ワーニャおじさん』の場合のように）。それに対して「ワーニカ」というのは、子供などを相手にちょっと見下したようなニュアンスのある呼び方で（ロシア語学では「卑小形」と言う）、この名前自体に独得のニュアンスが含まれている（無理に訳せば、例えば「ワン公」「ワン助」といった形にすることも考えられる）。

それに対して、そのワーニカが救いを求める相手に対する呼びかけや宛名の書きかたはどうだろうか。当たり前の話だが、手紙には宛名を書かなければいけない。生まれて初めて手紙なるものを書くワーニカだって、そのくらいのことは知っている（「どうだい、おれ、偉いだろう！」と、内心ちょっと鼻を高くしているワーニカの気持ちが想像できる）。しかし、ワーニカは、「待てよ、これじゃ宛名が不完全だから届かないんじゃないかな？」と思い当たり（なんと聡明な子供だろうか！）、それから頭をかいてちょっと考えてから、「コンスタンチン・マカルイチへ」（拙訳では「祖父のコンスタンチンどの」）と書き足すのだ。しかし「村の」という漠然とした宛先では話にならないことは、言うまでもないだろう。現代のロシア語辞典には、「村のじいちゃんへ」は、宛先不明のときにおどけて言う慣用句として登録されているくらいだが、これはもちろんチェーホフのこの短篇から来ている。

ここでロシア人の名前について、少々説明をしなければならない。ここに出てくる「コンスタンチン・マカルイチ」というのは、じつはファーストネームの「コンスタンチン」と父称の「マカルイチ」（つまり父親がマカールだということを示す名前。より文章語的には「マカロヴィチ」と綴る）を組み合わせたもので、敬意を示す呼びかけである。農民の幼い子供が祖父に家庭で使うような呼びかけではないので、これはワーニカにとってはずいぶん頑張って大人ぶって使ったちょっとかしこまった呼びかけの形である。ただし、問題はここには苗字がない、ということだ。「名前＋父称」は呼びかけとしては頻繁に使われる形だが、手紙の宛名にはきちんと苗字を書かなければならないというのは、ロシアでも当然のことで、苗字がなかったら配達されるわけがない。ワーニカが最後に、ちょっと無理をしてかしこまった「コンスタンチン・マカルイチ」という呼びかけを書き足したのは、こういうふうにきちんと書けば手紙が確実に届くんじゃないか、と祈りのような気持ちを切々と込めてのことだった。チェーホフはなんと残酷な作家だろうか。この書き足しによって、彼はワーニカの「浅知恵」を示し、子供の胸を膨らませる希望に止《とど》めを刺したかのようだ。ワーニカは子供なりに精一杯考えて、立派な宛名を書いたというのに、どっちみちこのような宛名では手紙が届くわけはないからである。

この「残酷さ」を念頭に置いたとき、小説の結末をどう考えたらいいのだろうか？　甘い希望に慰められて寝付いたワーニカは夢を見る。その夢の中では、なんと、懐かしいじいちゃんが田舎の屋敷のペチカに腰をおろし、料理女たちに手紙を読み聞かせているのだ。じいちゃんが読んでいるのは、もちろん、ワーニカの手紙だろう。そうだとすれば、ワーニカの希望は少なくとも夢の中では実現したわけで、残酷なチェーホフも夢を見る権利だけは子供から奪わなかった、それがせめてもの慰めだ、ということになるだろうか。いや、ここでふと疑問が生ずる。仮に——百歩譲って——あのような宛名の手紙が無事に届いたとしても、そもそもじいちゃんは字が読めるのだろうか？　字が読めないじいちゃんに孫が最後の望みを託して手紙を書く——これはひょっとしたらあまりにも残酷な冗談ではないのだろうか。

最後に一つ説明しておかなければならないのは、原文の「コンスタンチン・マカルイチへ」とあるところを、どうして拙訳では「マカルイチ」を省略して「祖父のコンスタンチンどの」としたかである。これは勝手な改変ではなくて、理由があってのことだ。第一に、普通の日本人は、「マカルイチ」というのがミドルネーム（父称）であることがわからず、苗字だと勘違いする危険がある。そうすると、ワーニカは手紙の宛名を書くときに、相手の苗字を書くべきだということさえ知らない子供だということがわからなくなってしまうだろう（それがわからないと、チェーホフの残酷な「止《とど》め」の意味もわからなくなる）。

第二に、「コンスタンチン・マカルイチ」というふうに名前と父称を組み合わせるのは、ロシア語では敬意のこもったちょっと丁寧な呼び方なので、子供が無理をして普段使わないような呼びかけを使っているというニュアンスを邦訳でも示す必要がある。そこで拙訳では「祖父」とか「どの」といった、子供があまり使わないような固い言い方を採用してみた。こんな風に、単に呼びかけ一つとっても、そのニュアンスは汲みつくせないほど豊かであって、それを日本語に正確に移すのは絶望的に困難な作業である。

チェーホフは作品を通じて、読者に何かを教えようとする教師タイプの作家ではなく、むしろ問いを立てるタイプの作家だった。では、「ワーニカ」が問いかけるものは何か？　それは「手紙は届くのか？」ということだ。その答えはもう改めて言うまでもないだろう。

このように手紙が届かないというのは、もう少し広い言い方をすれば、メッセージが届かず、人間と人間の間のコミュニケーションが成り立たない状態を指す。じつはこれは後々まで、チェーホフの作品の多くを貫く基本的なモチーフの一つであり、特に彼の演劇でこれは顕著に現れる。チェーホフ劇で革新的だったのは、台詞のやりとりの中に文脈からずれた意味不明の言葉が故意に挿入されたり、言うことがかみあわずコミュニケーションがうまく機能しない不条理な状況（いわゆるディスコミュニケーション）がしばしば持ち込まれたりすることだった。チェーホフの作品の多くはコミュニケーション不全の世界のドラマであり、現代的な不条理感覚を先取りするものだったわけだが、その萌芽はすでにこんなにも鮮やかな形で「ワーニカ」に現れていた。

牡《か》蠣《き》

あの雨模様の秋の夕暮れのことなら、たいして頭を絞らなくても、手に取るようにありありと思い出すことができる。人でごったがえすモスクワの通りにおやじといっしょに立っていると、だんだん妙な病気にやられていくのが自分でもわかった。痛みはぜんぜんないのに、足はがくがくし、言葉は喉もとにつっかえ、頭はぐったり傾いていく……。いまにもぶっ倒れて、気を失いそうだった。

あのとき病院にかつぎこまれていたら、医者はおれのベッドの脇に「Fames」という病名を書きこんだに違いない。医学の教科書には載ってない病気だ。つまりラテン語で「腹ぺコ」ということ。

歩道でおれのすぐ脇に立つ父親は、着古した夏もののコートを着て、ニットの帽子をかぶっていたが、その帽子からは白い綿がちょこんと突き出ていた。そして足には大きくて重そうなオーバーシューズをはいていた。見栄っ張りのおやじは、自分が裸足の上にじかにオーバーシューズをはいているのを人に見られるのが嫌なものだから、そのよれよれの履き口をすねのところまで引っ張り上げた。

哀れな、頭の弱い、ヘンなおっさんだけど、夏ものの洒落《しゃれ》たコートがぼろぼろになればなるほど、おれはおやじのことが好きでたまらなくなった。なにしろ事務職を探して五ヶ月前に首都にやって来て、まる五ヶ月、町をほっつき歩いて仕事をくれと頼んで回ったあげく、やっと今日、思い切って物乞いをする気になったんだから……。

向かい側にある大きな三階建ての建物には、青い「居酒屋」という看板がかかっている。おれの頭は弱々しく後ろに、脇へとそり返り、いやがおうでも上のほうの、居酒屋の明るく照らされた窓を見ないわけにはいかなかった。窓の中には、人の姿がちらついていた。小型《オーケ》パイプオルガン《ストリオン》の右側や、二枚の複製画、それから吊るしランプも見える……。窓の一つをじっと見つめていると、白い染みのようなものに気づいた。その染みはまったく動かず、四角い輪郭のせいで、一面の暗い茶色の背景からくっきり浮かび上がっている。じっと目をこらすと、その染みは壁の白い貼り紙だとわかった。何かが書いてあるのだが、何なのかは見えない……。

三十分もの間、貼り紙から目をそらせなかった。その白さに目は釘づけになり、脳ミソはまるで催眠術をかけられたようだった。読もうとするのだが、いくらがんばっても読むことができない。

とうとう、奇妙な病気が猛威をふるい始めた。

馬車の音が雷のように聞こえ始め、通りの悪臭の中に何千もの様々な匂いが嗅ぎ分けられ、居酒屋のランプや街灯の光が目もくらむ稲妻のように見える。五感が張り詰め、常軌を逸した感度になった。それまで見えなかったものが、見えるようになった。

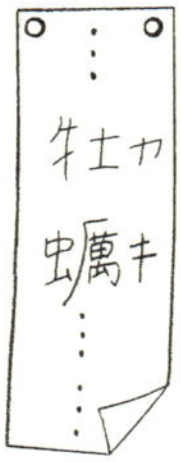

と、貼り紙の文字が判読できた。ヘンな言葉だ！　おれはこの世にちょうど八年と三ヶ月生きてきたけれども、こんな言葉は一度も聞いたことがない。どんな意味だろう？　居酒屋の主人の苗字じゃないのかな？　でも苗字を書いた名札なら、扉に掛けるもので、壁ではないだろう！

「父ちゃん、カキってどういう意味？」おれは一生懸命父親のほうに顔を向けようとしながら、かすれた声で聞いた。

おやじには聞こえなかった。雑踏の動きにじっと目をこらし、通行人ひとりひとりの姿を目で追っていたからだ……。その目を見れば、おやじが通行人に何かを言おうとしていることがわかる。でも、決定的な宿命の言葉は重い分銅のように震える唇にぶらさがっていて、どうしても口から出ていこうとしない。一度などは、通行人に追いすがり、袖をつかんだほどなのだが、先方が振り返ると、おやじは「失礼しました」と言って、うろたえ、後ずさった。

「父ちゃん、カキってどういう意味？」と、質問を繰り返す。

「それは、まあ、生き物さ……海に住んでいる……」

そのとたん、見たこともないこの生き物の姿が、目に浮かんでくる。それは魚とザリガニをたして二で割ったようなものに違いない。海の生き物である以上、もちろん、いい匂いのする胡椒や月桂樹の葉を入れたすごく美味しいアツアツの魚スープ《ウハー》とか、軟骨入りのすっぱい田舎スープ《セリャンカ》とか、ザリガニ・ソースとか、ワサビの薬味をきかせた煮凝《にこご》り料理とか、作れるんだろう……。ありありと思い描いてみる——この生き物を市場から運んできて、急いではらわたを取って、急いで壺の中に入れるところを。さあ、急いで、急いで、みんなお腹《なか》がへっている……すごくへっているんだから！　キッチンから焼き魚やザリガニ・スープの匂いが漂ってくる。

その匂いが口の中や、鼻の穴をくすぐって、だんだん体全体を虜《とりこ》にしていくのを、おれは感じる……。居酒屋も、おやじも、白い貼り紙も、おれの袖も、何もかも、その匂いがする。あまりに強く匂うので、おれはつい、もぐもぐと口を動かしてしまう。まるで口の中にその海の生き物が一切れ入っているみたいに、もぐもぐやって、ごっくん、と呑み込む……。

あまりの満足感のために足ががくんと曲がり、おれは倒れそうになって、おやじの袖をつかみ、濡れた夏もののコートにすがりつく。おやじは震え、縮こまっている。寒いんだ……。

「父ちゃん、カキって精進料理、なまぐさ料理？」と、おれは聞く。

「生きたまま食べるのさ……」おやじは言う。「亀みたいに、殻をかぶっていてな……でも、殻は二枚あるんだ」

そのとたん、美味しそうな匂いは体をくすぐるのをやめ、幻が消えうせた……。なんだ、そういうことか！

「キモい！」おれはつぶやく。「キモいぜ！」

カキってそういうものなのか。おれは蛙に似た生き物を想像してみる。そいつは殻の中にうずくまり、大きな目を光らせて外をながめ、ぞっとするような顎を動かしている。市場からこの生き物を運んでくるところを思い描く。殻をかぶり、ハサミとぎらぎら光る目を持ち、ぬるぬるした皮膚におおわれたこの生き物を……。子供たちはみな隠れてしまうが、料理女は気味悪そうに顔をしかめながら、そのハサミをつかみ、皿に載せて、食堂に運んでいく。大人たちがそれをつかんで食べる……生きたまま、その目玉も、歯も、脚までも！　そいつはぴいぴい鳴いて、唇に嚙みつこうとする……。

おれは顔をしかめる。でも……でも、どうして歯が勝手にもぐもぐ動いてしまうんだろう。おぞましく、気味が悪く、恐ろしい生き物なのに、おれはそいつを食べる。味や匂いがはっきり分かってしまうことを恐れながら、がつがつ食べる。一匹たいらげると、もう次のやつのぎらぎら光る目玉が見える。それから三匹目も……おれはそれも全部食べる……。しまいにはナプキンも、皿も、おやじのオーバーシューズも、白い貼り紙も食べる……。目についたものは手当たり次第、何でも食べる。食べなければ病気は治まらない、と感じているからだ。目玉をぎょろつかせるカキは恐ろしく、気持ち悪い。考えただけでぞっとするほどだけれども、食べたい！　食べたい！

「カキをください！　カキをください！」胸から叫び声がほとばしり、おれは両手を前に差し出す。

「どうかお恵みを、右や左の旦那さま！」その時だ、おやじのうつろな、押し殺した声が聞こえたのは。「恥ずかしながら、いやはや、もう耐えられません！」

「カキをください！」おれはおやじのコートの裾を引っ張りながら、叫ぶ。

「へえ、カキを食べるのかい？　そんなチビなのに」そばで笑い声が聞こえた。

目の前に山高帽をかぶった紳士が二人立ち、おれの顔を覗き込んでいる。

「坊や、カキを食べるの？　ほんとに？　面白いねえ！　どんなふうに食べるんだい？」

おれは誰かのがっしりした手に引っ張られて、明かりのともった居酒屋に連れて行かれたのを、覚えている。一分後にはまわりに人だかりができて、みんな笑いながらおれのことを興味津々の目つきで見ていた。おれはテーブルについて、なんだかぬるぬるした、しょっぱくて、湿ってかび臭いものを食べさせられた。自分が何を食べているのか、見ようとも聞こうともせず、噛みもしないで、おれはがつがつ食べた。目を開けようものなら、ぎらぎら光る目玉とハサミと鋭い歯が見えるに違いない、という気がした……。

突然、何か固いものに突き当たった。がりがりという音がする。

「は、は！　殻まで食べている！」みんなが笑う。「ばかだな、そんなものが食べられるかい」

それから、おそろしく喉が渇いたことを覚えている。床に入っても、胸やけと、焼けつくような口の中に残った奇妙な味のせいで、おれは寝つけなかった。父親は部屋の中をすみからすみへ行ったり来たりし、手を振り回している。

「風邪をひいたかな」おやじはぶつぶつ言う。「なんだか頭の中に……誰かが座っているような感じだ……。ひょっとしたら、それは、あの……今日何にも食べなかったせいかも知れん……。それにしても、わたしもおかしなばか者だな……。あの旦那衆がカキの代金に十ルーブリも払うところを見ていたんだから、そばに寄って、ちょっと、その……貸してくれませんか、と頼めばよかったんだ。きっと貸してくれただろうに」

明け方、やっと眠りにつくと、夢にハサミを持った蛙が現れた。そいつは殻の中にうずくまり、目玉をぎょろつかせていた。昼ごろ、喉の渇きで目がさめ、目で父親を捜した。なんだ、うちのおやじ、まだ部屋の中を歩き回って、手を振り回している……。

未来の世界文学

「牡蠣《かき》」は、飢えた小さな少年が、当時の貧乏人にはとうてい手の届かない牡蠣を食べさせてもらえるという話で、ロシア版の「小僧の神様」のようだ。いや、チェーホフは志賀直哉より滑稽で残酷だったと言うべきだろうか。

この短篇は最初、ユーモア雑誌『目覚まし時計』一八八四年第四十八号に掲載された。署名はA・チェホンテ。作者はまだ二十四歳だった。

軽いユーモアものには違いないのだが、不思議な魅力があり、昔からこの作品を高く評価する読者は少なくない。チェーホフ自身もこれを「真面目な作品」の一つとして位置づけていたふしがあり、ある手紙で、自分はこれを「medicus」（ラテン語で「医者」の意味）として書いたのだ、と言っている。おそらく極度の飢餓状態の人間の心理や感覚を描写する際に、決して空想に頼らず、医学的にも正確を期したということなのだろう。

「医学的」な側面を強調するのは、一八八四年にモスクワ大学医学部を卒業して医師になったばかりの若きチェーホフにとって当然のことかもしれないが、現代の読者にとって魅力は別のところにもある。ソ連初期に活躍したモダニスト作家、ユーリイ・オレーシャはこの作品をチェーホフの「天才の最初の発露」と高く評価し、こんな風に言っている。「この作品が一八八四年にロシアの作家によって書かれたなんてことはあり得ない、と時折思えるほどだ。その書き方全体も、登場人物も、手法も、未来の世界文学のものだ。ここには、はるか後に登場した様々な流派を予告するものがある。牡蠣を食べさせられる飢えた子供という主題じたい、当時の文学にとって驚くべきものだ。これは例えばチャップリンとか、あるいはフランスのアヴァンギャルド系の映画監督といった芸術家の美的気分を知っている作家でないと思いつかないような、都会の幻想である」（「作家の覚書」一九三七年）。

「未来の世界文学」とはちょっと大げさかもしれないが、「牡蠣」にはこのように確かに未来を予告する「都会の幻想」がある。しかし、その一方で、過去との意外なつながりを感じさせる面も否定できない。少年ではなく、その父親に焦点を当ててみると、困窮し万策つき、幼い子供を連れて街頭に物乞いに立つ「だめおやじ」という「小さな人間」の要領の悪さと、滑稽なほどの自尊心が浮かび上がってくるのだが、これは明らかにドストエフスキー直伝のものだろう。いや、ロシアの都市幻想は、過去と未来をショートさせる不思議な回路を内蔵しているということか。

しかし、チェーホフはもちろんドストエフスキーの亜流などではない。「牡蠣」でチェーホフがいかにも彼らしい機知を発揮するのは、ほかならぬ牡蠣の「変形譚」においてである。牡蠣というものを見たこともない幼い少年が、父親に与えられたわずかな情報をもとに奇怪な姿を描き出し、それを変形させていく。かつてガストン・バシュラールは、想像力とはイメージを新たに作り出す能力ではなく、それを歪曲《わいきょく》する能力、つまり基本的イメージから人を解放し、それを変形させる能力なのだと言ったが、「牡蠣」という作品が陰惨な現実を背景としながらも、どこか祝祭的な楽しさを同時に秘めているのは、この「想像力」のおかげではないだろうか。

それにしてもチェーホフ時代のロシアで、牡蠣とはいったいどのような食べ物だったのだろうか。形而下的な食べ物など眼中になかったドストエフスキー、美食の楽しさは知っていたけれどもそれを道徳的に軽蔑しようとしたトルストイに比べて、チェーホフはもっと地に足のついた作家であり、彼の作品には当時実際に食べられていた具体的な食材や料理が頻繁に登場する。この牡蠣も、金持ちのグルメの間で流行《はや》りだしていた高級な珍味だった。「高級」というのは、当時ロシアで牡蠣は、主にフランスやベルギー、ドイツなど、西ヨーロッパからの輸入品だったからである。運搬には発達しつつあった鉄道が使われたが、冷蔵輸送技術がまだいまほど発達していなかった頃のことで、新鮮な牡蠣はたいへん珍重されたのである。チェーホフの「牡蠣」には、代金として十ルーブリが支払われたという記述があるが、この頃の物価では二ルーブリも出せば立派な食事ができたようだから、十ルーブリというのは今の日本の感覚でいえば、一万円、いやひょっとしたら二万円にも相当するかもしれない。

ちなみに、チェーホフが「牡蠣」を発表する少し前、一八七〇年代に書かれたトルストイの『アンナ・カレーニナ』にも、牡蠣が出てくる。遊び人で食通のオブロンスキーが、真面目な堅物レーヴィンを誘って高級ホテルのレストランに行き、牡蠣を前菜に食事を始めようとする場面だ。トルストイの分身であるレーヴィンは、そんな気取ったものよりも、ロシアの農民が食べる素朴な粥《かゆ》やキャベツ汁がいい、と言って抵抗するのだが……。時代は少し下って、二十世紀初頭、女流詩人アフマートワも柔らかな恋愛抒情詩の中で、「皿に盛られた氷の中で牡蠣がみずみずしく鋭い海の匂いを放っていた」と歌っている。

このように文学にもしばしば描かれた牡蠣だが、ソ連時代になるとぷっつり途絶え、まったく言及されなくなる。そもそも現実の生活から、牡蠣が消えてしまったのだ。現代ロシアきっての食文化史家ヴィリヤム・ポフリョープキンによれば、「革命前に有産階級の前菜としてフランスから輸入されていた牡蠣」は、ソ連時代にはレストランにさえも根付かず、一九七〇年代にキューバから（！）輸入が試みられたことがあるが、まったくソ連市民の需要がなかったため打ち切られた、という。しかし、これは現実を少々美化した言い方のように聞こえる。需要がなかったというより、慢性的な物不足の中でもはや牡蠣を食べる文化が完全に途絶していたのだ。

閑話休題。チェーホフに戻ろう。有名な話でいまさら引用するのも気がひけるが（浦雅春氏の名著『チェーホフ』〔岩波新書〕のはしがきでも紹介されている）、チェーホフの生涯が牡蠣をめぐる悪い冗談で締めくくられたことは、やはり最後に付け加えておきたい。一九〇四年七月、持病の結核が悪化してドイツの療養地で亡くなったチェーホフの遺体は、列車に積み込まれ、ペテルブルク経由でモスクワに到着した。ところが、モスクワで出迎えた人々を驚かせたことに、遺体を載せていたのは、なんと、「牡蠣運搬用」と書かれた、薄汚い緑色の染みのついた車両だったのである。暑い七月のことで、遺体が腐らないようにという配慮ゆえだったらしいが、ゴーリキイはそれを見て憤慨のあまり、わめき出したいほどの気分にさせられたという。俗悪さを敵に回し、一生俗悪さと闘ってきた作家に対して、俗悪さのほうがこういう嫌ったらしい悪ふざけによって復讐《ふくしゅう》をしたのだ、とゴーリキイは回想している。

未来の世界文学「牡蠣」が書かれてから、ちょうど二十年後のことだった。

おでこの白い子犬

腹ぺこの母さん狼がむっくりと起き上がりました。狩りに行こうというのです。狼の子供たちは全部で三匹、ひとかたまりになり、お互いに体を温めあって、ぐっすり眠っています。母さんは子供たちをぺろりとなめ回してから、出かけました。

もう春の三月だというのに、夜な夜な木々は寒さのせいでまるで十二月のようにぴしぴし鳴り、舌をちょっと突き出したとたん、ひりひり痛みました。母さん狼は体が弱くて、用心深く、ほんのちょっとした物音にもぎくりとし、家に残した子供たちが誰かにいじめられないかといつも気が気ではありませんでした。人や馬の足跡の臭いも、木の切り株も、積み上げられた薪も、馬糞まみれの暗い道も怖かったし、木陰の暗闇に人間が立っているのではないか、どこか森の向こうで犬が鳴いているのではないか、と思えてなりませんでした。

母さん狼はもう若くなく、鼻も鈍くなっていたので、狐の残した跡を犬の跡と取り違えたり、ときには勘違いをして道に迷うこともありました。こんなヘマは、若い頃には一度もしなかったのに！　体が弱くなったので、以前のように子牛や大人の羊を襲うことはもう止め、子馬を連れた馬の群れにも敬遠して近寄らず、もっぱら死んだ獣の肉を食べて生きていました。新鮮な生肉を食べられることはめったになく、せいぜい、春に母ウサギにたまたま出くわして、その子供たちをかっさらったり、子羊を飼っている農民の家畜小屋にこっそり忍びこんだときくらいでした。

巣穴から四露里《ヴェルスタ》（約四キロ）ほどのところ、郵便馬車が通る街道沿いに冬ごもり用の小屋が立っていました。ここに住んでいたイグナートという森番は、年の頃七十歳ほどのじいさんで、しょっちゅう咳をして、ぶつぶつひとり言を言っていました。普段は夜に眠り、昼は猟銃を持って森をぶらつき、口笛を吹いてウサギをおびき出そうとしました。きっと以前は鉄道の機関士をしていたのでしょう、立ち止まる前にはいつでも「機関停止！」、先に進むときは「全速前進！」と自分に向かって叫びました。森番のじいさんはとても大きな黒い犬を飼っていました。どんな種類の犬かはわかりません。名前はアラープカと言いました。この犬が先に行きすぎたときなどは、じいさんは「後進！」と声を張り上げました。ときに歌を歌いながらひどくよろけ、ころぶこともよくありましたが（それはきっと風のせいだろう、と狼は考えました）、そんなときは「脱線した！」と叫んだものです。

狼は夏から秋にかけて、この小屋のまわりで一匹の雄羊と二匹の雌羊が放し飼いになっていたのを覚えていました。わりと最近、その前を走りぬけたときは、家畜小屋からめえめえという鳴き声が聞こえたような気がしました。そしていま、森番の冬小屋に忍びよりながら、もう三月なのだから、時節柄、家畜小屋には子羊がきっといるに違いない、と考えたのです。

お腹がへって苦しい狼は、自分がどんなにがつがつと子羊をむさぼり食うだろうかと思い、そう考えただけで歯ががちがち鳴り、目は二つの炎のように暗闇でらんらんと輝きました。イグナートの住まいも、納屋も、家畜小屋も、井戸も、すべて深い雪の山に囲まれていました。静かでした。アラープカはきっと、納屋で寝ているのでしょう。

狼は雪の山をつたって家畜小屋の上によじのぼり、前脚と鼻づらでわらの屋根をかきわけにかかりました。わらは腐ってもろかったので、あやうく転げ落ちるところでした。いきなり生あたたかい湿り気と、糞や羊の乳の匂いが鼻をぷーんとつきました。下のほうでは冷気を感じて、子羊が一匹、優しい声でめえめえと鳴き始めました。狼は穴の中に飛び込むと、なにやら柔らかくて温かいもの、たぶん雄羊でしょうか、その上に落ち、前脚と胸からぶつかりました。そのとたん、家畜小屋では何かがだしぬけに金切り声をあげ、吠えたて、細くかん高い声でうなり出し、羊たちが壁に向かって駈け出したので、狼はびっくりし、最初に口の中に入ってきたものをくわえるなり、一目散に逃げ出しました……。

狼は力を振りしぼって走りました。このときアラープカはもう狼の臭いをかぎつけて猛烈に吠えたて、冬小屋の中ではおびえた鶏たちがけたたましく鳴いたので、イグナートも玄関口の階段に出てきて、叫びました。

「全速前進！　警笛鳴らせ！」

そしてまるで機関車のように口笛を吹き鳴らし、それから「それ行け、やれ行け！」と犬に掛け声をかけました。そしてこの騒ぎをすべて、森のこだまが繰り返したのでした。

大騒動が少しずつ静まってくると、狼もちょっと安心し、口にくわえて雪の上を引きずってきた獲物が、この時期の普通の子羊よりも重くて、固いみたいだ、ということにようやく気がつきました。そのうえ臭いも違うみたいだし、なんだか変な鳴き声をあげている……。狼は立ち止まり、雪の上に荷を下ろすと、一休みしてから食べてやろうと思ったのですが、突然、ぞっとして跳びのきました。それは子羊ではなく、子犬だったのです。頭が大きく、脚の長い、黒い大型犬の子供で、アラープカと同じように額全体に白いぶちが入っています。その態度や身のこなしから判断して、どうやら何の能もない、単なる番犬のようです。子犬はもみくちゃになって傷ついた自分の背中をぺろぺろなめ回すと、けろりとして尻尾を振り、狼に向かって吠え始めました。狼は犬のようにうーうー唸《うな》ると、子犬を置き去りにして走りだしました。子犬はその後を追いかけます。狼は振り返り、牙をがちがち鳴らしました。子犬は途方に暮れて立ち止まりましたが、遊んでくれているんだと考えたらしく、冬小屋のほうに鼻づらを伸ばして、かん高く楽しそうな声で吠えたてました。狼おばさんやぼくと遊ぼうよ、と母親のアラープカを呼んでいるようでした。

あたりはもう明るくなってきて、狼がうっそうと茂ったヤマナラシの森を抜けて巣に戻ろうとしていたとき、ヤマナラシの木の一本一本がくっきりと見え、クロライチョウたちはすでに目を覚まし、あたりのことを構わず跳んだり吠えたりする子犬に驚いた雄の美しい鳥たちが、あちこちで舞い上がりました。

「あの犬ころはどうしてずっとついてくるのかしら？」と考えると、狼は腹が立ちました。

「食べてほしいのかしらね」

　母さん狼は三匹の子供たちと浅い穴に住んでいました。三年ほど前、激しい嵐のときに高い松の古木が根こそぎ倒されたために、この穴ができたのでした。いまでは穴の底には古い枯葉がつもり、苔が生え、そこに転がる骨や雄牛の角が狼の子供たちの遊び道具になっていました。狼のきょうだいはもう目を覚まし、互いによく似た三匹でそろって巣穴の端に並び、戻ってきた母さんを見て尻尾を振っていました。その姿を見ると、子犬はちょっと離れたところで足を止め、長いこと狼のきょうだいを見つめていました。狼たちも自分をじっと見つめていることがわかると、子犬は他所者《よそもの》を見つけたときにするように、腹立たしげに吠え始めました。

　もう夜が明け、日が昇り、あたり一面の雪がきらきら光っていましたが、子犬は離れたところにずっといて、吠え続けていました。狼の子供たちは前脚を母さん狼の痩せこけた腹に押しつけながらおっぱいを吸い、その間中、母さん狼のほうは白く乾いた馬の骨をかじっていました。お腹があまりにへって苦しく、犬の吠え声のせいで頭が割れるように痛み、この招かれざる客に跳びかかって八つ裂きにしてやりたいと思いました。

　とうとう子犬は疲れて、声もかすれてしまいました。自分が怖がられていないだけでなく、全然見向きもされていないことがわかって、子犬はおずおずと、ときにうずくまったかと思うと、今度はぴょんと跳び上がったりしながら、狼の子供たちのほうに近寄っていきました。いまでは、昼の光の下で、子犬の姿はもう手に取るように見ることができます。白い額は大きく、その額には、とても愚かな犬によくあるように、こぶが盛り上がっています。目は小さく、青く、くすんでいて、顔全体の表情がなんとも言えないほど愚かに見えます。狼の子供たちのそばまで行くと、子犬は太い前脚を前に伸ばし、その上に鼻づらをのせて、鳴き始めました。

「ムニャ、ムニャ……フガ、フガ、フガ！……」

狼の子供たちは何もわかりませんでしたが、尾を振りました。すると子犬は片方の前脚で、一匹の子狼の大きな頭をぽんと叩きました。子狼も前脚で子犬の頭を叩きました。子犬は子狼に脇腹を向けて立ち、尻尾を振りながら横眼で見ていましたが、それから突然、ぴょんと跳んでその場を離れ、固い雪の上を何度もくるくる回って見せました。狼の子供たちは子犬を追いかけ、子犬は仰向けに転がると脚を上に突き出しました。すると三匹のきょうだいは子犬に襲いかかり、嬉しさのあまり高い歓声をあげながら、嚙み始めました。しかし、それは痛くないように、ふざけて嚙んだだけなのです。カラスたちは高い松の木にとまり、上からこの戦いの様子を見守っていて、とても心配そうでした。騒がしく、陽気な光景でした。やっと春らしく日差しが照りつけ、嵐で倒れた松の木の上をひっきりなしに飛び越えていく雄のクロライチョウたちは、太陽にきらきらと照らされて、エメラルド色に見えました。

狼の母親はふつう、子供たちに獲物を弄《もてあそ》ばせることを通じて、狩りのしかたを教えるものです。いまも、子供たちが固い雪の上で子犬を追いかけ回し、子犬と取っ組みあっているのを見て、母さん狼は考えました。

「これで覚えてくれるといいんだけど」

思うぞんぶん遊ぶと、狼の子供たちは穴に戻って、ひと眠りしました。子犬のほうは空腹のあまりちょっと唸っていましたが、それからやっぱり日向《ひなた》に長々と体を伸ばして寝そべりました。そして目が覚めると、皆でまた遊び始めました。

昼の間ずっと、夜になっても、狼は昨晩のことを――家畜小屋でめえめえと子羊が鳴き、羊の乳の匂いがしていたことを――思い返していました。そしてこみ上げてくる食欲のせいで歯をずっとがちがち鳴らし続け、古い骨をがつがつかじることを止められませんでした。その骨が子羊だと想像していたのです。狼の子供たちはおっぱいを吸い、子犬は腹を空かせて走り回って雪の匂いをかいでいました。

「あの犬ころを食べてしまいましょう……」と、母さん狼は心に決めました。

狼がそばにやって来ると、子犬は遊んでくれるものと思いこんで、その鼻づらをぺろりとなめ、くんくん鳴きました。母さん狼も以前は犬を食べたものですが、この子犬はなんだかやけに犬くさく、体がめっきり弱ったいまではもう、こんな臭いには耐えられません。むかむかして、子犬から離れました……。

夜が更けると冷え込んできました。子犬は家が恋しくなり、帰っていきました。

子供たちがぐっすりと寝てしまうと、母さん狼はまた狩りに出かけました。昨晩と同じように、ほんのちょっとした音にもおびえ、切り株や、薪や、ネズの暗い木立にもびくびくしました。まばらに立っているネズの木々は、遠くからは人間のように見えたのです。狼は道路からはずれて、固い雪面を走っていきました。突然、前方遠くの路上に、なんだか黒っぽいものがちらりと見えました……。目をこらし、耳をそばだてると、実際に何かが前方を動いていて、その規則正しい足音さえ聞こえてきます。アナグマじゃないかしら？　狼は用心深く、息を殺し、脇をずっと進みながらその黒っぽい塊を追い越し、振り返って見てわかりました。それはあのおでこの白い子犬がのんびり、とことこ自分の冬小屋に戻っていくところだったのです。

「またこの犬ころが邪魔をしなければいいのだけれど」と狼は考え、足早に駆け出しました。

しかし、冬小屋はもうすぐそばでした。狼はまたしても雪の山をつたって家畜小屋の上によじのぼりました。昨日の穴はもう新しいわらでふさがれ、屋根には桁《けた》が二本新たに渡されていました。狼は子犬が来やしないかと、何度も振り返りながら、脚と鼻づらを使って大急ぎで仕事にとりかかりましたが、生あたたかい空気と糞の臭いが漂ってきたとたんに、後ろからきゃんきゃんという嬉しそうな鳴き声が聞こえてきました。子犬が帰ってきたのです。

子犬は屋根にいる狼に跳びつき、それから穴の中に飛び込み、顔なじみの羊たちの姿を認め、暖かいわが家に戻ったことを感じて、ますます大きな声で吠えました……。納屋でアラープカが目を覚まし、狼の臭いをかぎつけてわんわん吠えたて、鶏たちがけたたましく鳴きました。そして玄関口の階段にイグナートが現れたとき、泡を食った狼はもう冬小屋からはるか遠いところに逃げていました。

「ヒューッ！」イグナートは口笛を吹きました。「ヒューッ！　全速で追跡！」

　彼は猟銃の引き金を引きました。しかし、不発でした。もう一度引き金を引きます。今度も不発。そして三度目の正直で、巨大な炎の束が銃身から飛び出し、耳をつんざくような「バ、バーン」という音が轟きました。発砲の反動がずしりと肩に来ました。そして片手に銃を、もう片方の手に斧を持ち、彼は何のせいでこんな騒ぎになったのか、見にいきました……。

　しばらくして、彼は住まいに戻ってきました。

「どうしたんです？」と、彼の小屋に宿を借りていた巡礼が、この騒動で叩き起こされて、たずねました。

「いや、何でもない……」イグナートが答えました。「くだらないことでね。うちのでこ白のやつは羊といっしょに寝るのが癖になってるんですよ、あったかいもんだから。ただ、戸口から入るってことがわかんないんだねえ、それでいつもなんとか屋根から入ろうとする。

昨日の夜も、屋根を破って遊びに行っちまいやがってさ、いま戻ってきて、また屋根に穴をあけたってわけだ」

「ばかだね」

「その通り、頭のゼンマイが切れてるんだ。ああいやだ、こういうばかなのは、死ぬほど嫌いだね！」とイグナートは暖炉《ペーチ》（ロシアの農家では、余熱で暖かいので、夜は寝床として使う）に這い上がって、溜息をつきました。

「さあ、旅のお方、まだ起きるには早いから、寝た、寝た、全速で……」

　朝になると、彼はでこ白を呼び寄せて、耳を痛いほど引っ張って、細い枝を鞭《むち》にしてお仕置きをし、何度も言い聞かせました。

「戸口から入るんだ！　戸口から入るんだ！　戸口から入るんだ！」

子供のためのチェーホフ?

「おでこの白い子犬」は子供のために書かれた作品である。初出は『子供の読み物』誌一八九五年第十一号。この雑誌は、一八六九年にペテルブルクで創刊された絵入り月刊児童雑誌で、一八九四年からモスクワに編集部を移し、あらたに編集長に就任したチホミーロフが同年の秋にチェーホフに原稿を依頼したことが、この作品誕生に結びついた。もっとも依頼を受けた当初、チェーホフはあまり乗り気ではなかったらしい。同年十月二十五日付の手紙で彼は、特別に子供のために書くことは難しい、とチホミーロフに言っている。しかし、チェーホフの原稿を取ることに意欲的だった新編集長は、「だいじょうぶ、書けますとも」「先生は子供がたいへんお好きなんですから、子供たちに言うべきことも見つけられるでしょう」とチェーホフを説得した。

実際、意外に思えることかもしれないが、チェーホフは「子供向け」に作品をほとんど書いていない。初期に大量のユーモア小説を書きまくり、原稿料を稼ぎ、家族を養ったことはよく知られているが、これらの初期短篇は「大人向け」のものであって、子供の読み物とはいいがたい。おそらく「おでこの白い子犬」に先立つ唯一の例外は、犬を主人公とした動物文学の名作として知られる「カシタンカ」(一八八七年)くらいだろう。これは指物師に飼われていた赤毛(または栗毛)の犬が、迷子になってサーカスの調教師に拾われ、サーカスに出演して騒動を起こし、また主人のもとに帰っていくまでを描いたもので、確かに刊行後、児童読み物として何度も版を重ねたけれども、初出紙は『新時代《ノーヴォエ・ヴレーミヤ》』という一般向けの有力日刊新聞だった。

だから「おでこの白い子犬」は、チェーホフが生涯に数多く書いた短篇の中でも、児童文学雑誌のために、子供たちを読者とはっきり想定して書いた唯一の作品なのである。この作品の着想は、作品発表の一年以上前にさかのぼるものと推定される。一八九四年秋にチェーホフが執筆していた中篇「三年」の後半部のためのメモの中に、森番の冬小屋から、子羊と間違えて子犬をさらった、体の弱いメス狼についてのプロットが書き込まれているからである。『子供の読み物』の原稿依頼の直後に湧いたアイデアを書きとめたものなのか、それとも、それ以前からあったものなのかはわからない。チェーホフの兄、アレクサンドルの回想によれば、チェーホフのメリホヴォの屋敷には、三匹の黒い番犬がいて、そのうちの一匹の中型犬が「おでこの白い犬」だったという。アレクサンドルはこの犬が短篇のモデルになったと推測している。

子供向けに書かれた作品はこれがただ一つ、ということになると、著作集を出す際には、「子供向け」の部を単独に立てるわけにもいかず、どこに入れるか、編集者もさぞ困ったことだろう。マルクス社によって十巻の著作集（一八九九～一九〇一年）の出版が企画されたとき、「おでこの白い子犬」は当初第二巻の一八八〇年代の初期ユーモア短篇群の中に紛れ込ませる予定だったのだが、チェーホフはそれに不満で、結局、第三巻に移されることになった、という経緯がある。

ここで、一般にはあまり知られていないと思われるので、ロシアの児童文学全般の状況のほうに少しだけ脱線させていただくと、チェーホフが書いた児童向け作品は意外にもほとんどないと言ったけれども、彼の作品が後世の子供たちや若い読者に読まれなかったということではない。チェーホフが最初「大人向け」に書いた作品の多くは、実際には学校の教科書にも採用され、多くの子供たちに読まれるようになったのだ。これはロシアに限らず、ヨーロッパ諸国でかなり共通の事情と思われるが、当時はまだ児童文学は確立した——つまり、「大人向け」の純文学に対抗できるような自律性をもった——文学ジャンルとは見なされておらず、児童文学だけを専門にするのは二流の作家であり、本当に優れた児童文学作品はむしろ大作家が折に触れて書いた作品の中に多かった。その意味では、チェーホフのケースは決して例外ではない。

歴史をさかのぼると、十九世紀初頭からプーシキン、ジュコフスキー、ネクラーソフ、オストロフスキーといった一流の文学者たちが時折児童文学作品を書いてきたが、本来子供向けに書かれたのではない作品でも、ロシア文学の「正典」（カノン）に入ってくると、その一部が児童や青少年に読まれるようになっていった。トルストイは子供の教育に力を注ぎ、『読み書き読本』や『ロシア語読本』といった教科書を編纂《へんさん》し、自分の作品もそこに収めた。ついでながら、トルストイが最晩年に編纂したアンソロジー『読書の環』（邦訳では「一日一善」「文読む日々」など）は、子供向けの読み物集ではないが、ここにはチェーホフの「可愛い女（拙訳では「かわいい」）」がトルストイの後書きとともに収められていることを付け加えておこう。ただし、ここでは、「むっちりとした肩」といった肉感的な描写は、トルストイによって削除されていた！　これは大人向けに書かれた作品を「児童文学」として扱う際の「検閲」に少々似た手法である。

カノン化したロシア文学の古典が若い読者に広く読まれる場合、その多くはもともと「子供向け」に、特に易しいロシア語で書かれているわけではないし、子供向けにリライトされることもあまりない。児童文学が子供のために書かれるジャンルとして自立し、本当に発展するのは、二十世紀、ロシア革命以後のことと言ってよい。ロシア革命後のソ連では、国民教育や思想的プロパガンダのために児童文学が重要であることは早くから認識されていた（ソ連最初の児童文学誌『極光』がゴーリキイによって創刊されたのは一九一九年のことだった）。その一方で、童話を始めとする児童文学が独自の——リアリズムに拘束されない——芸術的表現の可能性を持つジャンルとして発見され、社会主義の教義にがんじがらめにされた大人向けの文学の領域で表現の自由を奪われた作家たちが、童話に逃げ場を求めるという現象が、一九二〇年代末頃からスターリン時代にかけて顕著になった。児童詩の分野で著名なチュコフスキー、マルシャークや、動物文学のヴィターリイ・ビアンキ、そして「オベリウ」という奇妙な名前を冠した不条理文学グループの前衛詩人ダニイル・ハルムスやアレクサンドル・ヴヴェジェンスキー、劇作家のエヴゲニー・シュワルツ、ソ連小説界の重鎮ヴェニアミン・カヴェーリンなど、多彩な顔ぶれがそろっていて、文字通り枚挙に暇《いとま》がない。要するに、児童文学、特に童話というジャンルは、一九二〇年代以降、ソ連崩壊にいたるまで、イデオロギー的統制に縛られない自由な想像力の解放区として特別な役割を果たしてきたのである。

そこまで持っていってしまうと、話がチェーホフとは無関係に大きくなりすぎてしまうかもしれないので、このへんで拙訳に話を戻して解説を締めくくることにしよう。「おでこの白い子犬」は児童文学作品であるとはいえ、その語彙や文体は特に子供向けに過度に簡単になっているわけではないので、今回のように「です・ます」体の童話調で訳す必然性は必ずしもない。あえてそれを試みたのは、おばかな子犬や子供想いの飢えた母さん狼の姿を少しくっきりと浮かび上がらせてみたかったからだ。今回の翻訳では、文章を勝手に子供向けに易しく書き直していないのはもちろんのことである。ただし、原文に一貫して出てくる「雌狼」という単語は、多くの場合、単に「狼」とし、時折「母さん狼」とすることによって、この狼が雌であり、しかも子供を育てている母親であることを読者に思い出してもらうことにした。

いつものように逸脱の多い解説になってしまったが、最後にいま一度、チェーホフが後世の文学者たちに直接間接に与えてきた影響の深さと持続性を考えると、ロシア革命以後の文学の展開に触れたことは、必ずしも脱線とは言えないのではないかという気がしてくる。二十世紀にチェーホフの遺産を引き継いでロシア語散文の洗練の頂点を極めたウラジーミル・ナボコフが、『賜物』(一九三七～三八年)という小説の中で、こう言っていたことを思い出そう。「チェーホフの籠には、今後長い歳月の間十分足りるだけの食糧が入っていますよ。『ウュン、ウュン、ウュン』と鳴く子犬とか、クリミアの葡萄酒の瓶とかね」(第一章末尾近く)。子犬に言及したとき、ナボコフの念頭にあったのが「おでこの白い子犬」であったことはほぼ間違いない。犬の鳴き声の擬音語が間違っているのは(私の翻訳では「ムニャ、ムニャ……フガ、フガ、フガ」となっているところ)、おそらく記憶に頼って原文を確認せずに引用したせいだろうから、それだけチェーホフがナボコフの頭の中に浸み込んでいたことの証拠ともいえる。

そしてわが日本でも、村上春樹が『1Q84』でチェーホフに――おそらくレイモンド・カーヴァー経由で――新たな光を当てることになったのは、偶然ではないだろう。ドストエフスキーの後は、やはりチェーホフの出番なのだ。

死について

チェーホフは若いときから結核に冒されていた。最初の喀血があったのは二十四歳のときだ。彼の生きた時代に結核はまだ有効な治療法がなく、不治の病とされていた。だから、この作家はその短い生涯を、迫り来る不可避の死の重い影の中でずっと過ごしたことになる。

チェーホフ自身医師だったから、病気の正体はよくわかっていたはずだろう。ところが不思議なことに、彼は長年の間、自分が結核であることを認めようとしなかっただけでなく、専門医に診断してもらうことさえ拒み続けた。まるで、病名が正式に告知されたとたんに、仕事をすることを止められるのではないか、と恐れていたかのようだ。実際、彼は病身とは思えないような異様な激しさで著作を続けた。その小説や戯曲がすべて死の縁で書かれたというのは、なんとも壮絶なことではないか。

ドイツの保養地で妻が高熱のチェーホフの胸に氷嚢を当てようとすると、彼は悲しげな微笑を浮かべ、「空っぽの心臓には氷を載せないものだよ」と言ってそれを制した。そして、ドイツ人の医師に向かって、客観的な事実を告げるように一言、ドイツ語で"Ich sterbe"(「私は死につつある」)と告げて亡くなった。享年四十四歳。美しく、穏やかで、偉大な死だった、と妻は回想している。

役人の死

あるうるわしい夕べのこと、その夕べに負けず劣らずうるわしい庶務係の虫野ケラ男《イワン・ドミートリチ・チェルヴャコフ》君が、二列目の席に座って、オペラグラスで『コルヌヴィーユの鐘』（ジャン・ロベール・プランケットのオペレッタ）を観ていた。観ながら、最高に幸せだなあ、と感じていた。ところが、とつぜん……お話の中ではよく、この「ところが、とつぜん」というやつに出くわすものだ。たしかに小説家の先生がたは正しい。人生は思いがけない出来事だらけなのだから！　ところが、とつぜん、彼の顔にしわが寄り、白目が出て、息が止まった……。彼はオペラグラスを目から離し、身をかがめ、そしてハックション!!!　そうなんです、くしゃみをしてしまった。まあ、誰がどこでくしゃみをしようが、とやかく言われる筋合いはない。お百姓さんだって、警察署長だって、ときにはお偉い枢密顧問官だってくしゃみをする。ぼくらはみんな、くしゃみをする。虫野君は少しも慌てることなく、ハンカチで拭《ふ》いた。そして、なにしろ根が礼儀正しい人間なので、あたりを見回した。くしゃみで誰かに迷惑をかけなかったかな？　ところが、そこですぐに慌てふためく羽目になった。なんと、前の一列目に座っている老人がはげ頭と首を一生懸命拭きながら、ぶつぶつ言っているではないか。その老人は運輸省に勤める勅任文官の唾飛《ブリズ》ハネ太氏《ジャロフ》であることが、虫野君にはわかった。

「唾をかけてしまった！」と、虫野君は考えた。「うちのボスじゃない、他所のボスだけど、やっぱりまずいな。お詫《わ》びしないと」

虫野君はえへんと咳払いをすると、身を乗り出して、勅任文官の耳元にささやきかけた。

「申し訳ありません、閣下、唾をおかけしてしまいまして……つい、うっかり……」

「いいから、いいから……」

「どうかお許しください。わたしはその……そんなつもりではなかったのです！」

「どうか、そのままで！　観劇の邪魔をしないでほしいね！」

虫野君はばつの悪い思いをして、ばかみたいな微笑みを浮かべ、また舞台のほうに目を向けた。そうして舞台を観ることは観たのだけれども、もう幸せだなあとは感じられなかった。不安な気分に苛《さいな》まれ始めた。幕間《まくあい》で彼は唾飛氏のそばに近づき、その周りをうろうろしていたが、なんとか怖気《おじけ》づく気持ちを克服して、もぐもぐと言った。

「唾をおかけしてしまいまして、閣下……。申し訳ありません……。わたしは、その……そんなわけではなく……」

「ああ、もういいから……。もう忘れていたのに、また蒸し返してくるとはね！」と勅任文官は言って、じれったそうに下唇をぴくりと動かした。

「忘れたと言いながら、目には悪意がある」と虫野君は考え、探りを入れるような目つきで勅任文官を見た。「口をききたくもないってことか。そんなつもりはまったくありませんでした、これは自然の法則なんです、と説明しないと……。そうじゃないと、わざと唾をかけたと思うだろう。いまは思わなくても、きっと後でそう思うに違いない！……」

家に帰ると、彼は奥さんに自分の無作法の件を話した。でも起こったことに対する彼女の態度は、なんだか軽率すぎるように思われた。というのも、彼女はびっくりしただけで、唾飛氏が「他所の」ボスだと知ると、安心してしまったからだ。

「でもやっぱり、お詫びに行かないと」と、彼女は言った。「人前できちんと振舞うこともできない人間だって思われちゃうわよ！」

「まさに、そこなんだよ！　お詫びをしたのに、なんだか奇妙な様子でね……。まともなことを一言も言ってもらえなかったんだ。そもそも話をしている時間なんか、なかったし」

翌日、虫野君は新しい制服を着込み、髪を刈り、唾飛氏の家に釈明のために出かけた……。勅任文官の応接間に入ると、たくさんの陳情者たちの姿が目にはいった。そして陳情者たちに取り囲まれる当の勅任文官の姿も、そこにあった。彼はもう陳情の受付を始めていたのだ。何人かの陳情を聞き終えると、勅任文官は虫野君のほうに目を上げた。

「昨日、『アルカディア』で、もしも思い出していただけるならば、閣下……」と、庶務係は報告を始めた。「わたくしはおくしゃみをいたしまして……うっかり、唾をおかけし……もうしわ……」

「ばかばかしい……くだらん！　さて、そちらのご用件は？」勅任文官はもう次の陳情者に話しかけていた。

「口をきくのも嫌なんだ！」と考えて、虫野君は青ざめた。「つまり、怒っているんだろう……。説明をしなければ……」

勅任文官が最後の陳情者との話を終え、奥の間に向かおうとしたとき、虫野君は彼を追って一歩踏み出し、慌てて弁明を始めた。

「閣下！　わたくしがあえてお騒がせいたしますのも、ひとえに、はっきり申し上げて、後悔の念ゆえのことであります！……わざとではなかったのであります、どうかご理解を賜りたく！」

勅任文官は泣きそうな顔になって、もういい、という風に手を振った。

「人をバカにするにもほどがありますぞ、君！」と彼は言って、ドアの向こうに姿を消した。

「バカにするだなんて、冗談じゃない」と、虫野君は考えた。「バカになんかまったくしていないじゃないか！　勅任文官なのに、わかってくれないんだ！　それならぼくだって、こんなホラ吹きに二度とお詫びなんかしに来るものか！　くそくらえだ！　やつには手紙でも書くことにしよう、もうのこのこ来るものか！　絶対に、こんなところに来るものか！」

家に帰る道々、虫野君はそんなことを考えた。でも勅任文官への手紙は書かなかった。考えに考えたのだけれども、結局どうしてもその文案をひねり出せなかったのだ。そこで、翌日もまた、自分で釈明に行かざるをえなくなった。

「昨日参りまして、お騒がせいたしましたのは」勅任文官が顔を上げて、問いかけるようなまなざしを向けたとき、彼は早口にぼそぼそ話し始めた。「閣下がいみじくもおっしゃられたように、バカにするためではありません。お詫びを申し上げたかったのです、くしゃみをして唾をおかけ申し上げたことについて……。バカにしようなどとは、思いもしませんでした。バカにするなどという畏《おそ》れ多いことが、わたくしにできましょうか？　もしもわたくしどもが人をバカにするようになったら、お偉い方々への尊敬も……無くなってしまい……」

「出て行け」勅任文官はとつぜん顔を真っ青にして、わなわなと震え、どなりつけた。

「なんでございましょうか？」と虫野君は恐怖のあまり縮みあがり、ささやくような声で尋ねた。

「出て行け」と勅任文官は繰り返し、足を踏み鳴らした。

虫野君の腹の中で、何かがぷっつり切れた。何も見えず、何も聞こえないまま、彼はドアのほうに後ずさり、通りに出て、ふらふら歩き出した……。放心状態で家にたどりつくと、制服も脱がずにソファに横になり、そして……死んでしまったとさ。

アヴァンギャルドの一歩手前

「役人の死」は初期チェーホフの風刺短篇の中で、おそらく「でぶとやせ」（一八八三年）、「カメレオン」（一八八四年）、と並んで、もっともよく知られた作品だろう。初出は、『かけら』誌一八八三年の第二十七号（七月二日付）、この時の筆名はチェホンテである。ちなみに『かけら（アスコールキ）』というのは、人気作家ニコライ・レイキンが出版者・編集長となっていた週刊誌で、当時もっともリベラルな傾向のユーモア雑誌として知られていた。もちろん検閲の許可を得なければ何も掲載できないのはどの雑誌でも同じだったが、それでもこの作品を見ればわかるように、ちくっと刺すような風刺の笑いが、この誌面では繰り広げられていた。

「でぶとやせ」は、久しぶりに再会した幼なじみの一方（でぶ）が出世して高級官僚になっていたことを知ったとたん、急に卑屈になるもう一方のうだつの上がらない下級官僚（やせ）の様子を、「でぶ」と「やせ」の対比によって鮮やかに描きだす。他方、「カメレオン」は人に咬みついた犬の飼い主が身分の高い人間かどうかで、くるくるカメレオンのように目まぐるしく態度を変える警察署長の姿を浮かび上がらせる。いずれも説明するより、ともかく読んでみたほうが手っとり早いような、ごく短くてすぐに笑えるスラプスティック的な短篇である。「役人の死」も同様に、身分が上の役人に極端に卑屈な態度をとる下っ端役人の姿を戯画的に描いたもので、こういう「ちっぽけな人間」の姿をユーモアとペーソスをもって描くことにかけて、ロシア文学にはゴーゴリ、ドストエフスキー以来の伝統があり、チェーホフもその系譜の延長線上にある。

しかし、「役人の死」は文学的な空想によってできた作品ではない。若いチェーホフは（当時まだ二十三歳である）こういうネタを、どこかから仕入れてきているに違いないだろう。そこでソ連アカデミー版チェーホフ三十巻全集の詳しい注釈（第二巻、一九八三年、五〇五〜五〇七ページ）の中に発想のもとを探ってみると、一説によれば、彼はモスクワの劇場のレパートリー監督官から、実際にボリショイ劇場で起こった、似たような出来事の話を聞いたことがあるという。また当時、演劇界で広く知られていたアネクドートに、風刺詩人として有名なアレクセイ・ジェムチュージニコフを主人公としたものがあった。彼は、とある劇場で、さる高官の足をわざと踏んで、その後、謝罪のために日参して、しまいにはその高官を激怒させて追い払われた、というのである。

さらにチェーホフが参考にしたと思われる実話としては、郷里のタガンローグから一八八二年に伝えられたものがある。その前年、つまり一八八一年のクリスマス・イヴに、杓子定規の冷血漢として有名な郵便局長が、ある郵便物仕分け係の局員に対して何かのことで腹を立てて、裁判にかけるぞと脅しつけたところ、局員はおろおろと赦しを乞い求めた後、郵便局を出て、その晩、町の公園で首を吊って自殺してしまった。死体が見つかったのはクリスマス週間が始まってから二日経った十二月二十七日のことで、彼の葬儀には町中の人たちが集まったという。

このタガンローグの実話は、滑稽と言うよりはなんとも陰惨なドストエフスキー的逸話だが、チェーホフの短篇はそれに比べると、鮮やかにドタバタ喜劇風になっている。登場人物の名前もあからさまに嘘《うそ》くさく、下っ端役人の苗字のチェルヴャコフは、ロシア語で「ウジ虫、虫けら」などの意味の「チェルヴャク」から派生しているし、唾をかけられる高官の苗字ブリズジャロフは、水しぶきや唾を「はねかす、飛び散らす」という意味の動詞「ブルィズガチ」を連想させる。今回の翻訳では、その感じを伝えるために、ちょっと苗字の翻訳で遊んでみた。遊びすぎのように見えるかもしれないが、原文はこれくらいの感じなのである。そう言えば、現代イギリスの劇作家マイケル・フレインが、「役人の死」を含む短篇や一幕物喜劇など計八篇をつなぎあわせ翻案・再構成して『くしゃみ』という連作に仕立て上げているが、それもチェーホフの短篇が、劇作家の食指を動かさずにはおかない劇的効果に満ちているからだろう。フレインの『くしゃみ』という表題はもちろん、「役人の死」から来ている。

「役人の死」が陰惨な現実から発想を得ているにせよ、あまりじめじめしていない（ほとんど無機質的な）ドタバタめいたものになっているのは、お伽噺的な反復の不条理ゆえかもしれない。この作品では、劇場でくしゃみをして前の列に座る高い地位の役人に唾をかけてしまったチェルヴャコフが、(1)まず、後ろの座席から身を乗り出して謝罪する、(2)次に、幕間の休憩の時間にその高官のところに行って、謝罪する、(3)最後に、彼の応接間を訪ねて謝罪する、という風に、三段階にわたって同じ謝罪の行為が、増幅されながら繰り返されるのである。これは昔話の「累積」型の構造と言ってもいいもので、ロシア民話の「おおきなかぶ」やそれをもじったチェーホフの作品（本作品集所収）と同じ構成原理によって成り立っている。

似たような味わいの作品を後世に探ると、意外なことに、ロシア・アヴァンギャルドに辿り着く。

レニングラードで一九二〇年代末に活動した伝説的な不条理文学・芸術グループ「オベリウ」の代表格であったダニイル・ハルムスが、スターリン時代に出版のあてもなく書き溜めていたばかばかしくも不気味な掌篇の多くも、またこの種の無意味であるがゆえに滑稽な反復の原理によって成り立っている。一例を挙げよう。超短篇集『事件』から、「転げ落ちる婆さん」という一篇。


ある婆さんが、極端に強い好奇心のせいで窓から転げ落ち、ぽっくり死んでしまった。

その窓からもう一人の婆さんが身を乗り出し、死んだ婆さんを眺めたが、これまた極端に強い好奇心のせいで窓から転げ落ち、ぽっくり死んでしまった。

それから三人目、四人目、五人目の婆さんが次々と窓から転げ落ちた。

六人目の婆さんが転げ落ちたとき、おれは婆さんたちを見ているのにうんざりし、マリツェフスキー市場に出かけていった。なんでも、そこではある盲人がニットの襟巻きをもらったとかいう話じゃないか。(一九三七年)

「あの人情味ある古典的作家のチェーホフさんを、こんな訳のわからないアヴァンギャルドの無機的な悪い冗談に結びつけるなんて!」と、憤慨する向きもあるだろうか。いや、「おおきなかぶ」でも見たように、チェーホフからオベリウ的前衛詩学までは、ほんの一飛びだったのだ。ロシア史に即して言えば、その間に革命という非情な大事件があって人間性の荒廃が進み、チェーホフが笑いにくるんで見せてくれた戯画が、どす黒い不条理に搦《から》めとられる悪夢に転換した、という事情はあったけれども。

せつない

わが悲しみを誰に語ろう（口承の宗教詩より）

夕暮れ時。大粒の湿った雪が、ともったばかりの街灯の周りをだるそうに舞い、家々の屋根に、馬の背中に、人の肩と帽子に降りかかってうっすらと層になる。辻橇《つじぞり》（道端で客待ちをしている馬橇。冬のロシアでは路面が雪に常時覆われているので、辻馬車ならぬ辻橇が主流となる）の御者、イオーナ・ポタポフは全身真っ白で、幽霊のようだ。そして、およそ生身の人間にはこれ以上はできないというくらい身を折り曲げて、御者台に座ったまま、ぴくりとも動かない。もし雪の小山がどさりと落ちてきても、彼は雪を払い除ける必要があるとは思わないだろう……。彼の貧弱な駄馬もやはり白く、動かない。不動の姿勢、角ばった形、棒のように真っ直ぐな脚のせいで、近くに寄って見ても、安物の糖蜜菓子の小馬そっくりだ。馬はどうやら物思いにふけっているらしい。犂《すき》からも、慣れ親しんだ灰色の景色からももぎ離されて、こんな所に、化け物のような灯火や、鳴り止むことのない喧騒や、走る人々の渦巻くるつぼに投げ込まれたら、物を思わずにはいられないだろう……。

イオーナとその馬はもう長いこと一所《ひとところ》から動いていない。宿（ここでは食堂と厩舎のついたタイプの旅人宿）を出たのはまだ昼食前だというのに、いつまでたっても一人の客も現れず、まるで商売にならない。ところが、もう、街には夕闇が降りてくる。街灯の炎の青白い色はもっと生き生きとした色彩に自分の座を明け渡し、街の雑踏はますます騒がしくなっていく。

「辻橇、ヴィボルクスカヤ街まで！」と呼ぶ声が、イオーナには聞こえる。「辻橇！」

イオーナは身震いし、雪の貼りついた睫《まつげ》の間を透かして、フードつきの外套を着た軍人の姿を見る。

「ヴィボルクスカヤ！」と軍人が繰り返す。「なんだ、寝ているのか？　ヴィボルクスカヤだ！」

了解したしるしにイオーナは手綱をぐいと引き、そのはずみに馬の背とイオーナの肩から雪の層がぱらぱらはがれ落ちる……。軍人は橇に乗り込む。御者は唇をぴちゃぴちゃ鳴らし、白鳥のように首を真っ直ぐ伸ばして身を起こすと、必要に応じてというよりはむしろ習慣から、鞭を振《ふる》う。馬も首を伸ばし、棒のような脚を曲げ、ためらいがちに動き出す……。

「気をつけろ、いったいどこに行く気だ、この野郎！」前へ、後ろへとうごめく黒い群衆の中から、イオーナはいきなりこんな怒鳴り声を聞く。「どこに目がついてるんだ？　右側を走れ！」

「橇をまともに走らせることもできないのか！　右側通行だぞ！」

箱馬車の御者が罵声を浴びせてくるし、道を走って横切ろうとして馬の鼻面に肩をぶつけた通行人は憎々しげににらみつけ、袖から雪を払い落とす。イオーナは針のむしろに座ったように御者台でそわそわし、肘を両側に突き出し、ほうけたように目をきょろきょろさせている。まるで、自分がいまどこにいるのか、ここで何をしているのか、わからないといった風だ。

「まったく、どいつもこいつも！」と、軍人が気の利いた冗談を言おうとする。「しきりに橇にぶつかろう、馬に轢かれよう、とがんばっているじゃないか。あいつらはぐるになっているのさ」

イオーナは客を振り返って、唇を動かす……。何かを言いたいようなのだが、喉からはしわがれた声以外には何も出てこない。

「何だって？」と軍人がたずねる。

イオーナは微笑みに口を歪め、喉をふりしぼってしわがれ声を出す。

「いえ、旦那さん、そのう……息子が今週、死んじまったんで」

「へえ！……なんで死んだんだい？」

イオーナは上体をまるごと客のほうに向けて言う。

「誰にそんなことがわかるもんかね！　きっと熱病のせいかな……。病院に三日入ってただけで、死んじまった……。神様の思し召しでさあ」

「向きを変えろ、こんちくしょう！」暗闇の中で声が響く。「どこに目がついてるんだ、老いぼれ犬め？　ちゃんと前を見ろ！」

「さあ、やった、やった……」と、客が言う。「こんな調子じゃ、明日になっても着かないぞ。馬をもっと速く走らせろ！」

御者はまた首を伸ばし、腰を少し浮かせて、重々しくも優雅に鞭を振う。それから何度か客のほうを振り返るのだが、客は目を閉じてしまい、どうやら人の話を聞きたい気分ではないようだ。ヴィボルクスカヤ街で客を降ろすと、彼は居酒屋の前に橇を停め、御者台で身を屈め、ふたたびぴくりとも動かなくなる……。湿った雪がまたしても御者とその馬とを真っ白に染める。時が過ぎていく、一時間、また一時間と……。

オーバーシューズの大きな音を立て、互いに罵りあいながら、歩道を三人の若い男たちがやって来る。二人は背が高くやせていて、もう一人は小柄で猫背だ。

「辻橇屋、警察《ポリツェイスキー》橋までやってくれ！」猫背の男がひび割れたような声で叫ぶ。「三人で……二十コペイカだ！」

イオーナは手綱をぐいと引き、唇をぴちゃりと鳴らす。二十コペイカではまともな値段とはいえないが、いまの彼にはもう値段どころではない……。一ルーブリだろうが、五コペイカだろうが、いまではどうでもいい、ただ客さえあればいいのだ……。若い男たちは押し合い、悪態をつきながら辻橇のほうにやってきて、三人ともいっぺんに座席に這い上がる。そこで問題が生ずる——どの二人が座り、どの一人が立つか、ということだ。長いこと罵りあい、だだをこね、非難しあった挙句、やっと問題は解決する。猫背の男が、一番小柄なので、立つことになった。

「さあ、もっと速く馬を走らせろ！」猫背男がしっかりと足場を定めて立ち、ひび割れた声で叫んで、イオーナのうなじに息を吐きかける。「さあ、やれ！　それにしてもなんて帽子だ、お前さんのは。そんなひどい帽子は、ペテルブルク中探したって見つかるまい……」

「ヒ、ヒ……ヒ、ヒ……」とイオーナは笑う。「そんなしろものでして……」

「さあ、そんなしろもの、ともかくもっと速くやれ！　そんな調子でずっと行く気か？　えっ？　首筋に一発喰らいたいか？」

「頭が割れるようだ……」二人ののっぽのうちの一人が言う。「きのう、ドゥクマーソフの家でさ、ワーシカの奴と二人でコニャックを四本空けたからなあ」

「わかんないね、どうしてそんなほらを吹くのか！」もう一人ののっぽが腹を立てる。「よくもまあ、いけしゃあしゃあと」

「神様に誓って、本当だぜ……」

「そりゃ、虱《しらみ》が咳をするってのと同じくらい本当だろうよ」

「ヒ、ヒ！」とイオーナが薄笑いを浮かべる。「こいつはゆ・か・い・な旦那がただ！」

「ちぇっ、こんちくしょう！……」猫背男がかんしゃくを起こす。「老いぼれ野郎め、さっさと行くのか、行かないのか？　そんな走らせ方があるもんか！　一発鞭をくれてやれ！　さあ、悪魔め！　さあ！　しっかりひっぱたけ！」

イオーナは背後に、猫背男のひっきりなしに向きを変える体と震える声を感じる。彼は自分に浴びせられる罵りを耳にし、人々の姿を目にする。そして孤独感が少しずつ胸から消えていく。猫背男は罵り続けているうちに、ごてごてした長たらしい罵倒の言葉が終いには喉につまって、激しく咳き込んでしまう。二人ののっぽはナジェージュダ・ペトローヴナとかいう女の話を始める。イオーナは彼らのほうを振り返る。そして話が途切れてちょっと間が空くのを待ち構え、もう一度振り返って、ぼそっと言う。

「じつは、今週……その……息子が死んじまったんで！」

「誰だって死ぬだろうさ……」猫背男が咳の後の唇を拭《ぬぐ》いながら、溜息をつく。「さあ、馬を走らせろ、もっと速く！　諸君、この先もこの調子で行くなんて、おれには絶対我慢ならない！　これじゃ、いったいいつ着くんだ？」

「ちょっと活《かつ》を入れてやったらどうだい……一発、首筋に！」

「老いぼれ野郎め、聞こえたか？　それじゃ、首筋に一発、お見舞いしてやろう！……お前さんたちを相手に遠慮していると、てくてく歩いていくのも同然になっちまうからな！　おい、うわばみ雲助、聞こえているか？　それともおれたちの言うことなんか、屁でもないってわけか？」

そしてイオーナは、首筋を殴られるのを、感じるというよりは、むしろ音として聞く。「ヒ、ヒ……」と、彼は笑う。「愉快な旦那がただね……どうかお達者でな！」

「辻橇屋、お前、結婚しているのか？」と、のっぽの一人が聞く。

「あたしかね？　ヒ、ヒ……ゆ・か・い・な旦那がただ！　いまじゃ女房といったら、湿った土だけで……ヒ、ホ、ホ……つまり、お墓ってことでさあ！……息子が死んじまって、あたしが生きてる……不思議な話だね、死の奴がドアを間違えたなんて……あたしのところに来る代わりに、息子のところに来たとはね……」

そしてイオーナは振り返って、自分の息子がどんな風に死んだのか、話そうとするのだが、そのとき猫背男はふうっと溜息をつき、やれやれ、やっと着いた、と言い放つ。二十コペイカを受け取ってから、イオーナは長いこと、暗い車寄せの奥に消えていく遊び人たちの姿を見送る。またもや彼はひとりぼっちになり、またもや静けさが訪れる……。しばらく鳴りを潜めていたせつなさがふたたび姿を現し、以前よりも強い力で胸を締めつける。イオーナの目は通りの両脇をせわしなく行き来する人の群れを、不安そうに、苦しそうに、きょろきょろ見回す。この何千人もの群衆の中に、せめてひとりでも、話を聞いてくれる人はいないだろうか。しかし人の群れはせわしなく行き交うだけで、何も気づかない――彼のことにも、そのせつない気持ちにも……。せつなさはとほうもなく大きく、果てしない。もしもイオーナの胸が裂け、せつなさが流れ出たら、それは全世界を覆い尽くすのではないだろうか。それなのに、このせつなさは目には見えないのだ。そいつはちっぽけな殻の中にでも隠れることができるので、昼間に火をともしても見ることができない……。

イオーナは袋を抱えた屋敷番の姿を目にとめ、思い切って話しかけてみる。

「なあ、いま何時だろうね？」と、彼は聞く。

「九時過ぎさ……。なんでこんなところに停まってるんだ？　さっさと行きな！」

イオーナはそこから何歩か橇を進め、体を二つに折り曲げ、せつなさに身をゆだねる……。人に話しかけたってもうむだだ、と彼は思う。でも五分もたたないうちに、彼はぴんと身を伸ばし、鋭い痛みを感じたように頭を振って、手綱を引く……。これではやりきれない。

「宿に帰ろう」と、彼は考える。「宿に帰るんだ！」

すると彼の貧弱な愛馬は、まるで飼い主の心を読み取ったように、小刻みな速足で走り出す。一時間半もすると、イオーナはもう汚い大きな暖炉の前に腰をおろしている。暖炉の上でも、床でも、ベンチでも、人がいびきをかいている。空気は息が詰まるようで、むんむんしている……。イオーナは寝ている人たちの姿を眺め、体を掻き、こんなに早く帰ってくるんじゃなかったと思う……。

「カラスムギを買う金も稼げなかった」と、彼は考える。「だから、こんなにせつないんだ。自分の仕事がきちんとできる人間なら……自分も馬も腹一杯食べて、いつでもゆったりした気分でいられるだろうに……」

部屋の片隅で若い辻橇屋が身を起こし、眠たげに喉を鳴らして、水を入れた桶のほうに手を伸ばす。

「喉がかわいたのかい？」と、イオーナがたずねる。

「だから、水が飲みたいってことさ！」

「そうか……そんなら飲めや……おれはねえ、兄弟、息子に死なれちまってさ……。聞こえたかい？　今週、病院で……そりゃ大変な話でさ！」

イオーナは、自分の言葉がどんな効果を発揮したか、見分けようとするが、何も見えない。若い男は頭から布団をひっかぶり、もう寝ている。老人は溜息をつき、体を搔く……。若い男が水を飲みたいのと同様に、彼は話がしたくてたまらない。息子が死んでからもうすぐ一週間になるというのに、まだ彼は誰ともきちんと話していないのだ……。筋道だてて、じっくり話さなければならない……。どんな風に息子が病に倒れ、どんなに苦しみ、死の間際に何を言ったか、どんな風に死んだか、話さなければ……。葬式のことも、亡くなった息子の衣服をとりに病院に行ったときのことも、きちんと話す必要がある。田舎には娘のアニーシヤが残された……その娘のことも話さなければ……。ともかく、いまの彼には話したいことが山ほどあるのだ。それを聞いた誰でも嘆き、溜息をつき、泣いてくれるに違いない……。女たちと話せたらなおいい。ばかな女たちでも、一言聞いただけで、おいおい泣き出すだろう。

「馬の様子でも見に行くか」と、イオーナは考える。「寝るのはいつだってできるから……

きっと、いやというほど寝られるさ……」

彼は外套を着て、自分の馬がいる厩《うまや》に向かう。彼が考えるのは、カラスムギ、干草、それから天気のこと……。息子のことは、ひとりのときは考えられない……。誰かに話すならだいじょうぶだが、自分だけで息子のことを考え、その姿を思い浮かべるなんて、やりきれないくらい恐ろしい……。

「食ってるかい？」自分の馬のきらきら光る目を見ながら、イオーナはたずねる。「さあ、食え、食え……。カラスムギを買うだけの稼ぎがなかったら、干草を食おうじゃないか……。そうさ……おれもう、御者をやるには年をとり過ぎたよ……。いま御者をやっているべきなのは、せがれのほうで、おれじゃない……。あいつは本物の御者だった……。生きていてさえくれればなあ……」

イオーナはしばらく黙ってから、また続ける。

「そうなんだ、なあ兄弟《ブラート》、牝馬《おねえ》ちゃん……イオンのせがれ、クジマーはもういないのさ……。あの世に行っちまった……。ぽっくり、何の理由もなく死んじまった……。そうだなあ、たとえばいま、お前に子馬がいて、お前がその子馬の実の母親だとしよう……。で、突然、その子馬があの世に行っちまったとしたら、どうだい……。かわいそうだろう？」

馬はもぐもぐ食べ、話を聞きながら、主人の手に息を吹きかける……。

イオーナは夢中になって、馬に話して聞かせる——何から何まで……。

ロシアの「トスカ」

「せつない」は、一八八六年一月二十六・二十七日付の『ペテルブルク新聞』に掲載された。署名はまだ初期のペンネーム「チェホンテ」が使われていた。

チェーホフ作品に親しんできた読者ならば、ちょっと不思議に思うかもしれない。チェーホフに「せつない」なんて短篇があっただろうか、と。それもそのはず、じつはこれは日本では昔から、「ふさぎの虫」と訳されてきた名作なのである。榊原貴教氏による労作「チェーホフ翻訳作品目録」(『翻訳と歴史』第三十九・四十号合併号、ナダ出版センター、二〇〇八年)によれば、一番古い大正九年の工藤信訳のみ「嘆き」という訳題になっているが、その後は、中村白葉、池田健太郎、松下裕の三名の訳者がいずれも「ふさぎの虫」というタイトルを採用している。

先人たちの訳業に敬意を払うにやぶさかではないのだが、「ふさぎの虫」という表現はいまではもう通じなくなっているのではないだろうか。私自身、学生時代にチェーホフのこの短篇の翻訳を読んで初めて「ふさぎの虫」という日本語を知ったくらいである(つまりその頃から、普通に使われる語彙ではなかったということだ)。いや、「ふさぎの虫」とはなかなかチャーミングな日本語で、その言葉自体は大事に守っていくべきだとは思うのだが、チェーホフ作品の原題のニュアンスがこれではもうまく伝わらない、というのが私の判断である。

この作品は原題をロシア語でтоска「トスカ」という（ただし、「トスカ」というのは綴り字通りの表記。ロシア語の実際の発音に近づければ「タスカー」となる）。これはいかにもロシア人らしい独特の精神状態を表す単語で、例えば岩波書店の『ロシア語辞典』には①憂愁、哀愁、憂悶、②退屈、所在なさ、といった訳語が載っているが、日本語では一言でぴったりと言い表すことができない。古来のスラヴ語の語彙であり、語源学者は「空っぽ」「何かが欠けているような感じ」をもともと意味していたのではないかと推定している。

私なりに説明を試みれば、これは、一切何もしたくなくなるような憂鬱、心を締め付けられるような煩悶、すべてを投げ出して消えてしまいたくなるような不安――こういったものすべてが渾然とした精神状態で、ときに狂気と境を接して人を絶望的な行動に――最悪の場合は、自殺に――駆り立てることもある。ロシア語では、この単語は「死ぬほどのトスカ」「絶望のトスカ」「孤独のトスカ」「魂のトスカ」「心のトスカ」といった具合に形容されることが多く、動詞と組み合わされると、トスカが「苛む」「襲いかかる」「締め付ける」「（胸を）押しつぶす」ということになる。

というと、あまりに絶望的で暗いもののように聞こえるかもしれないが、この「トスカ」には別の面もあって、心をきりきり呻《うめ》かせながらも、ときに甘く切なくやるせなく陶然とした感覚をもたらすこともあり、「愛のトスカ」などという表現もあり得る。また「故郷を想うトスカ」といえば郷愁、ホームシックのことであり、「誰かを想うトスカ」といえば、人を恋しく慕う気持ちを意味する。

このような意味の多面性と深みを持つ一筋縄ではいかない単語であるため、歴代のロシア文学翻訳家たちが苦労を重ねてきたのだが、そもそもこの単語を最初に「ふさぎの虫」と訳したのは、おそらく二葉亭四迷だった。じつはゴーリキイにも同じく「トスカ」（一八九六年）と題された作品があるのだが、そこからさすがに二葉亭、苦労の末、「ふさぎの虫」という邦題をひねり出したのだった（二葉亭の訳は明治三十九年）。その語感はある意味では天才的と言ってもいいかもしれない。ゴーリキイの作品は、ロシアのある商人が突然、「トスカ」に襲われて失踪し、都会に出て飲んだくれて、女を買う……といった話で、いかにも初期のゴーリキイらしく、荒々しい現実の中で謎めいたロシアの「トスカ」を鮮やかに描き出している。

「ふさぎの虫」という訳語とともに、ロシア語の「トスカ」という言葉そのものも、この時期の（おそらく明治末期から大正期にかけて）日本では時折使われているようである。この単語の意味する精神状態が、簡単には翻訳できないものだということから、カタカナのままで外来語として一時期使われていたのだろう。もっともこの単語が翻訳し難いというのは、日本語への翻訳の場合に限らない。例えば、詩人のライナー・マリア・リルケはあるとき、ロシア人の芸術家アレクサンドル・ベヌアにドイツ語で手紙を書いていて、突然、ロシア語に切り替えたことがあった（リルケはもちろんドイツ語詩人だが、フランス語でも詩を書いたし、プラハ生まれということもあって、チェコ語や、さらにはロシア語などのスラヴ語もかなりよく知っているポリグロットだった）。

いいえ、私はこれをドイツ語で言うことができません。ああ！　こんなことが最近、なんとしばしば起こることでしょう。つまり何らかの単語や表現を探しても見つからず、その後でいつもこんな風に思うのです――自分の人生にとって一番大事な感情を表す名前がない言語で、ものを書くのは私にとってなんと難しいのだろう、と。その一番大事な感情とは、〔ロシア語で言う〕「トスカ」です。これはなんでしょうか、Sehnsucht《ゼーンズフト》（ドイツ語で「あこがれ、憧憬」などの意味）でしょうか？「トスカ」がどう訳されているか、辞書を見なければなりません。そこには様々な単語を見つけることができます。例えば、Bangigkeit《バンギッヒカイト》（不安）とか、Kummer des Herzens《クマーデスヘルツエンス》（心痛）から、Langeweile《ランゲヴァイレ》（退屈）にいたるまで。しかし、十の単語があってもそのどれ一つとして、「トスカ」の意味をぴったり伝えてないと私が言えば、きっと同意していただけるでしょう。そして、それはなんと言っても、ドイツ人は「トスカすること《トスコヴァーチ》」などまったくないからであって、ドイツ人のSehnsucht《ゼーンズフト》というものは「トスカ」とはまったく別の、感傷的な魂の状態であって、そこからはいいものなど何も出てこないのです。しかし、「トスカ」からは偉大な芸術家たち、勇者たち、ロシアの大地で奇蹟を行う人々が続々と生まれてきたのです（一九〇一年七月二十八日付）。

いま引用したのは、リルケの手紙のうち、彼自身がロシア語で書いた部分である。リルケのロシア語は多少文法的に間違ってはいるが、さすが表現力に富んでいて味わい深い。

もっとも、ロシア語だけが特別なわけではなく、各民族、各言語、それぞれ固有の概念や感情を表す語彙があることは言うまでもない。その意味では、ロシア語の「トスカ」は、ドイツ語の「ヴェルトシュメルツ」（「世界苦」——もっともこれはジャン・パウルが使い始めてから人口に膾炙《かいしゃ》したもので、民衆的語彙ではないが）、ポルトガル語の「サウダージ」、朝鮮・韓国語の「恨《ハン》」など——同じというわけではもちろんないが——比べられるべきものではないだろうか。ちなみに、中国文学者、藤井省三氏の教示によれば、チェーホフのこの短篇は、中国語には「苦悩」と訳されていて、中国では魯迅の短篇「祝福」と比較されることがあるという。

「トスカ」は、これほど豊かなニュアンスを持った言葉なのに、これまで日本では詳しく解説した評論などがあまりないようだ。ロシアの民衆語の感性に通じていた内村剛介には、さすがに「ロシアの『ペーソス』は『哀愁』じゃない」というエッセイがあって（『ロシア風物誌』西田書店）、そこで「トスカ」についても興味深い説明があるが、あまり熱がこもっていないような感じがするのは、ひょっとしたら舌鋒鋭いこの剛直のロシア文学者には「トスカ」はあまり縁がなかったからだろうか。

それに対して、すさまじいまでの迫力を感じさせてくれるのは、ロシア人の作家ヴェチェスラフ・カザケーヴィチが、若き日に「トスカ」に襲われてほとんど自殺しかけたという自身の体験を盛り込んで書いたエッセイ「トスカの弁明」（同氏著『落日礼讃』所収　太田正一訳、群像社）である。ここに次から次へと引用される「トスカ」の例は――それを「魂の黄昏《たそがれ》」と呼んだレールモントフから、説明し難いトスカに襲われたトルストイ、トスカを様々な形で変奏し続けた世紀末詩人アンネンスキイ、そして「日曜日のトスカ」という短篇を書いたソ連の作家シュクシンにいたるまで――圧倒的である。ちなみに、カザケーヴィチは、一九五一年、ベラルーシ生まれの詩人だが、長く日本に住み、現在は富山大学教授として教鞭を執っている。『落日礼讃』はロシア語の十のキーワードに即してロシア文化と自分の生い立ちを語ったもので、取り上げられているのは、「庭」「母国」「乳母」「トスカ」「夕陽」「ダーチャ（別荘）」「兄弟」というごく基本的な単語ばかり。著者はそういった言葉によって召喚される若き日の故郷の個人的な記憶をロシア文学の豊かな伝統と縦横無尽に交差させながら、ゆったりと語りを進めていく。これはおそらく、初めての日本産亡命ロシア文学の誕生を告げるものだと言ってもいいだろう。

閑話休題。チェーホフの短篇「せつない」にもどろう。息子を失って「トスカ」に襲われた御者のイオーナの、体を二つに折って、雪が降りかかっても動こうともしない姿を描くチェーホフの筆致は見事である。そして、自分の悲しみをせめて誰かに話したいと思うのだが、三度まで失敗した彼は、ついに愛馬に語りかける——この結末は、可笑しくもあり、せつなくもある。ちなみに、この馬が「母」になる可能性もあった牝馬であることに注目していただきたい。最後に出てくる愛馬への呼びかけは、「なあ兄弟《ブラート》、牝馬《おねえ》ちゃん」という、ジェンダーの混乱した不思議なものになっている点も目を惹く。イオーナは牝馬に向かって、「兄弟」という男性名詞で呼びかけているのだ。

チェーホフの兄、アレクサンドルは、幼い息子のミハイルが重い病気になったとき（このミハイルは後に有名な俳優になる人物である）、「せつない」を思い出し、弟にこんな手紙を書いた（ソ連アカデミー版チェーホフ全集第四巻の注釈による）。「お前の短篇の言葉がひとりでに思い出されてしまう。ほら、イオーナが牝馬に話しかけるじゃないか——『お前にたとえば、子馬がいてさ、死んじまったとする。お前はその子馬の母さんだとする……。なあ、かわいそうじゃないか？』もちろん原文を多少歪めて引用しているかもしれないけれども、お前は自分の短篇のこの箇所で、不朽の存在になっているんだ」（一八九二年四月四日付）。

この結末を読むと、私にはどうしても思い出してしまう一茶の句がある。幼い娘を亡くしたときの作という、「露の世は露の世ながらさりながら」というものだ。その「せつなさ」において通じ合うものがあるのではないだろうか。

それにしても愛馬に何から何まで物語ったイオーナは、そのおかげで「トスカ」を克服し、これから先も生きていくことができたのだろうか？

ねむい

夜ふけ。子守娘のワーリカは、年のころ十三くらいの女の子だ。彼女は赤ちゃんが入れられた揺りかごを揺すりながら、ほとんど聞き取れないような声でつぶやくように歌っている。

ねんねんころりよ　おころりよ
歌をうたってあげましょう……

聖像の前には小さな緑の灯明《ランプ》がともっている。隅から隅まで、部屋いっぱいに綱が張ってあって、おむつや黒いズボンが吊るしてある。灯明から天井に射した光が大きな緑の輪になり、おむつとズボンは長い影を暖炉や、揺りかごや、ワーリカに投げかけている……。灯明がまたたき始めると、光の輪と影たちは生き返って、まるで風に吹かれているように動きだす。むし暑い。キャベツ汁と、靴を作る革の匂いがする。

赤ちゃんは泣いている。もうだいぶ前に声もかれ、泣きすぎたせいでへとへとになっているのだが、それでもぎゃあぎゃあ泣き叫んでいて、いったいいつ静まるものか、見当もつかない。ワーリカは眠くてたまらない。まぶたとまぶたがくっつきそうだし、頭が下に垂れて首すじが痛い。まぶたも、唇も、ぴくりとも動かすことができず、顔がかさかさに乾いて木になり、頭が針のあたまのように小さくなったような感じがする。

「ねんねんころりよ、おころりよ」と、彼女が優しい声で歌う。「お粥をつくってあげましょう……」

暖炉の中で、コオロギが鳴いている。隣の部屋からは、ドアごしに、この家の主人と職人のアファナーシイのいびきが聞こえてくる……。揺りかごは悲しげにきしみ、ワーリカ自身もつぶやくように歌い、そのすべてが溶け合って、優しく眠りを誘う夜の音楽になっている。寝床に入って眠るときにそれを聞いたら、どんなに気持ちいいことだろう。でもいまこの音楽を聞いていても、いらいらし、苦しくなるだけ。というのも、眠気を誘われても、いま眠ってはいけないからだ。もしも眠りこんだりしようものなら、ご主人やおかみさんにさんざんぶたれてしまう。

灯明の光がちらつく。緑の光の輪と影たちが動きだし、半開きのまま動かないワーリカの眼の中に這いこむと、半分眠ってしまった脳の中で、ぼんやりとした幻影を作りだしていく。黒い雲が互いに追いかけ合うように空を流れていき、赤ちゃんみたいに泣き叫んでいるのが見える。でも風がさっと一吹きすると、雲は消え失せ、ワーリカには、一面水っぽいぬかるみの広い街道が見えてくる。街道では荷馬車の列が続き、袋を背負った人々がのろのろ進み、なんだか影のようなものがせわしなく行ったり来たりしている。道の両側には、冷たく重苦しい霧を通して森が見える。突然、袋を背負った人たちと影たちが地面に、水っぽいぬかるみの中にばたばたと倒れていく。「どうして？」と、ワーリカはたずねる。「寝るんだ、寝るんだ！」と、答える声が聞こえる。そしてその人たちは寝入ったかと思うと、ぐっすり気持ちよさそうに眠っている。電線にとまったカラスとカササギたちだけが、赤ちゃんのように泣き叫んで、みんなを起こそうとする。

「ねんねんころりよ、おころりよ。歌をうたってあげましょう……」とワーリカは歌い、今度は自分がもう、暗くてむし暑い農家の中にいるのがわかる。

床でのたうっているのは、もう亡くなっているワーリカの父親、エフィム・ステパーノヴィチだ。その姿は見えないけれども、彼が痛みのあまり、床の上を転げまわり、うめき声をあげているのが聞こえる。彼に言わせれば、「脱腸のやつが調子に乗りやがって」いるのだ。痛みがあまりにひどくて、一言も発することができず、息を吸いこんでは、唇の間から「ブ、ブ、ブ」と太鼓を小刻みに叩くような音を出すだけだ。

母親のペラゲーヤはエフィムが死にそうだと知らせるために、地主の屋敷に駆け出していった。行ってからもうだいぶ経つので、そろそろ帰って来るころだろう。ワーリカは暖炉の上に横になってはいるが（ロシアの農家では暖炉の上は余熱のため暖かいので、寝床として使った。ワーリカがここに寝ているのは、この家で大事にされていることを示している）、眠れずに、父親の「ブ、ブ、ブ」に聞き耳を立てている。でも、ほら、やっと聞こえてきた——誰かが馬車での農家に乗りつける音が。地主の旦那さんが、ちょうど町から遊びに来ていた若いお医者さんを差し向けてくれたのだ。お医者さんが家に入ってくる。暗がりの中でその姿は見えないが、彼が咳ばらいをし、戸をかたかた鳴らすのが聞こえる。

「明かりをつけて」と彼が言う。

「ブ、ブ、ブ」とエフィムが答える。

ペラゲーヤは暖炉のほうに飛んでいき、マッチを入れた壺をさがし始める。一分ほどが沈黙のうちに過ぎる。医者はポケットの中をごそごそやってマッチを取り出し、火をつける。

「いますぐに、先生さま、いますぐに持ってきます」とペラゲーヤは言い、家から飛び出し、しばらくしてロウソクの燃えさしを持って戻る。

エフィムの頰はバラ色で、眼は輝き、まなざしはなんだかやけに鋭く、まるで家の中も医者のこともすべて見通しているかのようだ。

「さあてと。いったいどういう料簡を起こしたんだい？」と医者は言って、屈みこむ。「おやまあ！　もうだいぶ前からかね？」

「前からも何も。いやあ、先生、もうくたばる潮時なんで……。年貢の納めどきというわけで……」

「ばかも休み休み言え……治してやるからさ！」

「それじゃ先生のよろしいように。ありがたいことでございます。でもわたしどもにはわかっとりますがね……　もしもお迎えが来たんなら、もう何にもできないって」

医者は十五分ほどごそごそとエフィムを診察していたが、それから立ち上がってこう言う。

「私には手の施しようがない……。病院に行かなきゃならないな、手術をしてもらえるから。いますぐ行きなさい……。必ず行くんだよ！　ちょっと遅いから、病院じゃみんな寝ているかもしれない、でもだいじょうぶ、私が紹介状を書いてやるから。いいね？」

「先生さま、でも何に乗って行ったらいいでしょう」ペラゲーヤが言う。「うちには馬がいませんので」

「だいじょうぶだよ、お屋敷に頼んでやるから。馬くらい出してもらえるさ」

医者は立ち去り、ロウソクは消え、また「ブ、ブ、ブ」が聞こえてくる……。三十分ほどすると誰かが農家に馬で乗りつける。お屋敷から、病院へ行くための荷馬車を回してくれたのだ。エフィムは支度をして、出かける……。

さて、それから、晴れた気持ちのいい朝がやって来る。ペラゲーヤは家にいない。エフィムの容態を知るために、病院に行ったのだ。どこかで赤ちゃんが泣いている。そして誰かがワーリカの声で歌っているのが、彼女の耳に聞こえてくる。

「ねんねんころりよ、おころりよ。歌をうたってあげましょう……」

ペラゲーヤが帰ってくる。十字を切り、声をひそめて言う。

「脱腸は夜のうちに元通り押し込めてもらったのに、朝方、神様に魂をお返ししたって……。

どうか天国でとわの安らぎがありますように……。もう手おくれだったんだとさ……。もうちょっと早ければ……」

ワーリカは森の中に行って、そこで泣いている。ところが、いきなり、誰かに首すじをすごい力で殴りつけられたので、おでこを白樺にぶつけてしまう。目を上げて見ると、そこには靴屋のご主人さまの姿がある。

「なにやってんだ、このくそガキ」と彼が言う。「赤ん坊が泣いてるのに、自分は寝てるのか？」

彼はワーリカの耳を痛いほど引っ張り、彼女は頭を激しく振り上げ、それから揺りかごを揺らしてつぶやくような声で歌をうたう。緑の光の輪とズボンやおむつの影が揺らめき、彼女に目配せしているうちに、すぐに脳を乗っ取ってしまう。またしても水っぽいぬかるみに覆われた街道が見えてくる。袋を背負った人たちと影たちは長々と横たわり、ぐっすり眠っている。その姿を見ていると、ワーリカも猛烈に眠くなる。横になれたら、どんなに気持ちがいいだろう。でも母親のペラゲーヤが隣を歩いていて、ワーリカをせかす。二人は仕事を探しに町に急いでいるところだ。

「くださいまし、お恵みを、キリストさまのために！」と、母親が通りすがりの人たちに物乞いをする。「お慈悲でございます、右や左の旦那さま！」

「よこしなさい、その子を、こっちに！」と、誰かの聞き覚えのある声がそれに答える。

「その子をよこしなさいったら！」と同じ声が繰り返すが、今度はもう腹を立て、とげとげしい口調になっている。「寝てるのかい、このろくでなし！」

ワーリカは跳び上がってあたりを見回し、何がどうなっているのかを飲み込む。街道もなければ、ペラゲーヤも、通りすがりの人たちもいない。部屋の真ん中にただ一人、おかみさんが立っているだけ。赤ちゃんにお乳を飲ませに来たのだ。太った、肩幅の広いおかみさんが乳を含ませ、赤ちゃんをおとなしくさせている間、ワーリカは突っ立ってその姿を見つめ、授乳が終わるのを待っている。窓の外では空気がもう青みを帯び、影たちや天井の緑の光の輪はめっきりと薄くなっている。もうすぐ朝だ。

「ほら、渡すよ！」とおかみさんは言って、肌着の胸ボタンをかける。「泣いている。誰かに呪われて疳《かん》の虫でもとりついたんだろう」（原文は「不吉な目で見られた」。昔のロシアの迷信によれば、「邪視」を受けると、不幸や病気の原因になるとされた）

ワーリカは赤ちゃんを受け取り、揺りかごの中に寝かせ、また揺すり始める。緑の光の輪と影たちは少しずつ消えてゆき、もう彼女の頭の中に這いこんで脳を曇らせるようなものは何もない。でも相変わらず眠い、ものすごく眠い！　ワーリカは頭を揺りかごの端に載せ、眠気に打ち勝とうとして、自分の体全体を揺すぶってみるが、やっぱりまぶたがくっつきそうになり、頭は重い。

「ワーリカ、暖炉を焚くんだ！」ドアごしにご主人さまの声が響く。

つまり、もう起きて働き始める時間なのだ。ワーリカは揺りかごから離れ、薪を取ろうと、納屋に駆け出していく。嬉しいな。走ったり歩いたりしていれば、もう座っているときほどは眠くならないもの。彼女は薪を運んできて、暖炉に火を起こし、木のようになった顔が直ってきて、頭の中もはっきりするのを感じる。

「ワーリカ、湯沸かし《サモワール》を沸かしなさい！」おかみさんがどなる。

ワーリカは木切れを割るが、それに火をつけて湯沸かし《サモワール》の下に突っ込んだかと思ったら、そのとたんに新しい言いつけが聞こえてくる。

「ワーリカ、旦那さまの防水靴《オーバーシューズ》を磨きなさい！」

彼女は床に腰をおろし、防水靴《オーバーシューズ》をきれいにしながら、大きくて深い靴の中に頭を突っ込んで、その中でちょっと居眠りできたらいいだろうなあ、と思う。すると突然、防水靴《オーバーシューズ》はぐんぐん大きくなり、膨れ上がって、部屋中一杯に広がってしまい、ワーリカはブラシを取り落とす。しかし、すぐさま首を振って、目を見張り、あたりの物が自分の眼の前で勝手に大きくなったり、動いたりしないように、じっと睨《にら》みを利かせようとする。

「ワーリカ、表の階段を洗っとけ！　きれいにしておかないと、お客さんに恥をかくからな」

ワーリカは階段を洗い、部屋を掃除し、それからもう一つの暖炉を焚き、買い物に駆けていく。仕事が多くて、一分もひまはない。

でも、台所のテーブルの前で一所《ひとところ》にずっと立ち、ジャガイモの皮をむくことほど、つらい仕事はない。頭がテーブルのほうにいつの間にか垂れ、ジャガイモが眼のなかでちらちらし、包丁が手からすべり落ちてばかりいる。ところが、すぐそばを腕をまくった太ったおかみさんが腹立たしげな様子で歩き回り、大声でしゃべり続けるので、耳ががんがんしてくる。もっとも苦しいのは、食事のとき給仕をするのも、洗濯も、縫いものも、同じことだ。ときには、何もかも放り出し、床に転がって眠りたいと思うこともある。

一日が過ぎていく。窓が暗くなったのを見て、ワーリカは木のようにこわばってきたこめかみをぎゅっと押さえて微笑むのだが、どうして微笑むのかは自分でもわからない。夕闇が彼女のくっつきそうな目を優しくなで、もうすぐ、ぐっすり眠れるよと約束してくれる。晩にはご主人さま夫婦のところに、お客さんがやって来る。

「ワーリカ、湯沸《サモワール》かしを沸かして！」おかみさんがどなる。

この家の湯沸《サモワール》かしは小さくて、お客さんたちに心ゆくまでお茶を飲んでもらうためには、五回ほども繰り返してお湯を沸かさなければならない。お茶の後も、ワーリカはまる一時間じっと一所に立って、お客さんたちの顔を見ながら、何か言いつけられるのを待っている。

「ワーリカ、ひとっ走りして、ビールを三本買ってこい！」

彼女はぱっとその場を離れ、眠気を吹き飛ばそうと、できるだけ速く走ろうとする。

「ワーリカ、ウォッカを買ってこい！　栓抜きはどこだ？　ワーリカ、ニシンのわたを取って！」

でも、やっとお客さんたちも帰ってくれた。家中の明かりが消えて、主人夫婦は床に就く。

「ワーリカ、赤ちゃんを揺すってやるんだよ！」最後の言いつけが響きわたる。

暖炉ではコオロギが鳴いている。天井の緑の光の輪とズボンやおむつの影たちがまたしてもワーリカの半開きの眼の中に這いこんできて、ちらちらまたたき、頭をぼうっと曇らせてしまう。

「ねんねんころりよ、おころりよ」と、彼女がそっとつぶやくような声で歌う。「歌をうたってあげましょう……」

でも赤ちゃんはぎゃあぎゃあ泣き続け、泣き疲れてぐったりしても泣いている。ワーリカの目の前にはまた、ぬかるんだ街道と、袋を背負った人たちと、ペラゲーヤと、エフィム父ちゃんが浮かび上がる。ぜんぶよくわかる、どの顔を見ても知っている人だ。でも、この夢うつつの境地で一つだけ、どうしても見えてこないのは、自分の手足を縛り、重くのしかかってきて、生きる邪魔をする力の正体だ。彼女はあたりを見回し、その力を探し、そいつから逃れようと思うのだが、見つからない。最後に、へとへとになった彼女は持っているすべての力を振りしぼり必死に目をこらし、ちらちらまたたいている緑の光の輪を見上げ、泣き声に聞き耳を立てて、ようやく敵を探り当てる。こいつだ、あたしが生きるのを邪魔しているのは。

その敵とは、赤ちゃんだ。

彼女は笑いだす。これはびっくり。こんなつまらないことが、どうしてもっと早く分からなかったんだろう。緑の光の輪も、影たちも、コオロギも、笑ってびっくりしている。

ワーリカはこの間違った判断のとりこになる。そして腰掛けから立ち上がり、満面に笑みを浮かべ、まばたきもしないで部屋の中を歩き回る。自分の手足を縛っている赤ちゃんからいますぐにも逃れられると思うと、嬉しくてむずむずする……。赤ちゃんを殺して、それから眠って、眠って、眠って……。

笑い声をあげ、緑の光の輪に向かって目配せをし、指を立てておどかす身振りをしながら、ワーリカは揺りかごに忍びより、赤ちゃんの上に屈みこむ。そいつを絞め殺すと、彼女はさっと床に寝っ転がり、もうこれで寝られるという嬉しさのあまり笑いだし、一分後にはもうぐっすり眠っている——まるで死んでいるように。

残酷な天使

「ねむい」は、一八八八年一月二十四・二十五日付の『ペテルブルク』新聞に掲載された。この頃チェーホフは「曠野《ステップ》」という中篇に取り組んでいる真っ最中で、その執筆の合間にさらっとたいして時間をかけずに書き上げたものらしい。「曠野」は、当時まだユーモア雑誌や新聞などにチェホンテなどの筆名を使った作品を多く書いていたチェーホフが、初めて取り組んだ文学的野心に満ちた大きな作品で、しかも掲載を予定していた『北方報知』は彼にとって初めての「分厚い雑誌」(文芸総合雑誌)だった。

『北方報知』の文芸部門の編集長をつとめていたのは、アレクセイ・プレシチェーエフという人物である。一八二五年生まれだから、一八六〇年生まれのチェーホフにとっては父親の世代にあたる。彼はドストエフスキーとともに「ペトラシェフスキー・サークル」に参加していたため逮捕され、いったん死刑宣言を受けながら、皇帝の「お慈悲」により死刑を免れ流刑になったという経歴を持つ古つわものである。彼自身も詩人として名をなしたすぐれた文学者だが、編集者として三十五歳も年下のチェーホフの才能に惚れこんでいて、彼の本格的な大作を自分の文芸誌に掲載できるのを楽しみにしていた。一八八八年一月二十一日にプレシチェーエフがチェーホフに送った手紙を見ると、ちゃんと

「曠野」の執筆を進めているか尋ねるとともに、その間に原稿料稼ぎのために小さな作品を新聞などに切り売りしているのではないか、そんなことで「曠野」の執筆が遅れたらたいへん残念だ、と危惧の念を表明し、原稿料が必要ならこちらでいくらでも前払いするから、とまで言っている。

それに対して、チェーホフはすぐに、一八八八年一月二十三日付の手紙で「あと三時間あなたの手紙が早く着いていたら！」と返事を書いた。なんと、プレシチェーエフの危惧は的中していて、彼からの手紙を受け取ったとき、チェーホフは月々の支払いが迫っているのでつい気が弱くなって、てっとり早く原稿料がもらえる仕事に手を出してしまい、ちょうど「できの悪いちっちゃいものを一つ、新聞のために殴り書きしている最中だった」というのである。しかし、チェーホフは老編集者を安心させることも忘れない。「でもだいじょうぶ。この短篇には半日もかかりませんでしたから。いまではもう『曠野』の執筆を続けられます」

このように「曠野」の執筆の最中に、わずか半日で書きあげられた、原稿料稼ぎのための「できの悪いちっちゃいもの」が、「ねむい」だった。署名はまだ本名ではなく、A・チェホンテ。なお、チェーホフがこの筆名を使ったのは、この「ねむい」が最後である。言葉を換えれば、この作品を最後として、軽いユーモア小説を書いて原稿料を稼ぐ娯楽作家チェホンテは消え、チェーホフが誕生したということになる。

しかし、自己評価というものはあまり当てにならない。「ねむい」は短いながらも、恐るべき力を秘めた、チェーホフでなければ書けないような短篇であって、決して「できの悪い」ものではない。チェホンテと署名されてはいるものの、軽いユーモア小説とは言えないだろう。

まだ十三歳の少女が、住みこみ奉公先の靴屋の家で、子守りから掃除、洗濯まで、家事の一切をこなし、赤ん坊が寝付かないせいで夜通し子守りをする羽目になり、ひどい睡眠不足でふらふらになるのだが、ちょっとでもへまをすると罵られたり、殴られたりという虐待を受ける。そんな哀れな子供の境遇を描いたということでは、「ワーニカ」によく似ている。実際一八九四年には、「ワーニカ」と「ねむい」の二作を組み合わせ小冊子にして一万六千部出版しようという企画が、帝室自由経済協会識字教育委員会付属出版協議会なる、長たらしい名前の組織によって提案されたこともあるという（チェーホフがこの提案にどう回答したかは、記録が残っていない。出版は実現しなかった）。

それにしても、どうしてチェーホフはいつも、こういった虐待され、奴隷のようにこき使われる子供のことばかり書くのだろうか。チェーホフの兄、アレクサンドルは、チェーホフ自身が子供時代に喜びらしい喜びをまったく知らないで育ったからだろう、と回想の中で述べている。ちなみにワーニカとワーリカ、どちらもよく似た名前だが、これはロシア口語で用いられる「卑小形」という形で、小さい子供や身分の低いものを見下したようなニュアンスになる。それぞれもとの形はイワン、ワルワーラで、普通の愛称形ならばワーニャ、ワーリャだ。こういうニュアンスまでは残念ながら、なかなか翻訳では伝えられない。あえて訳そうとするならば、ワーニカは「ワン公」、ワーリカは「ワルっぺ」といったところだろうけれども……。

当時のロシア固有の社会的背景もある。西欧よりはずいぶん遅れた社会制度を維持していたロシアも、一八六一年、ついに農奴解放を断行した。しかし、解放の条件は農民にとって極めて不利なもので、大部分の農民は独立した自営農民になれるだけの分与地も与えられず、解放後かえって生活に困窮し、都市に出稼ぎに行く者が飛躍的に増えていく。こうして、農奴解放、農民の困窮、農村人口の都市への流出、ロシア社会の都市化の進行といった一連の流れの中で、ロシアは革命への道を突き進むことになるわけだが、「ワーニカ」や「ねむい」の少年少女たちも経済的に逼迫《ひっぱく》した田舎の農村の家から、都会に奉公に出された子供たちである。いや、二人とも単に貧しいというより、親を失って行き場を失ったという悲惨な運命を背負っている。ワーニカは孤児、「ねむい」のワーリカも劣悪な医療環境の中で父を早くに失って生活が立ち行かなくなり、母と二人で物乞いまでしなければならない。

だから、ワーニカやワーリカのようなみじめな境遇の子供の存在は、当時のロシアでは十分あり得た珍しくもない社会的現象だろう。しかし、「ねむい」の場合、衝撃的なのは、なんといってもその結末である（この作品を初めて読まれる方は、結末を予《あらかじ》め知ることなく読んでいただきたいので、もしもこの解説のほうに先に目を通されているようだったら、とりあえずここで中断して、作品そのものに取り掛かっていただきたい）。子守娘が泣きやまない赤ん坊の世話に疲れ果て、朦朧とした意識の中で赤ん坊を絞め殺してしまう、という残酷な結末は、発表当時から読者を戸惑わせ、このようなストーリー展開は「不自然」だとか、「ありそうにない」などという反応もあったようだが、後にトルストイはこれを絶賛し、晩年に読み返したときも、珠玉の傑作だという評価を与えている。

泣きやまない赤ん坊に子守りが困り果てるということ自体は、どの国にでもありそうな、特に珍しい話ではないのかもしれない。日本の子守唄の歌詞を思い浮かべても、それはわかるだろう。例えば「竹田の子守唄」には、「この子よう泣く守りをばいじる、守りも一日やせるやら」といった言葉が見られる。ちなみに、「ねむい」という作品は、いまではさほど有名ではないかもしれないが、日本ではチェーホフの他の名作に伍して、昔から何度も訳されてきた。その理由は一つには——現代人には縁遠くなったとはいえ——子守娘の苦労という題材が、かつての日本人には身近なものだったからではないだろうか。榊原貴教氏による「チェーホフ翻訳作品目録」によれば、この作品は明治三十七年の角田浩々歌客訳以来、小山内薫、広津和郎、中村白葉、神西清、松下裕に至るまで、少なくとも十五回は訳されてきた。

その中でも目を惹くのは、児童文学雑誌『赤い鳥』（一九三二年七月）に「子守つ子」というタイトルで掲載された鈴木三重吉訳である。子守娘の苦労の話が児童文学向きという判断に基づいてのことだろうが、しかし、それにしてもこの残酷な結末を鈴木三重吉はどう訳したのだろうか、と不思議に思って調べてみたら、なんと、結末はまるまる省略されていた。鈴木訳は、「バルカ（＝ワーリカ）の頭の中には、又ぬかるみがあらはれました。袋をしよつた人。お父つあん。お母さん。／あゝ、ねむい。おゝ、ねむい。」で終わってしまうので、この訳を読んだ読者はとてもあのような残酷な結末は思い浮かべられないだろう（それにしても味のあるいい訳文ではないか。こういう日本語を使いこなすことができた昔の翻訳家のことが、羨ましくなる）。

私は勝手な省略を施した鈴木三重吉を非難したいわけではない。子供にとって過度に残酷と思われる部分を削除することは、グリム童話の場合が有名だが、昔から普通に行われてきた。しかし、「ねむい」の場合、それをやってしまうと、チェーホフがチェーホフではなくなってしまう、という心配はある。今回訳してみて痛感したのだが、半日で殴り書きしたという（本当かどうか分からないが）チェーホフの自嘲気味の謙遜にもかかわらず、この作品では様々なイメージや単語がじつに緻密に選択されていて、ちらちら揺れる影や光の輪が少女の頭の中に入り込んで、現実と幻想、夢とうつつがまじりあっていくシーンの書き方などはみごとなものである（これをもっと複雑にすると、ナボコフの長篇『賜物』第一章における子供部屋の描写になる）。そして、あの結末に至る過程の描きだし方も半ば幻想的であるかもしれないが、決して不自然ではないと思う。

ただし、結末についてはチェーホフ自身、多少ためらうところはあったようだ。この作品の新聞初出と生前の刊本二種類の異同を調べてみると、たいした推敲《すいこう》は加えられておらず、多くは簡潔を美徳としたチェーホフのこと、余計な修飾をちょっと刈り込んでいるだけだが、一ヶ所、重要な書き足しがあるのだ。それは結末の一文である。じつは一八八八年に『ペテルブルク新聞』に掲載されたとき、「そいつを絞め殺すと、彼女はさっと床に寝っ転がり、もうこれで寝られるという嬉しさのあまり笑いだし、一分後にはもうぐっすり眠っている――まるで死んでいるように。」という結びの文章はなかったのである。これが書き加えられたのは、一八九〇年の短篇集『陰気な人たち』に収められたときで、その後チェーホフはこの結末にもう手を加えなかった。

「絞め殺す」という動詞の完了体が露骨に出てくるこの一文がなくとも、その前までだけでも、注意深い読者ならば、この結末を予期できたかもしれない。余計なことを説明しないというのは、チェーホフの美学であったはずだ。しかし、彼はあえて、止めを刺すように、この文章を書き加えた。止めを刺す、とは言っても、いったい誰に？　赤ん坊にではない。ワーリカ自身に対してである。責任能力など問えないような疲労困憊《こんぱい》した状態で心ならずも殺人者となった少女は、自分の行為によって、自分自身をも滅ぼしてしまったのだから。

このように読んでくると、チェーホフは恐るべき作家だと改めて思わざるを得ない。最初から何度も出てくる「緑の光の輪」のイメージが、この結末で本当の意味を明らかにする。この光の輪とは、聖像画《イコン》の前にともす灯明《ランプ》から天井に射していた光であることを思い出そう。ちなみに「輪」と訳したのはロシア語の пятно で、これは普通「染み」と訳される単語でしかない。あえてそれを神西清の名訳に倣《なら》って「輪」としたのは、丸いガラス製の灯明が投げかける「光の染み」が実際に丸い形になるはずだという現実的な考慮以上に、聖像の光輪を思わせる象徴性が重要と考えたからである。

この聖なる光輪に対して、ワーリカは目配せをし、「指を立てておどかす身振りをしながら」殺人を犯す。「指を立てておどか」したのは、聖なるものに対して、自分がこれからやることを黙って見ているのよ、とでも言わんばかりの挑戦のジェスチャーでもあった。しかし、もちろん、彼女は自分の行為を見逃してもらえない。この結末のあと、やったことが発覚して彼女がどのような罰を受けるだろうか、こういう犯罪の場合、当時のロシアではどの程度の重罪になるのか、そもそも裁判など受けるまでもなく靴屋の夫妻に折檻《せっかん》され殺されてしまうのではないか、といった現実的な想像を読者がするまでもなく、ワーリカは自分が犯した行為に対して、小説の結末ですでに罰を受けているのだ。この作品の最後にチェーホフが付け加えた一文を締めくくる、一番最後の単語は「死んでいる」を意味する女性形の形容詞である。おそらくチェーホフは、赤ん坊を「絞め殺した」ワーリカの行為を明示的に示したいというよりは、その行為によってワーリカもまた自分を殺してしまったことを暗示する一語で作品を締めくくりたかったのだろう。なんという残酷さだろうか。しかし、テキストをもう一度読み返してみて、ふと私の頭をよぎる別の解釈がある。天井にいつも映っていたあの緑の光の輪は、ワーリカを上から見張る聖なる権威ではなく、じつはワーリカ自身のものだったのではないのだろうか。虐げられている子供にこそ、聖なるものは宿るのではないのか。チェーホフの残酷さは、そういう優しさの可能性を排除するものではないだろう。

そうだとすれば、この少女は天使だったのだ。

ロスチャイルドのバイオリン

ちっぽけな町で、村にもひけをとるくらいだった。住んでいるのも年寄りばかり、しかもなかなか死なないので、いまいましくなるくらいだ。病院からも、監獄からも、棺桶の注文はめったになかった。これじゃあ、商売あがったりだ。もしもヤーコフ・イワノフが県庁所在地の都会で棺桶屋をやっていたら、立派な家を構え、イワノフ様なんて呼ばれていたことだろう。でもこのしけた町では、おい、ヤーコフ、と呼びすてにされ、なぜか「青銅《ブロンザ》」というあだ名まで付けられていた。暮らしは貧しく、一部屋しかない古い小屋に、しがない農民のように住んでいた。その部屋には彼のほか、マルファと、暖炉と、二人用の寝台と、いくつもの棺桶と、作業台と、所帯道具の一切合財が詰め込まれていたのだ。

ヤーコフは立派でしっかりした棺桶を作った。農民や町人用のは、自分の背丈にあわせて作り、それで一度も失敗したことがなかった。というのも、彼はもう七十歳だったが、彼より背が高くがっしりした男などどこにも、監獄にさえもいなかったからだ。身分の高い人や女性用には、寸法を測って作り、そのために鉄の物差しを使った。子供用の小さな棺桶の注文はさも嫌そうな顔をして引き受け、寸法も測らずにいきなり作って代金を受け取るとき毎回言ったものだ。

「ちっぽけな仕事は嫌だねえ、いや、正直な話」

本業の他に、ちょっとした副収入をもたらしたのはバイオリンだ。この町では婚礼というとたいていユダヤ人の楽団が演奏した。指揮をしたのはモイセイ・イリッチ・シャフケスというブリキ職人で、演奏料《ギャラ》の半分以上を自分の懐に入れていた。ヤーコフはバイオリンがとても上手で、特に彼の弾くロシアの歌は素晴らしかった。そのためシャフケスはときおりヤーコフを呼んで楽団に入ってもらい、お客さんからの祝儀は別にして、一日五十コペイカ支払ったのだった。楽団の中にいると、ブロンザはまず顔が汗ばみ、赤くなった。暑くて、ニンニクの匂いで息が詰まるほどで、バイオリンがキイキイ叫び、右の耳元ではコントラバスがしゃがれ声を上げ、左の耳元ではフルートが泣いている。フルートを吹いているのは痩せこけたユダヤ人で、その顔面にはまるで網の目のように絡み合った赤筋、青筋が見えている。苗字は有名な富豪と同じで、ロスチャイルドといった。このいまいましいユダヤ人は、どんなに陽気なものでも哀れっぽく演奏してのけるのだった。これといった理由もないのにヤーコフは少しずつユダヤ人たち、特にこのロスチャイルドを憎み、軽蔑するようになった。あれこれ言いがかりをつけ、汚い言葉で罵り、一度などは、ぶん殴りそうになったくらいだ。このときはロスチャイルドも腹を立て、狂暴な目つきでヤーコフをにらみながら、こう言った。

「あんたの才能を尊敬していなかったら、とっくに窓から放り出しているところだぞ」
それからロスチャイルドは泣き出した。そんなわけでブロンザはめったに楽団に招かれなくなった。呼ばれるとしてもせいぜい、ユダヤ人の誰かが欠けてどうしても必要になった場合くらいになってしまった。

ヤーコフは気分がいいときなど一度としてなかった。いつもひどい損害をこうむってばかりだったからだ。たとえば日曜日や祝日に働くのは罪なことだったし、月曜日に仕事をするのも辛い、となると、やむを得ず手をこまねいて何もしない日が一年に二百日にもなる。なんという大損だろう！　もしも町で誰かが婚礼を音楽ぬきで行ったり、シャフケスがヤーコフを楽団に呼んでくれなかったりしたら、それもまた損害だ。ある警察官がもう二年も病気で衰弱していて、ヤーコフは彼がいつ死んでくれるか、とじりじりしながら待っていたのだが、この警察官は治療のために県庁所在地の都会に出かけ、なんと、そこでぽっくり死んでしまった。とんだ災難だ、少なくとも十ルーブリは損をしたことになる。なにしろ彼のためなら、錦を張った高価な棺桶を作ることになっただろうから。これも損、あれも損、と考えだすとヤーコフは苦しくなった。特に夜がいけなかった。彼は寝台の自分の脇にバイオリンを置き、ばかげた考えが何かしら頭に忍び込んでくると、弦に触り、バイオリンが闇の中でぽろんと音を立てると、気が楽になるのだった。

昨年の五月六日にマルファが突然、病気になった。老いた彼女は苦しそうに息をし、水をがぶがぶ飲み、よろよろしていたが、それでも朝には暖炉の火を起こし、水を汲みに行きさえした。しかし夕方には寝込んでしまった。ヤーコフは一日中バイオリンを弾いていた。そして外が真っ暗になると、損害を毎日書きとめている手帳を取り出し、退屈しのぎに一年分の総額を計算してみた。なんと千ルーブリ以上ではないか。彼はショックのあまり、そろばんを床に叩きつけ、地団太を踏んだ。それからそろばんを拾い上げると、また長いことぱちぱちやって、深く激しくため息をついた。その顔は赤黒く、汗に濡れていた。もしこの失った千ルーブリを銀行に入れていたら、と彼は考えた。一年で利息が少なくとも四十ルーブリはたまっていたはずだ。つまりその四十ルーブリも損をしたということになる。要するに、どっちを向いてもいたるところ損だらけ。それ以外は何もない。

「ヤーコフ！」マルファがだしぬけに呼んだ。「わたしは死ぬわ！」

彼は妻のほうを振り向いた。妻の顔は熱のせいで薔薇色に染まり、異様に明るく、嬉しそうだった。いつも青白く、おどおどとした不幸な顔の妻を見慣れていただけに、ブロンザは当惑した。どうやら女房のやつ、本当に死にかけていて、この小屋にも、立ち並ぶ棺桶にも、そしてヤーコフにも、ようやく永遠に別れを告げることになったのを喜んでいるみたいだ……。彼女は天井を見つめ、唇をかすかに動かしている。その表情は幸せそうで、まるで自分を救ってくれる死を目の当《ま》たりにし、ひそひそ話し合っているようだった。

すでに明け方になり、朝焼けが燃えているのが窓から見えた。老いた妻の姿を眺めていると、ヤーコフはなぜかふと思い当たったのだった。一生の間、おれは女房に一度も優しくしたことも同情したこともなく、頭巾《プラトーク》の一枚も買ってやろうとか、婚礼の席から何か甘いものを持ってきてやろうなどということも思いつかず、ただ怒鳴りつけ、損を出したといって罵り、拳骨をあげて飛びかかるだけだったんじゃないだろうか。たしかに実際には一度も殴ったことはない。しかしそれでもさんざん脅しつけ、そのたびにあいつは恐ろしさのあまり身をすくめたものだった。そう、ただでさえ出費がかさむんだからといって、お茶を飲むのを禁じたもんだから、あいつは白湯《さゆ》ばかり飲んでいた。どうして彼女がいまこんなに奇妙な嬉しそうな顔をしているのか、ヤーコフは悟り、気味が悪くなった。

朝になるのを待って、彼は隣人から馬を借り、マルファを病院に連れていった。患者は少なく、たいして待たなくて済んだ。なに、ほんの三時間だ。とても嬉しいことに、このとき診察をしていたのは医師ではなく——なにしろこの医師はご本人からして病気なのだ——、診療助手の老人、マクシム・ニコライチだった。このご老体、酒飲みで喧嘩《けんか》っ早いが、お医者様《ドクター》よりもよっぽど医者の仕事がわかっている、と町では噂されていた。

「ご機嫌よろしゅう」とヤーコフは言い、老いた妻を連れて診察室に入った。「いやあ、いつもつまらないことでお騒がせして申し訳ありません、マクシム・ニコライチ。ごらんの通り、連れあいの具合が悪くなりまして。口はばったい言い方ですが、人生の伴侶というやつでして……」

灰色の眉をしかめ、頬ひげを撫でながら診療助手は老婆をじろじろ見た。彼女は背を屈めて腰掛けに座っている。痩せこけ、とがった鼻をして、口を開けたその姿を横から見ると、水を飲みたがっている鳥のようだった。

「ふーむ……そうねえ……」診療助手はゆっくり言って、ため息をついた。「インフルエンザか、ひょっとしたら熱病かもしれん。いま町ではチフスがはやっているし。まあしかたないさ。だって婆さまもけっこう長生きしたじゃないか……いま何歳かね？」

「あと一つで七十になります、マクシム・ニコライチ」

「まあしかたないさ。けっこう生きたんだから。そろそろ潮時ってものだね」

「それはもちろん、おっしゃる通りでございますよ」ヤーコフは愛想笑いを浮かべて言った。「その気持ちのいいお言葉には衷心より感謝いたしますです。とはいうものの、あえて言わせていただきますが、どんな虫けらだって生きたいと思う気持ちはあるんです」

「そんなことはどうでもいいさ！」と言う診療助手の口調は、まるで老婆を生かすも殺すも自分次第といった感じに聞こえた。「それじゃ、いいかね、頭に冷湿布を当ててね、それからこの粉薬を一日に二回ずつ飲ませること。しからばさいなら、ボンジュール」

診療助手の顔の表情から、ヤーコフは容態が生易しくないこと、そしてもうどんな粉薬も役にたたないことを察した。マルファがすぐに、今日でなければ明日にでも死んでしまうだろうということは、もう明らかだった。彼は診療助手の肘を軽くつつき、片方の目で目配せをし、声をひそめて言った。

「吸い玉でもつけていただけませんか」

「いやいや、そんな時間はないんだ。婆さまを連れて、帰った、帰った！　さいなら」

「どうかお願いします」と、ヤーコフは懇願した。「よくご存じのこととは思いますが、もしですね、たとえばお腹とか、どこか内臓が痛かったら、まあ、そのときは粉薬とか水薬というこになりますね。でもかみさんは風邪なんです！　風邪のときに真っ先にするのは、悪い血を出すことじゃありませんか、マクシム・ニコライチ」

ところが診療助手はもう次の患者を呼んでしまい、診察室には男の子を連れた農婦が入ってきた。

「行った、行った……」彼は眉をひそめ、ヤーコフに言った。「話をこんぐらからせることはないんだ」

「それならば、せめてヒルでもつけてもらえませんか！　ご恩は一生忘れませんから！」

診療助手はかっとなって、どなった。

「つべこべいうんじゃない！　このでくのぼうが……」

ヤーコフもかっとなり、顔を真っ赤にしたが、一言も言わないで、腕をとってマルファを診察室から連れ出した。そして二人で荷馬車に腰をおろしたとき、厳しく、あざけるような顔で初めて病院を振り返り、こう言った。

「そろいもそろってペテン師ばかりだ！　金持ちにはきっと吸い玉をつけるくせに、貧乏人にはヒルの一匹もけちけちしやがって。ひとでなし！」

家に帰ると、マルファは小屋の中に入ってからも十分ほど、暖炉につかまって立ったままだった。もしも横になってしまうと、ヤーコフが損のことを言い立て、お前が寝てばかりいて働こうとしないからいけないんだ、と罵られるのではないか、と思ったからだ。ヤーコフは憂鬱な気分で彼女を眺めながら、思い出した——明日は使徒イオアンの祝日、明後日は奇蹟者ニコライの祝日、その次の日は日曜で、それから仕事には辛い月曜日だ。四日間も仕事ができないわけだが、マルファはきっとそのどの日かに死ぬだろう。つまり、棺桶は今日作らなければならない。彼は鉄の物差しを取り、老妻の前に行くと、寸法を測った。それから彼女は横になり、彼は十字を切ってから棺桶を作り始めた。

仕事が終わると、ブロンザは眼鏡をかけ、例の損害手帳に書き留めた。

「イワノフの妻、マルファの棺桶。二ルーブリ四十コペイカ也」

そしてため息をついた。老婆は目を開けたまま、黙ってずっと寝ていた。しかし夜になって暗くなると、彼女は突然老いた夫を呼んだ。

「ヤーコフ、覚えてる？」と問いかけながら、彼女は嬉しそうに彼を見ていた。「ほら、五十年前に、神様に金髪の赤ちゃんを授かったでしょ。そのとき、あんたと二人で川辺に腰をおろして、歌を歌ったわね……ネコヤナギの木の下で」そして苦笑いを浮かべ、付け加えた。

「あの娘《こ》も死んじゃった」

ヤーコフは記憶の糸を懸命にたぐったが、赤ん坊のことも、ネコヤナギのことも、どうしても思い出せなかった。

「夢でも見てるんじゃないのか」と、彼は言った。

司祭がやってきて聖餐《せいさん》を授け、聖油を塗った。それからマルファはなにやら意味不明のことをぶつぶつ言うようになり、明け方に息を引きとった。

近所の婆さんたちが遺体を清め、死装束を着せ、棺に納めた。余計な金を輔祭《ほさい》に払わないですませるために、ヤーコフは自分で聖書の詩篇を朗読した。墓の費用は一銭も取られなかった。墓地の番人が彼の名付け親だったからだ。墓地までは四人の男たちが棺を運んだが、それは金のためではなく、尊敬の念からだった。棺の後には老婆や物乞いたち、そして二人の瘋癲《ふうてん》行者がついていき、道でこの行列に出くわした人々はうやうやしく十字を切った……。そしてヤーコフは満足しきっていた。なにしろ万事しきたり通り立派に、上品に、安上がりに行われ、誰の気を悪くすることもなかったからだ。マルファと最後のお別れをするとき、彼は手で棺桶に触って思った。「見事なできばえだなあ！」

しかし墓地からの帰り道、ひどく気がふさいだ。体の具合も悪くなったみたいで、呼吸は熱っぽく重苦しく、足からは力が抜け、やけに喉がかわいた。そのうえ頭の中には、あれこれ色々な思いが忍び込んできた。またしても思い出したのは、一生の間、一度もマルファの身になって考えたことも、優しくしたこともなかったということだ。一つ屋根の下に暮らすこと五十二年、長い長い歳月がゆっくり過ぎていったが、どうしたものか、その間彼は一度として妻について考えたことも、特別目を向けたこともなかった。これではまるで犬か猫も同然ではないか。しかし彼女は毎日暖炉を焚き、煮炊きをし、水を汲みに行き、薪を割り、寝台をともにし、彼が婚礼から酔っ払って帰宅したときはいつでもうやうやしくバイオリンを壁に掛け、彼を寝台に寝かせてくれたのだ。しかもそのすべてを黙々と、おどおどした思いやりのある顔つきのままでこなしてくれたのだった。

　ヤーコフの行く手から、ロスチャイルドがやって来た。にこにこお辞儀をしている。

「捜していたんですよ、おとっさん！」と、彼は言った。「モイセイ・イリッチがよろしくと言っておりまして、しゅぐに来てほしいとのことです！」

　ヤーコフはそれどころではなかった。泣きたい気分だった。

「あっちに行け！」と言って、彼はすたすた歩き出した。

「どうしてまたそんな？」ロスチャイルドは不安を覚え、駆け出して彼の前に回り込んだ。

「モイセイ・イリッチが怒りますよ！　しゅぐに来いって言いつけられたんだから」

　このユダヤ人が息を切らして目をぱちくりさせていることも、その顔に赤いそばかすがたくさんあることも、ヤーコフには不愉快だった。黒っぽいつぎのあたった緑色のフロックと弱々しく華奢《きやしや》な体つきを見ているだけで、むかついた。

「どうしてそんなにしつこいんだ、ニンニク野郎」と、ヤーコフは叫んだ。「つきまとうな！」

ユダヤ人も腹を立て、声を張り上げた。

「でもどーぞお静かに。そうじゃないと塀の外に放り出してあげるよ！」

「消え失せろ！」ヤーコフはわめき、拳骨を振り上げて彼に飛びかかった。「お前らみたいな薄汚い連中のせいで、おちおち暮らしてもいられない！」

ロスチャイルドは恐ろしさのあまり死人のような顔色になり、へなへなと座りこみ、殴られるのから身を守ろうと思ったのか、頭上で両手を振りまわし、それから飛び上がって、一目散に駈け出した。走りながら彼はときおりぴょこぴょこ跳ねたり、両手を打ちあわせたりした。長くて痩せた背中がぴくぴく震えているのが見えた。ガキどもは喜んで、ここぞとばかり「ユダヤ人！　ユダヤ人！」とはやしたてながらロスチャイルドを追いかけた。犬たちも吠えながら後を追った。誰かがげらげら笑い、それからひゅーっと口笛を吹き、犬たちはますます大きく声を揃えて吠えだした……。その後、きっと犬のうちの一匹がロスチャイルドに嚙《か》みついたのだろう、痛々しい絶望の悲鳴が聞こえてきた。

ヤーコフは牧場をぶらついてから、町はずれを足の向くままに歩きだした。ガキどもが「ブロンザが行く！　ブロンザが行く！」とはやしたてた。やがて川の前に出た。ピイピイ鳴き声をあげてシギが飛び交い、カモが鳴いていた。太陽が照りつけ、水面がぎらぎら輝いて、見ていると目が痛くなるほどだ。ヤーコフが川岸に沿って小道をぶらついていると、水浴場から頰の赤いまるまる太ったご婦人が出てくるのが見え、彼は「こりゃまた、たいしたカワウソちゃんだねえ！」と思った。水浴場から遠くないところでは、少年たちが肉の切れ端でザリガニを釣っていた。彼の姿を見ると、このガキどもは憎たらしげに「ブロンザ！ブロンザ！」と叫んだ。気がつくと、枝を広げたネコヤナギの木の前に来ていた。幹には巨大な洞《うろ》、上にはカラスの巣がある……。そのとき突然、ヤーコフの記憶の中から、まるで生きているように金髪の赤ん坊と、マルファが話していたネコヤナギの姿が現れた。そう、これこそがあの木だ——青々とした、静かで、悲しげなあのネコヤナギだ……。こいつもなんと年をとったことだろう、かわいそうに！

木陰に腰をおろし、思い出にふけった。向こう岸はいまでは川べりの草地になっているが、あの頃は大きな白樺の森だった。それから、ほら、地平線のあたりに見えるあの禿山は、昔は青々茂る松林におおわれていた。川面には小舟が行き交っていた。ところがいまでは見渡すかぎり平らで滑らかになり、向こう岸にはぽつんと一本、娘さんのようにすらりとしてうら若い白樺が立っているだけ。川にいるのはカモとガチョウばかりで、昔ここを小舟が行き交っていたなどとは思えない。そう言えば、以前と比べてガチョウも少なくなったような気がする。ヤーコフが目を閉じると、想像裡に白いガチョウの群れが次々に現れ、群れと群れが互いに向かってぶつかりあうように飛びかうのだった。

これはどうしたことだ。この四十年、五十年もの間、どうして一度も川に来なかったのか、いや来たことはあるのかも知れないが、それならなぜ川に目を向けなかったのだろう。なにしろこれはけっこう立派な川だ。吹けば飛ぶような小川ではない。ここで漁業を始めれば、駅で商人や役人や軽食堂《ビュッフェ》に魚を売って、売上金を銀行に預けられただろう。舟で川べりの屋敷から屋敷をめぐって、バイオリンを弾けば、下々からお偉いさんまでいろんな身分の人たちが金を払ってくれただろう。昔ながらの船頭になってもよかった——棺桶を作るよりはましだろう。あるいはガチョウを養殖して、殺してモスクワに送るという手もあった。たぶん羽毛だけでも一年に十ルーブリくらいにはなっただろう。ところが彼はぼんやりチャンスを見逃し、何もしなかった。なんという大損だろう！　いやはや、とんでもない大損だ！　もしも全部いっしょにやっていたら——魚を取って、バイオリンを弾いて、舟を操って、ガチョウを殺していたら——どれほどの財産になっていたことか！　でもそんなことは夢でさえも思い浮かばず、人生は利益もあげず、なんの満足もなしに過ぎ、無駄になってしまった。一つまみの嗅ぎ煙草の価値もない人生だった。前にはもう何も残っていない。後ろを見ても、あるのは損ばかりで、その他には何もない。しかもその損ときたら、恐ろしいもので、ぞっと悪寒に襲われるほどだ。それにしても人間はなぜ、こういった損失や損害が出ないように生きられないのだろうか。聞きたいものだ、何のために白樺の森や松林を伐採したのか？何のために牧場を遊ばせておくのか？　どうして人間たちはいつもいつも、よりによって必要ではないことばかりやってしまうのか？　何のためにヤーコフは一生の間、罵り続け、どなり、拳骨を振り上げて人に飛びかかり、妻をいじめてきたのだろう。聞きたいものだ、いったい何の必要があってたったいま、あのユダヤ人を脅し、侮辱したのだろうか。そもそも何のために人々は互いの邪魔ばかりしているのだろう。そんなことをしていたら、大変な損害になってしまう！　なんと恐ろしい大損害だろう！　憎んだり怒ったりしなければ、人間は互いに巨大な利益をあげることができるだろうに。

夕方から夜にかけて、夢とも現《うつつ》ともつかないものが次々に浮かんできた――赤ん坊、ネコヤナギ、魚、殺されたガチョウ、横から見ると水を飲みたがっている鳥に似ているマルファ、ロスチャイルドの青白く哀れな顔。そして四方八方から得体の知れない醜い顔が押し寄せてきて、口々に、損、損、損とつぶやくのだった。ヤーコフは寝返りをうってばかりいて、五回ほども寝台から起き出してバイオリンを弾いた。

朝になるとやっとの思いで起き上がり、病院に行った。前回と同じマクシム・ニコライチが冷湿布を頭に当てるよう指示し、粉薬をくれたが、その顔の表情と口調からヤーコフは容態が生易しくないこと、そしてもうどんな粉薬も役にたたないことを察した。それから家に帰る道々、つくづく考えた。死んだら得になることばかりじゃないか。食べなくても、飲まなくてもいいし、税金を払うことも、人を怒らせることもなくなる。そもそもお墓の中で寝ているのは一年どころか、何百年も、何千年ものことだから、利益を計算したら莫大なものになるだろう。人間にとって生きるのは損になり、死ぬのは得になる。そう考えるのはもちろん、まったく正しいのだけれど、それでもやっぱり腹立たしく、辛くもある。どうしてこの世は、たった一回しか生きられない人生が利益をあげないで終わってしまうという、奇妙な仕組みになっているのだろうか。

死ぬことは残念ではなかった。しかし家に帰ってバイオリンを見たとたん、胸が締めつけられ、残念な気分になった。このバイオリンを墓の中に持っていくわけにはいかない。そうだとするとバイオリンは孤児《みなしご》になり、白樺の森や松林の場合と同じことが起こるだろう。この世のものはなんでも消えてきたのだし、これからも消えていくのだ！ ヤーコフは小屋から出て来て、戸口の敷居の前に腰をおろし、バイオリンを胸に押し当てた。失われてもう取り戻せない、損ばかりの人生のことを思いながら、彼は弾き始めた。自分でも何を弾いているのかわからないままだったが、哀れっぽく胸にぐっと迫るようなものになり、涙が頬をつたって流れだした。そして思いが強くなれば強くなるほど、バイオリンも悲しく歌った。

掛け金が一、二度きしみ、木戸のところにロスチャイルドが現れた。彼は勇気をふるい起こして中庭を半分ほど進んできたが、ヤーコフの姿を見ると足をぴたりと止め、全身を縮こまらせた。そして、きっと恐怖のせいだろう、いま何時かを指で示すようなしぐさを両手でし始めた。

「こっちにおいで、だいじょうぶだから」ヤーコフは優しく言って、彼を手招きした。「さあ、おいで！」

不信と恐怖のまなざしでヤーコフを見つめながら、ロスチャイルドは近寄ってきて、彼から一サージェン（約二・一メートル）のところで立ち止まった。

「どうかお願いですから、殴らないでください！」膝をかがめてお辞儀しながら、彼は言った。「またモイセイ・イリッチのお使いで来たんです。怖がることはないから、もう一度ヤーコフのところに行って、あんたがいなきゃどうしようもないんだって言ってこい、とまあ、こういうわけで。しゅい曜日に婚礼があるんですよ……。そうなんです！　シャポヴァーロフの旦那が娘しゃんをいいしとのところにお嫁にやるんです……。婚礼はぜいたくなものになるでしょう、そりゃあもう！」とユダヤ人は付け加え、片方の目を細めた。

「だめなんだ……」ヤーコフは苦しそうに息をしながら、言った。「病気になっちまってね、兄弟」

そして再びバイオリンを弾き始め、涙が眼からほとばしって、バイオリンの上に落ちた。ロスチャイルドは両手を胸で組み、半身になって立ち、じっと聴いていた。その顔のおびえた不審げな表情は次第に悲しく苦しげなものに変わっていった。まるで痛いほどの歓喜を味わうように、彼は白目をむいて声をあげた。「うぉおう！」涙がゆっくりと頬を流れ、緑色のフロックに滴り落ちた。

その後、ヤーコフは一日中寝たきりでふさぎこんでいた。夕方、司祭に懺悔《ざんげ》を聴いてもらうとき、何か特別な罪を犯した覚えがないか、とたずねられて、ヤーコフは薄れていく記憶の最後の力を振り絞り、またしてもマルファの不幸な顔と、犬に嚙まれたユダヤ人の絶望的な悲鳴を思い出し、ほとんど聞き取れないような声で言った。

「バイオリンはロスチャイルドにやってください」

「よろしい」と司祭が答えた。

そしていま、町では皆が不思議に思っている。ロスチャイルドのやつ、どうやってあんなにいいバイオリンを手に入れたんだろう？　自分で買ったのか、盗んだのか、それとも質草として預かっているのか？　彼はもうだいぶ前にフルートは止め、いまではバイオリンしか弾かない。その弓からは、以前フルートから響いたのと同じように哀れっぽい音が流れ出す。しかし、ヤーコフが敷居に座って弾いたものを再現しようとすると、なんだかとてもさびしく悲しいものになり、それを聴く者は涙を流し、彼自身も終いには白目をむいて「うぉおう！」と言うのだ。この歌は町で大変な人気になり、ロスチャイルドは引っ張りだこ、商人や役人に呼ばれるたびに十回は繰り返して弾く羽目になる。

民族的偏見の脱構築

「ロスチャイルドのバイオリン」は最初、『ロシア報知』紙に掲載された（一八九四年二月六日付）。人情味あふれるチェーホフの作品として日本でもたびたび翻訳され、愛読されてきた。これを高く評価する人は、ロシアにも少なくない。たとえば詩人・批評家のコルネイ・チュコフスキーは「世界の芸術が知る限り、最大の傑作の一つ」と絶賛している。しかし、この小品のどこがそれほどすごいのか理解しようとしても、なかなか一筋縄ではいかない。いかにもチェーホフらしいアイロニーが機能しているし、背後には複雑なユダヤ人問題が控えているからだ。

表題に出てくるロスチャイルド（ロシア語ではロトシリド、ドイツ語でロートシルト〔「赤い盾」の意味〕）とは、もちろん、国際的な大財閥を形成する有名なユダヤ人大富豪の苗字だが、皮肉なことにこの短篇ではそれはロシアの田舎町のしがないユダヤ人楽師の名前である。ただし、彼は主人公ではない。作品の本当の主人公は、齢《よわい》七十歳になる、これまたしがない棺桶職人のロシア人、ヤーコフ・イワノフという男だ。その彼が妻を急に亡くして初めて、自分がいかに妻に対してひどい人間だったか悟り、やがて妻を追うように自分も死を迎えるとき、それまでユダヤ人に対して抱いていた憎しみを捨て、罪滅ぼしのために自分のバイオリンをロスチャイルドに遺贈する、というストーリーには確かに読者をほろりとさせるものがある。しかし、それにしても「ロスチャイルドのバイオリン」というタイトルから、人は普通、きらびやかな富豪の生活を連想するだろうから、このタイトルのつけ方にはチェーホフ一流のひねりが利いていると考えていい。

このヤーコフという男は、金の勘定にやたらうるさく、ユダヤ人に対して強い偏見を抱いている。物語はほぼ一貫して彼の視点から語られ、地の文であっても、ヤーコフの主観的な態度や感情を反映した表現が用いられている。文体論的にはいわゆる「描出話法」（または自由間接話法）に近いものといえるだろう。だから冒頭から、町に住んでいる老人たちがなかなか死なないのでいまいましくなる、などといきなり読者を驚かせるような表現も出てくるわけだ（もちろんこれはチェーホフ本人や、物語の語り手の気持ちを表したものではなく、棺桶の注文が少なくて困るヤーコフの立場からの物言いである）。日本語訳には反映させられないのだが、そもそもこの短篇で一貫して使われている「ユダヤ人」を意味する単語「ジート」は差別語であり、この種の表現に対する規則がいまよりも緩かった当時でも活字にはあまりすべきではない語彙だった。

興味深いのは初出時にはこの「ジート」という単語は使われておらず、その代わり「イェヴレイ」という、ロシア語でユダヤ人を意味する標準的な単語が選ばれていたということで、じつはチェーホフ自身が後に著作集に入れるときに、わざわざヤーコフの偏見を反映させるために「ジート」という単語に切り替えたのだった。その他、日本語訳にはやはり反映させられなかったが、本文中でヤーコフは、ユダヤ人を罵るときの決まり文句である「疥癬《かいせん》かきの」という形容詞も使っている。

ロシア人のこのような偏見の背後には、ユダヤ人とロシア人の長い共生の歴史がある。近代ロシアにおけるユダヤ人問題の起源は、十八世紀末のポーランド分割にある。もともとポーランド領（現在のリトアニアを含む）には大量のアシュケナージ系（東欧系）のユダヤ人が住んでいたのだが、ポーランド領の大部分がロシア帝国に編入されるとともに、ユダヤ人もどっと帝国の「臣民」になり、ロシアは一躍、世界有数のユダヤ人口を抱える国となったのである。一八九七年にロシアで初めて行われた国勢調査によれば、ロシア帝国総人口一億二千四百万人あまりのうち、ユダヤ人口は五百万人を超えていた。ソルジェニーツィンの最晩年の仕事に『二百年をともに』（二〇〇一〜〇二年）と題された、全二巻あわせて千ページを超える巨大な著作があるが、これはまさにロシアにおけるロシア人とユダヤ人の「共生」の歴史を二百年にわたって辿った歴史書である。これほどの労作を完成させながら、ソルジェニーツィンが多くのユダヤ人の論客から「反ユダヤ的」だと猛批判を受けてしまったのも、皮肉なことだった。ロシアにおけるユダヤ人問題はいまだにそれほど根が深く、複雑なテーマだということを端的に示す事例だったと言えるだろう。

ロシア帝国に編入されたユダヤ人は、言語も違えば（彼らの大多数が使う口語はイディッシュ語だった）、宗教も違う。帝政ロシア時代には長いことウクライナ、ポーランドから、ベラルーシ、リトアニアといった西側周縁にユダヤ人定住地域が設定されていたが、それでもユダヤ人はロシア社会の様々な領域に次第に進出していき、それとともにロシア人との軋轢《あつれき》も増していった。ロシア人の民族主義者の多くが反ユダヤ的な姿勢を示すようになり、作家もその例外ではなかった。ロシアの大作家で「反ユダヤ主義者」としてしばしば槍玉にあげられるのはドストエフスキーだろう。彼については後にデイヴィッド・ゴルドスタインというアメリカの研究者が『ドストエフスキーとユダヤ人』（一九八一年）という一冊の本まで書いて、その偏見を徹底的に検証することになる。ただし、ドストエフスキーのために一言付け加えておくと、彼の偏見はユダヤ人にだけでなく、ドイツ人にも、ポーランド人にも同様に向けられていた。いや、彼はそもそもあまり外国人が好きではなかった、と言ったほうがいいかもしれない。

ロシアにおける反ユダヤ主義的な気分は民衆レベルにも浸透していき、それが当局に直接間接に利用される形で爆発したのがロシア語で「ポグロム」と呼ばれるユダヤ人に対する大規模略奪・虐殺である。ポグロムには一八八〇年代から一九二〇年代にかけて三つの大きな波があったが、その第一の波はウクライナ一帯で一八八一年から八四年にかけて、つまり「ロスチャイルドのバイオリン」に先立つことほぼ十年前に起こっている。偏見に満ちたロシア人ヤーコフが死ぬ前に、ユダヤ人のロスチャイルドに「兄弟」と呼びかけ、バイオリンを贈るという物語がこのように反ユダヤ主義が激化していった時期に書かれたということは忘れてはならないだろう。

帝政末期のロシア作家の中には、ユダヤ人問題に関心を示した作家も少なくないが、そのすべてがドストエフスキーのように反ユダヤ的であったわけでないのはもちろんである。赤尾光春氏の論文「帝政末期におけるロシア作家のユダヤ人擁護活動」(『ロシア語ロシア文学研究』第三十九号、二〇〇七年)が鮮やかに示しているように、哲学者のソロヴィヨフや、作家のゴーリキイ、コロレンコなどは、ユダヤ人問題を自分の問題として捉え、積極的な擁護活動を行った(少々意外なのは、トルストイがあまりユダヤ人問題を重要視しなかったということだ)。こういった流れの中で、チェーホフもまたユダヤ人問題に関心を持ち、独自のスタンスを取った。よく知られているのは、フランスで一八九四年に――つまり、ちょうど「ロスチャイルドのバイオリン」が発表された年だ――ドレフュス事件が起こった後、この事件に深い関心を示したチェーホフの態度である。一八九七年夏からフランスに滞在していたチェーホフはこの事件の新たな展開に関するフランスの新聞記事を丹念に追っており、一八九八年一月にゾラが「私は弾劾する」という有名な論文を発表してドレフュス擁護の論陣を張ったとき、彼はゾラの道徳的な高潔さを賞賛する一方で、反ユダヤ、反ゾラの姿勢をとったロシアの保守派新聞『新時代』の社主スヴォーリンを強く批判したのだった（ただし、チェーホフとスヴォーリンの付き合いはこの先も続くので、二人がこれをもって完全に絶交したとは言えない。そもそも『新時代』はチェーホフの少なからぬ作品の発表の場となったメディアであり、スヴォーリンとの縁は、たとえ思想的な溝が深まろうとも、そう簡単に断ち切れるものではなかった）。

ただしチェーホフは、例えば同時代の倦むことを知らない社会活動家として知られた作家コロレンコなどと比べるともっと冷静で、この種の社会問題に対する自分の立場の表明のしかたはもっと繊細だった。「ロスチャイルドのバイオリン」について言うならば、いくら偏見を持ったロシア人の目を通したものだといっても、ここに描かれるユダヤ人像はやはりステレオタイプ的で、ユダヤ人に対して特に好意的な印象を読者に残すとは言いがたい。しかし、チェーホフ独自の才能はちょっと不思議な方法で発揮されているのだ。この作品では最初から最後まで、金勘定ばかりしているロシア人ヤーコフの姿がほとんど戯画的に描かれている（彼が妻の棺桶代まで「損害」に繰り込むあたりは、ほとんどブラックユーモアである）。ところが、金銭に執着するとか、金に汚い、というステレオタイプは普通はユダヤ人に押し付けられるものではないか（それと対照的に、ロシア人は、お人よしで、細かい金の勘定など気にしない、というのが一般的なイメージだ）。つまりチェーホフは、ユダヤ人の特徴とされるものをロシア人に移し、まさにそのことによって、民族的偏見の根拠を切り崩すという作業を行っているのである。彼は声高に政治的主張を唱えないタイプの文人だったが、こんな微妙な方法を用いて、民族的偏見の脱構築を試みたのだ。

愛について

チェーホフが結婚したのは四十一歳のときだった。相手はモスクワ芸術座の看板女優オリガ・クニッペル、三十二歳。病身の夫は結婚後三年しか生きられなかった。妻は妊娠したが早期流産に終わったので、二人の間に子供はできなかった。不思議な結婚だった。チェーホフ自身、毎日妻と顔をつき合わせるような幸福は耐え難い、結婚するなら「僕の空に毎晩は現れないお月さまのような妻がいい」と言ったことがあるが、その願いは現実になった。結核の療養をする夫はヤルタで、女優業を続ける妻はモスクワで、離れ離れに暮らしたからだ。

そのため、二人の間にはおびただしい手紙が交わされることになったのだが、妻への手紙の冒頭で夫が用いた様々な呼びかけは、愛の証だったのだろうか。「僕のかわいい奥さん」「僕の赤ちゃん」などはまだ分かるとしても、「僕のお馬さん」「ワニ君」「シラミさん」「カワスズキ君」「ハタリス君」「ゴキブリちゃん」「マッコウクジラ君」「ムネアカヒワちゃん」「ズアオアトリ君」といった連呼は、まるで動物図鑑のようではないか。

中でも頻繁に繰り返されたのは、「僕の小犬さん」だった。「小犬」の一語は、連想を「奥さんは小犬を連れて」の世界へと誘い、愛のゆくえを占うのは難しい、と私たちを改めて嘆息させる。いつだって、すべてはこれから、というところで愛は中断されるからだ――虚構の場合も、実人生においても。

奥さんは
小犬を連れて

1

海岸通りに新顔が登場した、という話だった。小犬を連れた奥さんだという。ドミトリー・ドミートリチ・グーロフはヤルタに来てもう二週間、ここの暮らしにも慣れてしまい、新顔に興味が湧く頃あいだった。ヴェルネ菓子店のあずまや《パビリオン》に腰を下ろしていると、海岸通りを若い婦人が通っていく姿が目に入った。背は高くなく、髪はブロンド、ベレー帽をかぶっている。彼女を追って、白いスピッツが走っていった。

その後も彼は町の公園や広場で、一日に何度もその女性に出会った。彼女はいつも同じベレー帽をかぶり、白いスピッツを連れて、一人で散歩していた。彼女が何者なのか、誰も知らず、皆は単に「あの小犬の奥さん」と呼んでいた。

「もしもここに夫も知り合いもいないのなら」と、グーロフは考えをめぐらせた。「ちょっとナンパしてみるのも悪くないかな」

彼はまだ四十前だったが、もう十二歳の娘と二人の中学生の息子がいた。結婚させられたのは早く、まだ大学二年生のときで、いま妻は一倍半も年上に見えた。妻は背が高く、眉は黒々とし、背はぴんと伸び、なんだか偉そうな堂々とした風貌で、自分のことを「思索する女性」と呼んでいた。本をたくさん読み、手紙を書くときは革新的な綴りを使い、夫のことを「ドミトリー」ではなく、気取って「ディミトリー」と呼んだ。一方、夫のほうは密かに妻のことを浅はかで、了見が狭く、野暮ったい女と見なして、苦手とし、家にいるのが嫌でたまらなかった。そしてだいぶ前から浮気を始め、しょっちゅう女をこしらえていた。きっとそのためだろうか、女についてはほとんどいつも悪口になり、自分のいるところで女の話題が出ると、決まってこう言うのだった。

「最低の人種さ！」

彼にしてみれば、苦い経験を十分積んだので、女のことなど好きなように呼んでいいと思えたのだったが、それでもこの「最低の人種」なしには、ほんの二日も生きていくことができなかった。男たちといっしょにいると彼は退屈し、落ち着かず、言葉数も少なく、冷淡になってしまう。ところが、女たちに取り巻かれると生き生きとし、何を話し、どう振るまったらいいか、わかるのだった。彼の容姿にも、性格にも、そしてその天性全体に何か捉えがたい魅力的なところがあって、それが女たちを惹きつけ、誘惑した。彼はそれを自覚していたし、彼自身もまた何らかの力によって女たちに引き寄せられた。

たび重なる経験のおかげで、実際それは苦い経験だったが、だいぶ前から身に染みてわかっていた。つまり、女性と親しくなることはどんな場合でも、最初は快い気分転換になり、楽しく軽やかな冒険と思われるのだが、きちんとした人間の場合、腰が重く優柔不断なモスクワっ子の場合は特に、解きがたく非常に複雑な大問題に発展することは避けられず、しまいににっちもさっちも行かなくなるのだ。しかし、新たに魅力的な女性に出会ったりすると、いつでもこの経験はどういうわけか記憶から抜け落ち、生きる欲望が湧いてきて、すべてが単純で可笑しく見えるのだった。

そしてある日の夕方近く、グーロフが庭園で食事をしていると、ベレー帽をかぶった例の女性が急ぐ風でもなく近づいてきて、隣のテーブルに席をとった。その顔つきや足取り、服装、髪型などから察するところ、ちゃんとした家の女性で、人妻で、ヤルタに来たのは初めてでしかも一人なので、退屈している、といった様子だ。この地の風紀の乱れについて語られる噂話にはでたらめが多くて彼はばかにしていたし、そんな話はたいてい、もしも才覚さえあれば自分でも喜んでいたずらの一つもしかねない連中がこしらえたものだと承知していた。しかし、その奥さんが目と鼻の先、隣のテーブルについたとき、簡単に女を落としたとか、山へドライヴに行ったといった話が思い出され、手っ取りばやい行きずりの関係や、名前さえ知らない未知の女とのアバンチュールの誘惑に突然うずうずしてきたのだった。

彼は優しくスピッツにおいでおいでをし、犬が寄って来ると、指を一本突き出しておどす仕草をした。スピッツは唸り、グーロフはもう一度指を突き出した。

奥さんはちらりと彼のほうを見て、すぐ眼を伏せた。

「咬《か》みつきませんから」と彼女は言って、顔を赤くした。

「骨をあげてもいいですか」彼女がうなずくと、彼は愛想よくたずねた。

「ヤルタにはだいぶ前にいらっしゃったんですか」

「五日ほどです」

「ぼくはぶらぶらしているうちに、もう二週間目ですよ」

二人はちょっと黙り込んだ。

「時がたつのは早いのに、それでもここはとても退屈ですね！」彼女は、彼のほうを見ないで言った。

「ここが退屈だというのは、みんなそう言ってみるだけですよ。ベリョーフとか、ジーズドラといった田舎町の住人が、自分の町じゃ退屈しないのに、ここに来ると、『退屈だなあ！この砂埃はたまらん！』とか言うんですからね。グラナダから来たわけじゃあるまいし」

彼女は笑い出した。それから二人はまるで見知らぬ者どうしのように黙ったまま、それぞれ食事を続けた。しかし、食事がすむと並んで歩き出し、冗談まじりの気軽なおしゃべりが始まった。どこに行こうと、何を話そうとどうでもいい、といったヒマで満ちたりた人たちの会話である。二人は散歩しながら、海を染めている不思議な色について話した。実際、水はなんとも柔らかく温かい、藤色がかった色をしていて、その上に月から金色の筋が流れている。暑い昼の後むしむしする、ということも話題になった。グーロフは自分のことを話した。モスクワっ子で、大学は文学部を出ているのだが、銀行に勤めていること。そして、一度は民間のオペラ劇場で歌手になるつもりで練習をしていたが、諦めて、いまではモスクワに二軒、家を持っていること……。一方、奥さんの話からわかったのは、彼女がペテルブルク育ちなのに、結婚してS市に行き、そこでもう二年暮らしていること、ヤルタには一ヶ月ほどいるつもりで、夫も息抜きをしたがっているので、ひょっとしたら彼女を迎えがてら、後からやってくるかもしれないということだった。彼女は、自分の夫がどこに勤めているのか——県庁なのか、県議会なのか、どうしても説明できず、自分でもそれを面白がっていた。グーロフは、彼女の名前がアンナ・セルゲーヴナだということも知った。

それからホテルの部屋で、彼女のことを思った。明日もきっと、会ってくれるだろう。きっとそうに違いない。寝床に入って彼は、つい最近まで彼女が、現在の自分の娘と同じような女学生だったことに思い当たった。そして、その笑いや見知らぬ男との会話にはおずおず、ぎくしゃくしたところがまだ相当あったことを思い出した。きっと跡をつけ回されたり、見られたり、彼女にも見抜けないはずのない見えすいた下心だけから話しかけられたり、といった状況に身を置いたのは、生まれて初めてなのだろう。彼女のほっそりとした弱々しい首筋や、きれいな灰色の目が思い出された。

「それにしても彼女にはなんだかいじらしいところがあるな」と彼は考え、眠りに落ちていった。

2

知りあってから一週間が過ぎた。祭日だった。家の中は蒸し暑く、通りでは砂埃が竜巻のように巻き上げられ、帽子が吹き飛ばされた。一日中のどが渇き、グーロフはなんどもあずまや《パビリオン》に立ち寄っては、アンナ・セルゲーヴナに甘い飲み物やアイスクリームを勧めた。どこにも身の置き所がなかった。

夕方、風が少し静まると、二人は波止場に出かけて、汽船が入ってくるのを眺めた。船着場には散歩する人たちがたくさんいた。誰かを出迎えに集まってきたのだろうか、彼らは花束を持っていた。ここでも着飾ったヤルタの群衆の二つの特徴が目についた。年配のご婦人方が若づくりをしていること、そして将軍がたくさんいることだった（ロシアでは軍の将官だけでなく、高位の文官も「将軍」「ゲネラル」と呼ばれた）。

海が荒れたせいで、汽船は遅れ、日が沈んでから到着した。そして、波止場に横付けするため向きを変えるのに、長いことかかった。アンナ・セルゲーヴナは、まるで知り合いを探すように、柄付きめがね《ロルネット》を通して汽船や乗客たちを見ていた。そしてグーロフのほうを向いたとき、その目は輝いていた。彼女は口数が多かったが、つぎつぎに繰り出す質問はとぎれとぎれで、自分でも何を聞いたのかすぐに忘れてしまうのだった。それから彼女は人ごみの中で柄付きめがねを失くした。

着飾った群衆は散っていき、もはや人影も見えなくなり、風はすっかり止んだ。しかし、グーロフとアンナ・セルゲーヴナは、まだ誰かが汽船から降りてくるのではないかと待つように、たたずんでいた。いまではアンナ・セルゲーヴナも口をつぐみ、グーロフのほうを見ないで、花の匂いをかいでいる。

「夕方になって、天気が少しよくなりましたね」と、彼は言った。「さて、どこに行きましょうか。馬車で遠出でもしませんか」

彼女は何とも答えなかった。

そのとき彼は、彼女をじっと見つめ、いきなり抱きしめ、唇にキスをした。花の香りとしずくに包まれた。しかし、すぐにびくびくしてあたりを見回した。誰かに見られなかっただろうか？

「あなたの部屋に行きましょう」そっと彼は言った。

そして二人は足早に歩き出した。

部屋は蒸し暑く、彼女が日本の雑貨を扱う店で買った香水の匂いがした。いま彼女を見つめながら、グーロフは思った。「人生にはいろんな出会いがあるもんだなあ！」心にとどめた過去の思い出の中には、恋に浮かれ、たとえ束の間にせよ幸せを与えてくれた男に対して感謝する、のんきで人のいい女たちがいた。それから、たとえば妻のように、余計なおしゃべりばかりし、気取っていて心がこもらない、ヒステリックな愛し方をし、まるでそれが愛や情熱ではなく、何かもっと意味深長なものであるかのような顔をする女たちもいた。さらには、二、三人、突然獰猛な表情というか、自分が与えられるものよりも多くを人生からつかみ取り、奪い取ってしまおうというしたたかな欲望を顔にひらめかせる女たちもいた。それは若さの盛りを過ぎた、気紛れな、あれこれ文句を言わない代わりに、男を支配しようとする頭の悪い女たちだった。こういった女たちへの気持ちが冷めてしまうと、その美しさがかえってグーロフの心に憎しみをかきたて、下着のレースがウロコのように見えた。

　ところが、今度はいつまでたっても、うぶな若さにつきものの、おずおず、ぎくしゃくした様子や、ぎこちない感じが残っていた。まるで誰かに突然ドアをノックされたときのような、当惑した感じがあったのだ。アンナ・セルゲーヴナ、「あの小犬の奥さん」は、起こってしまったことに、なんだか特別な、とても深刻な、堕落に身を滅ぼしてしまったかのような態度を取った。確かにそんな様子に見え、それが奇妙で場違いだった。顔の輪郭はだらんと生気を失い、顔の両側には長い髪が垂れ、彼女は昔の絵に描かれた罪深い女（マグダラのマリア）のように物憂げな姿勢で考え込んだ。

「よくないわ」と、彼女は言った。「これであなたは、わたしを尊敬しない最初の人になってしまったのね」

　部屋のテーブルの上には、スイカがあった。グーロフは一きれ切って、ゆっくり食べ始めた。少なくとも三十分が沈黙のうちに過ぎた。

アンナ・セルゲーヴナの姿はいじらしく、まだ人生経験の少ない、無邪気でまじめな女性の清らかさを漂わせていた。ロウソクがたった一本、テーブルの上で燃えていて、かろうじて顔を照らし出すだけだったが、それでも彼女が苦しんでいることが見てとれた。

「尊敬しなくなるなんてことが、どうしてあるだろう」と、彼は聞き返した。「きみは自分でも何を言っているのか、わかっていないんだ」

「神様、お赦しください！」と彼女は言い、その目は涙でいっぱいになった。「なんてことでしょう」

「まるで弁解しているみたいだね」

「弁解なんかどうしてできるでしょう。わたしは悪い、最低の女です。自分を軽蔑するだけで、弁解なんてしようとは思いません。わたしがだましたのは夫ではなく、自分自身なの。しかもいまに始まった話ではなく、だいぶ前からなんです。うちの主人は正直でいい人かもしれません。でも、卑屈な召使なんです！　彼が職場で何をしているのか、どんな勤めなのか、わたしは知りません。でも彼が召使だってことだけはわかるわ。彼と結婚したとき、わたしはまだ二十歳で、好奇心で苦しいくらいで、なにかもっといいものが欲しくてたまらなかった。だって違った生活があるはずじゃない、とわたしは自分に言い聞かせたものです。もっと楽しく生きたい！　もっともっと、楽しく生きたかった……。好奇心に身を焼かれるようでした……。こんなことわからないでしょうね。でも本当に、私はもう自分を抑えることができなかった。わたしの身に何かが起こって、もうわたしを引き止めることはできなくなっていたの。そして、夫には病気だと言って、ここに来たんです……。ここではまるで酔っ払ったみたいに、狂ったように、ずっと歩き回っていて……それで、いまでは誰に軽蔑されてもしかたのない、下品でくだらない女になってしまったの」

グーロフにはもう退屈で、聞いていられなくなった。彼女の無邪気な調子や、あまりにも思いがけず場違いなこの懺悔《ざんげ》に、いらいらさせられたのだ。もしも彼女の目に涙がなかったなら、ふざけているのか、お芝居をしているのだと思えたことだろう。

「わからないな」と、彼は小声で言った。「どうしたいって言うんだい」

彼女は彼の胸に顔を隠し、すがりついた。

「信じてください、ね、お願いだから信じて……」彼女は言った。「わたしは正直で清らかな暮らしが好きなんです。罪深い生活なんてぞっとするわ。自分でも何をしているか、わからないの。ほら、世間の人たちはよく、魔がさしたって言うでしょう。いまのわたしもそうなんです、やっぱり魔がさしたのね」

「もういいよ、もういい」と、彼はつぶやいた。

彼はじっと動かない、おびえ切った目を見つめ、キスをし、小声で優しく話しかけた。すると彼女も少しずつ落ち着いてきて、陽気さを取りもどした。二人でそろって笑い声をあげた。

それから外に出ると、海岸通りに人影は一つもなかった。糸杉の立ち並ぶ町の光景はまったく死んだようだったが、海はあいかわらず騒ぎ、岸に打ち寄せていた。小船が一艘、波間に揺れていて、その上で灯火が眠たげにちらちら光っている。

二人は辻馬車を見つけ、オレアンダ公園に向かった。

「さっき、一階のロビーできみの苗字がわかったよ。案内板にフォン・ディーデリッツと書いてあった」と、グーロフが言った。「ご主人はドイツ人？」

「いえ、たしかおじいさんがドイツ人でしたけれど、夫は正教徒よ」

オレアンダで二人は教会の近くのベンチに腰を下ろし、黙ったまま海を見下ろしていた。ヤルタの町が朝霧を透かしてかすかに見え、山々の頂にかかった白い雲はじっと動かない。木々の葉はそよとも動かず、セミたちがやかましい鳴き声を立て、下から響いてくる単調で鈍い潮騒の音は、人間を待ち受ける安らぎと永遠の眠りについて語りかけていた。ここにまだヤルタもオレアンダもない頃から、海はそんなふうにざわめいていたし、今もざわめいているし、人間がいなくなってからもやはり同様に、無関心に鈍いざわめきを続けるのだろう。そしてこのようにずっと変わらず、人間ひとりひとりの生死にまったくお構いなしにざわめき続けていることにこそ、ひょっとしたら永遠の救いの保証、地上の生の絶え間ない運動や絶え間ない完成への歩みの保証が秘められているのかもしれない。明け方の光を浴びてとても美しく見える若い女性と並んで腰を下ろし、海や山々、雲、広々とした空など、おとぎ話のようなこの光景にうっとり魅了され、グーロフはよくよく考えてみれば、この世のすべては実際、なんてすばらしいんだろう、と思った。すばらしくないのは、われわれ人間が至高の目的や自分の人間としての尊厳を忘れ、みずから考えたり行ったりすることだけだ。

一人の男が寄ってきた。きっと警備員なのだろう。彼は二人の姿に目をとめ、立ち去った。こういうちょっとしたことも、またとても神秘的で美しく感じられた。フェオドシアからの汽船が入ってくるのが見えた。船は朝焼けに照らされ、もう灯火を消していた。

「ほら、草に露が」とアンナ・セルゲーヴナが沈黙を破って言った。

「そうだね。もう帰らなくちゃ」

二人は町に戻った。

それから毎日正午に二人は海岸通りで待ち合わせ、いっしょに軽く昼食をとり、夕食もともにし、散歩し、海に見とれた。彼女はよく眠れないとか動悸がするなどとこぼし、時には嫉妬に、時には彼が十分尊敬してくれないという不安に苦しめられて、いつも同じ質問ばかり繰り返した。そして広場や公園で、近くに誰もいないとき、彼はだしぬけに彼女を引き寄せ、熱いキスをするのだった。だらだらしきった生活、誰かに見られないかとびくびくしながらする白昼のキス、海の匂い、絶え間なく目の前にちらつく、着飾って満足しきった暇人たちの姿。それらのせいで、彼はまるで生まれ変わったみたいだった。彼はアンナ・セルゲーヴナに、きみはなんてきれいなんだ、なんて魅惑的なんだ、と言い続け、抑えられない情熱に燃え、一歩も彼女から離れようとしなかった。一方、彼女はしばしば考え込むようになり、あなたはわたしのことなんて尊敬していない、ちっとも愛していない、わたしのことを下品な女として見ているだけよ、白状しなさい、と絶え間なく彼に迫るのだった。ほとんど毎晩、二人は郊外のどこかに——オレアンダとか、滝に——出かけた。こういった遠出はいつもうまくいき、毎回決まってすばらしく厳粛な印象が残った。

夫が来るはずだった。ところが来たのは、夫からの手紙だった。目の具合が悪くなったので、どうか早く帰ってきて欲しい、という内容である。アンナ・セルゲーヴナはせかせかした。

「わたしが帰るのは、いいことだわ」と、彼女はグーロフに言った。「これがきっと運命なのね」

彼女は馬車で出発し、彼は送って行った。まる一日がかりの道のりだった。急行列車に乗り込んで、二度目のベルが鳴ったとき、彼女は言った。

「もう一度、顔を見せてちょうだい……。ね、もう一度見せて。そう、これでいいわ」

彼女は泣かなかったけれど、病人のようにふさぎこみ、顔を震わせていた。

「あなたのことを考え……思い出すわね」彼女は言った。「どうかお元気で。わたしのこと悪く思わないでね。これが永遠のお別れ。そうでなくちゃいけないわ、だってわたしたち、そもそも会うべきじゃなかったんですから。それじゃ、体に気をつけて」

汽車はあっという間に遠ざかり、やがてその灯火も消え、すぐに轟音も聞こえなくなった。まるで、すべてが示し合わせてこの甘美な忘我状態、この狂おしい恋心を少しでも早く断ち切ろうとしているかのようだった。そして、ホームに一人残され、暗い彼方を見つめながら、グーロフはたったいま目覚めたような気分で、キリギリスの鳴き声と電線の唸る音に聞き入った。そして、こう考えたのだった。こうして人生にまた一つのアバンチュール、冒険が加わり、それはやはり終わってしまった。いまや思い出が残るだけ……。彼は心を揺り動かされ、悲しくなり、軽い後悔の念を味わっていた。この先もう二度と会うことのないあの若い女は、おれといっしょにいても幸せではなかった。確かに愛想よく、優しくしてやったけれど、彼女に対する態度や口調、そして愛撫には、いかにもモテる男らしい――しかも女よりもほとんど二倍も年上じゃないか――軽いあざけりの調子や、ちょっとがさつな思いあがりが透けて見えていただろう。彼女はずっとおれのことを、いい人とか、人並みはずれた気高い人などと呼んでいたが、してみるとどうやら、おれは実物とは違うふうにあの女に見えていたんだろう。つまり、心ならずもだましていたことになる……。

駅にはもう秋の匂いが漂っていた。ひんやりと涼しい晩だった。

「おれも北に戻る潮時だ」と考えながら、グーロフはホームを後にした。「そろそろ帰らなくちゃ」

3

モスクワの家はもうすっかり冬模様で、暖炉も焚かれていたし、毎朝これから学校に行こうという子どもたちがお茶を飲んでいるときはまだ暗く、乳母がしばらくの間、灯をともさなければならなかった。もう零下の厳寒が始まっていた。初雪が降り、初めて橇に乗る日には、白い地面や白い屋根を見るのが快く、柔らかく気持ちよく息ができた。こういう時節には、若かった日々が思い出されるものだ。霜で白くなった菩提樹や白樺の老木には、いかにも人の良さそうな表情があって、糸杉や棕《しゅ》櫚《ろ》よりもずっと親しみが持てた。そういった木々のそばにいると、もう山や海のことなど考えたくもなくなる。

グーロフはモスクワっ子で、モスクワに帰ってきたのはよく晴れて凍てついた日だった。そして毛皮外套を着て、温かい手袋をはめペトロフカ通りをぶらついたり、土曜日の夕べの鐘の音を聞いたりすると、最近の旅行も、行ってみた土地も、すっかり魅力が失せてしまった。しだいに彼はモスクワ生活にべったり浸るようになり、いまではもう毎日三種類の新聞をむさぼり読んでいるくせに、いやあ、ぼくはモスクワの新聞は原則として読まないんです、などと言うのだった。いまではレストランやクラブに心惹かれ、食事やパーティに呼ばれるのが楽しかった。そして、自宅に有名な弁護士や俳優がよく来ることや、医師クラブで教授を相手にトランプをするのが嬉しくてしかたなかった。いまでは肉スープをまるまる鍋一つ分、平らげることもできた。

きっと、ほんの一月もすれば、アンナ・セルゲーヴナは記憶の中で霧に包まれ、いじらしい微笑を浮かべてときどき夢に現れるだけになってしまうだろう、他の女たちがそうして夢に現れるのと同様に。ところが実際は、一月以上過ぎ、真冬になっても、アンナ・セルゲーヴナと別れたのがつい昨日のように、すべてがはっきりと記憶に残っていた。そして思い出はめらめらと燃えあがった。夜の静けさのなかで予習する子どもたちの声が書斎まで聞こえて来ても、レストランで歌やオルガンの演奏を耳にしても、はたまた壁炉の中で吹雪が唸り声をあげても、たちまちすべての記憶が蘇るのだった——波止場での出来事、山に霧のかかっていた早朝のこと、フェオドシアから来た汽船、繰り返されたキス。彼は長いこと部屋の中を歩き回りながら、思い出したり、にっこり微笑んだりした。やがて思い出は空想に変わっていき、想像のうちに過去が未来と混じり合うようになった。アンナ・セルゲーヴナは夢にはもう現れなくなり、その代わりどこへでも影のようについて来て、彼を見守っていた。目を閉じると、まるで生身のような彼女の姿がまざまざと浮かんだ。しかもそれは、以前よりもっと美しく、若々しく、優しく見えたのだ。また彼自身もヤルタにいた頃より、男前があがったような気がした。毎晩彼女は書棚の中から、壁炉の中から、部屋の隅から、じっと彼を見つめ、息づかいや優しい衣ずれの音まで聞こえた。街に出ると彼は女たちの姿を目で追って、似た女がいないかと捜すのだった。

やがて自分の思い出話を誰かに聞かせたくてうずうずするようになった。しかしわが家で浮気の話などできないし、家の外にも話し相手がいない。まさか借家人に聞かせるわけにもいかず、銀行で話をするわけにもいかない。それに、いったい何を話せばいいのだろう。あれは愛だったのだろうか？　アンナ・セルゲーヴナとの関係には、何か美しいもの、詩的なもの、ためになるもの、あるいは単に面白いものでもいいが、そんなものがあったのだろうか？　そこで漠然と恋愛や女性一般の話をせざるを得なくなったのだが、誰もその真意を察してくれず、ただ妻だけが黒い眉を動かして、こう言うのだった。

「ディミトリー、あんたには二枚目の役は似合わないわよ」

ある夜ふけのこと、遊び仲間の役人と医師クラブを出てきたとき、彼は我慢しきれず切り出した。

「この前ヤルタでねえ、それは魅力的な女と知り合いになったんですよ！」

役人は橇に乗りこみ、馬を走らせかけたが、不意に振り返って彼の名を呼んだ。

「ドミトリー・ドミートリチ！」

「何ですか？」

「先ほど言われたことは本当ですよ。あのチョウザメにはちょっと臭みがありましたね！」

こんな普通の言葉が、なぜかグーロフをかっとさせ、いかにも下劣で不潔なものに思われた。何という野蛮な暮らしぶり、何という人たちなのだろう！　何という無意味な夜の連続、なんてつまらない、取るにたらない毎日だろう！　無茶苦茶な賭けトランプ、暴飲暴食、いつもいつも同じことをめぐる会話。何の役にも立たない仕事や同じことをめぐる会話のために、一番いい時間と最良の力を奪いとられ、結局残るのは、尻切れとんぼで翼もない生活、なんだかばかげたことだけだ。しかし立ち去ることも、逃げ出すこともできない。まるで閉鎖病棟か、囚人部隊に入れられたみたいだ！

グーロフは一晩中眠れず、憤慨していたので、次の日は一日じゅう頭が痛かった。その次の夜も、また次の夜もよく眠れず、寝床の上に起き上がってずっと考えこんでいたり、部屋を隅から隅まで行ったり来たりした。子どもたちにもうんざり、銀行にもうんざりだった。どこにも行きたくなく、何の話もしたくなかった。

十二月の休暇の季節になると彼は旅行を思い立ち、ある若者の就職の世話をしにペテルブルクに行くと妻には言って、実際にはS市に向かったのだった。何のために？　自分でもよく分からなかった。ただアンナ・セルゲーヴナの顔を見て話がしたい、もしもできたら、二人だけの時間を過ごしたい、と思ったのだ。

朝方S市に着いたグーロフは、ホテルでいちばんいい部屋をとったが、床には軍隊で用いるような灰色のラシャが敷きつめてあったし、デスクの上には、埃をかぶって灰色に見えるインク壺があった。インク壺には、帽子を持った片手を高く上げた騎馬像がついていたが、首は欠けていた。ホテルのドアマンがいろいろ大事なことを教えてくれた。フォン・ディーデリッツはスタロ・ゴンチャールナヤ通りの持家に住んでいて——それはホテルから近いこと、裕福ないい生活をしていて、馬を何頭も持っていること、この町では誰もが知っている人であること。ドアマンは「ドルィディリッツ」と発音していた。

グーロフは慌てずにスタロ・ゴンチャールナヤ通りに行き、目当ての家を探しあてた。ちょうど建物に向きあうように、釘を植え付けた灰色の塀が長々と連なっている。

「こんな塀なら、逃げだしたくもなるさ」グーロフは、窓と塀にかわるがわる目をやりながら考えた。

さまざまに思いめぐらした。今日は、役所が休みだから、きっと夫は家にいるだろう。それに、どっちにしろ、いきなり中に入ってびっくりさせるのも失礼だろう。手紙を届けたとしても、夫の手に渡ったら、それこそ大変なことになる。偶然のきっかけを当てにするのがいちばんだ。そこで通りをぶらついたり塀づたいに歩いたりしながら、その偶然を待ち受けた。物乞いが一人、門の中に入っていき犬に吠えられるのが見えた。やがて一時間ほどすると、ピアノを弾くのが聞こえ、弱々しくおぼろげな音色が響いてきた。きっとアンナ・セルゲーヴナが弾いているのだろう。不意に正面のドアが開いてお婆さんが出てきたと思ったら、そのあとを追って走ってきたのは、例の白いスピッツだった。グーロフは犬の名を呼ぼうとしたが、急に心臓がどきどきし、興奮のあまりスピッツの名が思い出せなかった。

歩きまわっているうちに、グーロフはだんだんその灰色の塀が憎らしく思えてきた。そして苛々しながら、アンナ・セルゲーヴナはおれのことなんか忘れてしまったんだ、ひょっとするともう別の男と楽しくやっているんじゃないだろうか、若い女が朝から晩までこんな忌々しい塀を眺めていなければならないとしたら、それも無理からぬ話じゃないか、などと考えるようになっていた。ホテルの部屋へ帰ると、何もするべきことがないまま長いことソファにすわっていたが、やがて食事をし、それから長時間眠った。

「じつにばかげているし、落ち着かない」彼は目を覚まし、暗い窓のほうを眺めて思った。もう夜になっていた。「どういうわけか、ずいぶんぐっすり寝たもんだ。いったいこんな夜中に何をしようっていうんだ？」

病院で見かけるような安物の灰色の毛布がかかったベッドの上に身を起こし、忌々しげに自分をからかった。

「小犬を連れた奥さんとはねえ……とんだアバンチュールだ。……それがこのざまじゃないか」

その日の朝、駅に着いたとき目に飛びこんできたのは、とても大きな字で書かれたポスターで、『ゲイシャ』が初演されるというものだった。グーロフはそれを思い出して、劇場に行くことにした。

「彼女なら初演を観に行きそうじゃないか」と考えたのである。

劇場は大入り満員だった。地方の劇場ならたいていどこでも同じだが、ここでもシャンデリアの上はかすみ、天井桟敷はがやがやしている。一階席の最前列では、地元のダンディたちが手をうしろに組んで立ちはだかり、芝居が始まるのを待ちかまえている。この劇場でも、県知事のボックス席でいちばん目立つところにすわっているのは毛皮《ボア》を首に巻いた知事の娘で、知事自身はといえば、遠慮深くカーテンのかげに身を隠し、手が見えているだけだった。幕が揺れ、オーケストラが長いこと音合わせをしている。グーロフは、観客がぞろぞろ入ってきて席につくのをずっと食い入るように眺めて、彼女の姿を捜した。

アンナ・セルゲーヴナも入ってきて、三列目に腰をおろした。その姿を見るなりグーロフは胸が締めつけられ、今これ以上親しく愛おしく大切な人はこの世のどこにもいないということがはっきりとわかった。田舎じみた人々のなかに溶けこんでいるこの小柄な女、どこにも目だったところなどなく、安っぽい柄付きめがね《ロルネット》を手にしているこの女が、いまとなっては生きるすべてであり、悲しみであると同時に喜びでもあり、自分のために望むたったひとつの幸せでもあった。グーロフは、下手なオーケストラや俗悪でくだらないバイオリンの音を聴きながら、アンナはなんてきれいなんだろう、と思った。そう思いながら想像を膨らませるのだった。

アンナ・セルゲーヴナといっしょに劇場に入ってきて隣にすわった若い男がいた。頬ひげを少し生やしており、とても背が高くて猫背だ。一歩踏みだすごとに首を縦に振るので、たえまなくお辞儀をしているように見える。おそらく、彼女があのときヤルタで苦々しい感情にかられて「召使」呼ばわりした夫にちがいない。たしかに、そのひょろりとした姿や、頬ひげや、少し禿げあがった頭には、どことなく召使を思わせるような控えめなところがあり、人に媚びるような笑い方をするし、学位章か何かをボタン孔につけて光らせているところなどは、まさにボーイが胸にする番号札のようだった。

最初の幕間になると、夫はタバコを吸いに出ていき、彼女はそのまま客席に残った。やはり一階の席にすわっていたグーロフは、彼女に近づき、無理してにこやかな顔をしながら震える声で言った。

「こんばんは」

彼女は、グーロフの顔を見るとさっと青ざめ、やがてぞっとしたようにもう一度彼の顔を見上げたが、自分の目が信じられず、両手で扇と柄付きめがね《ロルネット》をいっしょくたにぎゅっと握りしめた。卒倒してしまわないよう自分自身と闘っているのだろう。二人とも口をきかなかった。彼女はすわっており、彼は立ちつくしていた。彼女があまりに動揺しているため、恐れをなしたグーロフは思いきって隣に腰かけることもできずにいたのである。音合わせのバイオリンとフルートが鳴り始めると、どのボックスからもじっと見られているような気がして、急に恐ろしくなった。でも、とうとう彼女が立ちあがり、急ぎ足で出口のほうに行ったので、彼もそのあとを追った。そして二人は、でたらめに廊下を歩きまわり、あてもなく階段を昇ったり降りたりした。目の前を、裁判官や学校の教師や御料地管理人の制服を着た人たちが、現れては消えていく。いずれも徽章《きしよう》をつけている。女性たちやハンガーにかけられた毛皮コートも現れては消えていく。隙間風が吹いて、吸いさしのタバコの臭いを吹きつけられることもある。そして、心臓が激しく打っているのを感じて、グーロフは思うのだった。

「まったく！　この連中は何のためにいるんだ、あのオーケストラは何のためにあるんだ……」

そのとき不意に、あの晩のことが思い出された。駅でアンナ・セルゲーヴナを見送ったあと、何もかも終わった、もう二度と会うことはあるまい、と自分に言い聞かせたのではなかったか。ところが、それまではまだなんと遠いのだろう！

「桟敷席入口」と書かれた狭く薄暗い階段で、彼女は立ちどまり、

「びっくりさせられた！」と苦しげに喘《あえ》ぎながら言った。まだ真っ青で、ショックを隠しきれない様子だ。「ほんとにびっくりさせられました！　死ぬかと思った。どうしてこんなところにいらしたの？　何のため？」

「でもわかってください、アンナ、お願いです……」グーロフは焦り、ひそひそと言った。「どうかお願いですから、わかってください……」

彼女は、怯《おび》えたような、すがるような、愛情の入りまじったような表情で彼を見つめた。相手の面影をなるべく強く記憶に刻みつけようと、じっと見つめた。

「とても苦しいんです！」グーロフの言うことには耳を貸さずに、彼女は続けた。「いつでも考えることはあなたのことばかり。あなたのことだけ思って生きていました。忘れたい、忘れたいと思っていたのに、どうして、どうしてこんなところにいらしたんです？」

上の踊り場で、中学生が二人タバコを吸いながら下を見ていたが、グーロフにはもうどうでもよかった。アンナ・セルゲーヴナを引き寄せると、その顔や頬や手にキスをし始めた。「何をするの、何をするの！」恐ろしさのあまり、彼女はそう言いながらグーロフを押しやった。「わたしたち、気が変になったのね。今日じゅうにここを発ってください、いますぐ発って……神かけてのお願いです、どうかお願い……誰か来る！」

階段を下からあがってくる者がいる。

「いまは帰らなくちゃだめ……」アンナ・セルゲーヴナは囁くように続けた。「ね、ドミトリー・ドミートリチ？　わたしがモスクワに行きますから。わたしはいままで一度も幸せだったことはないの。いまも幸せじゃないし、これからだってぜったい幸せになれない、ぜったい！　これ以上わたしを苦しめないでください！　約束します、モスクワに行きますから。でもいまはお別れよ！　わたしの愛しい人、大事な人、素敵なあなた、とりあえずお別れしましょう！」

彼女はグーロフの片手をぎゅっと握りしめると、彼のほうを何度も何度も振りかえりながら、急いで階段を降りていった。その目を見ても、彼女が実際に幸せではないことがわかった。グーロフはしばらくその場で耳をすましていたが、やがて何の物音も聞こえなくなると、コートを置いたところを探しあて、劇場を後にした。

4

それからというもの、アンナ・セルゲーヴナは彼に会いにモスクワへ行くようになった。二、三ヶ月に一度、S市を出るときは、婦人病のことで大学教授に診てもらうのだと夫に言っていたが、夫は信じているようでもあり信じていないようでもあった。モスクワに着いてホテル「スラヴャンスキイ・バザール」にチェックインし、すぐにグーロフのところへ赤帽子の使いをやって知らせると、グーロフが会いに来る。モスクワの誰にも知られることはなかった。

ある冬の朝も、やはり同じようにして彼はホテルをめざしていた（使いは前の晩に彼のところにやってきたが、あいにく留守にしていたのだ）。ついでに娘を中学まで送っていってやろうと思い、連れだって歩いた。学校はちょうど道の途中にあったのである。湿ったぼたん雪が降りしきっている。

「いまは気温が三度あるのに、それでも雪が降っているね」とグーロフは娘に話しかけた。

「でも、暖かいのは地表だけで、空のずっと高いところは、まったく違う気温なんだよ」

「パパ、じゃ、なんで冬は雷が鳴らないの？」

それも教えてやった。彼は話しながら考えをめぐらせていた。こうしておれはいまデートに行くところだが、それを知る者は誰一人いないし、たぶんこれからも知られることはないだろう。おれには生活が二つある。片方は公《おおやけ》にできる生活で、必要とあらば誰に見せても知らせてもかまわない。約束事の真実と約束事のまやかしだらけで成りたち、知人や友人の送っている生活とどこも違いはない。もう一方は秘密にしている生活だ。いろいろな事情がなぜか奇妙に重なり、いや、偶然に重なってのことだろう、大切で面白く必要だと思うもの、誠実でいられ自分を欺《あざむ》かずにいられるもの、自分の生活の「核」をなすものは、すべて人には秘密にしておかなければならない。逆に、真実を隠すためにまとう外面《そとづら》やウソ、たとえば銀行勤めとか、クラブの議論とか、「最低の人種」という口癖とか、妻同伴で祝賀会に行くなどといったことは、どれもこれもすべて人目を気にする必要がないのだ。そしてグーロフは、自分を基準にして他人のことを判断したので、目に見えるものを信用しなかったし、それぞれ人には、夜のとばりに包まれるように秘密のベールに覆われた、その人本来の最も興味深い生活があるのだといつも考えていた。誰の私生活も秘密の上に成り立っている。もしかすると、教養人が個人の秘密は尊重しなければならないとひどく神経を尖《とが》らせるのは、そのせいもあるのかもしれない。

娘を学校に送り届けると、グーロフはホテル「スラヴャンスキイ・バザール」に向かった。

一階で毛皮コートを脱ぎ、上にあがって、ドアをそっとノックした。彼の好きなグレーのドレスを着たアンナ・セルゲーヴナは、長旅と待遠しさとで疲れはてているようだ。なにしろ前の晩から待ち焦がれていたのだから。蒼い顔をして、彼の姿を見てもにこりともしなかったが、彼が部屋に入ったとたん、胸にしがみついていた。二人は、まるで二年ほども会わずにいたかのように、延々と長いキスをした。

「どう、元気だった？」と彼は聞いた。「変わりない？」

「待って、いま話すわ……だめ」

泣いていて、話せないのだ。顔をそむけて、ハンカチを目に押し当てている。

「少し泣かせておこう。しばらくじっとしているか」と彼は考え、肘掛け椅子に腰を下ろした。それから呼び鈴を鳴らし、お茶を持ってくるよう頼んだ。その後彼がお茶を飲んでいる間も、彼女はあいかわらず立ったまま、窓のほうに顔をそむけていた……。気が高ぶり、二人の人生がこんな悲しいなりゆきになったことを思うと、胸が張り裂けそうで泣けてしまうのだ。会うときはいつも人目を忍ばなければならないし、泥棒みたいに世間から身を隠していなければならないなんて！　これでもわたしたちの人生、破綻してないって言えるの？

「さあ、泣くのはやめよう！」と彼は言った。

この恋がまだ当分終わりそうにないことは、彼にははっきりわかっている。いつ終わりが来るのか見当もつかなかった。アンナ・セルゲーヴナはますます強く彼に惹かれ、熱愛するようになっている。だから、いつかかならず終わるはずだ、などと彼女に告げることは考えられなかった。そんなことを言ったところで、信じるわけがなかった。

彼は彼女のそばに行き、優しく愛撫して冗談を言うため両肩を摑んだ。そのとき、鏡に映った自分の姿がふと目にとまった。

髪がもう白くなり始めている。この数年間でこんなに年をとり、こんなに男前がさがったということが、不思議に思えた。彼がいま手を置いている両肩は温かく、小刻みに震えている。まだこんなにも温かく美しいこの生命に同情を感じたが、たぶん、もうまもなく彼の生命と同じく色褪《いろあ》せ、しおれ始めることだろう。どこが気に入って彼女はこれほど愛してくれるのだろう？　女たちの目に映るグーロフは、本来の彼の姿ではなかった。彼女たちは生身の彼を愛したのではなくて、彼のなかに、自分たちの想像で作りあげた男、生涯をかけて夢中で探し求めた男を夢見て愛したのである。やがて女たちは、自分の思い違いに気づくのだが、それでも愛し続けてくれた。それなのに、彼といて幸せだった女は一人もいない。時の過ぎるままに、グーロフは女たちとつぎつぎに知り合い、親しくなっては別れた。しかし愛したことは一度もなかった。ほかのものなら何でもあったが、愛だけはなかった。

それがやっといま、髪が白くなりかけてちゃんとした本当の愛を知ったのだ――生まれて初めての愛を。

アンナ・セルゲーヴナと彼はとても近しい身内のように、まるで夫と妻のように、優しい親友のように愛し合っていた。運命そのものが、二人を互いの相手として定めていたような気がしたほどだ。それなのに、どうして彼には妻がいて、彼女には夫がいるのか、理解できなかった。まるで雄と雌の二羽の渡り鳥が捕らえられ、別々の籠に入れられたようなものだった。彼らはそれぞれの過去の恥ずかしいことを赦しあい、現在のすべてを赦し、この愛こそが二人をともに変えたのだと感じていた。

以前、気がふさぐときに彼は、頭に浮かぶかぎりのあらゆる理屈で自分を慰めたものだが、いまでは理屈どころではなかった。彼は深い同情を感じ、誠実で優しくありたいと願った。

「もう止めようよ、さあ」と彼は言った。「ちょっと泣いたら、もうたくさん……。今度は話をしよう。うまいやりかたでも考えてみようじゃないか」

それから二人は長いこと相談を続けた。いったいどうしたら、人目を忍び、世間をだまし、長いこと会えずに別々の町に暮らさなければならない状態から解放されるのか、話し合ったのだ。どうしたらこの耐えがたい枷《かせ》から身を振りほどけるだろうか。

「どうしたら？　どうしたら？」と彼は頭をかかえ、問いかけた。「どうしたら？」

すると、あとほんのちょっとで、答えが見つかるような気がするのだった。そうしたら新しくすばらしい生活が始まるに違いない。しかし、二人にははっきりわかっていた。終わりまではまだまだ遠く、いちばん面倒でいちばん難しいところは、やっと始まったばかりなのだ。

小犬を連れた奥さん、それは私よ！

ここに訳出した「奥さんは小犬を連れて」は、従来、日本では「犬を連れた奥さん」というタイトルで広く知られてきた作品である。チェーホフの数ある短篇のなかでも一番有名なものの一つだろう。いささか大胆というか、長年のチェーホフの愛読者からは顰蹙《ひんしゅく》を買いそうなこのタイトル改変の意図については後に回すとして、まず作品の成立事情や発表当時の評判から始めることにしたい。

初出は『ロシア思想《ルースカヤ・ムイスリ》』誌一八九九年十二月号。手帖のメモなどを見ると、構想の発端は二、三年前にさかのぼるようで、一八九八年前半と思われるメモには、「ズロースのレースはまるでトカゲの鱗《うろこ》のようだった」という印象的な比喩が見受けられる（作品中ではグーロフの女性遍歴回想に、この比喩が登場する）。しかし、実際に作品が書かれたのは、一八九九年の九月から十月にかけて、チェーホフがちょうどヤルタに買った土地に家を建て、その新居に住み始めた直後のことである。若い頃から肺結核を患っていたチェーホフは、モスクワ郊外のメリホヴォの屋敷を処分して、療養のため、気候の温暖なヤルタに暮らすことにしたのだった。

作品の舞台となるのも、まさにこのヤルタだ。現在は独立したウクライナの領土に入っているが、クリミア半島南端に位置するこの風光明媚《ふうこうめいび》な町は、十八世紀末にロシア帝国領になり、ロシア人の保養地として栄えてきた。とはいうものの、交通がまだ発達していなかったチェーホフの時代に、モスクワからヤルタに行くのは容易ではなかった。ヤルタには鉄道が通じていなかったから（いまでもこの町には鉄道も空港もない）、一番近いシンフェローポリの駅から馬車で行くか、黒海の海路をとることになり、少なくともまる二日はかかったはずである（作品中でヤルタを去るアンナ・セルゲーヴナをグーロフが駅までまる一日かけて送っていくというのも、そういう事情による）。

実際にここに暮らしていたチェーホフは、作品のディテールの多くを自分の目で見たヤルタやその近郊から取っている。だからこの小説は、細部にいたるまで現実に基づいているという意味で「リアル」である。例えばヤルタの西方六キロほどの郊外にあるオレアンダ（かつての皇帝の領地で公園になっていた）には、実際、ベンチも教会もあった。そして日本の読者にとって興味深いのは、当時のジャポニスム（日本趣味）の流行を反映して、日本に関するディテールも登場するということだ。作中には、アンナ・セルゲーヴナが日本の雑貨を扱う店で香水を買ったというくだりがあるが、当時、ヤルタの海岸通りには実際に、日本の工芸品などを扱う店が二軒あったし、チェーホフ自身一八九九年にそこで日本製の「六角形の黒いテーブル」や、小戸棚、花瓶などを買っている。またこれはヤルタではなく、アンナ・セルゲーヴナの住むS市でのことだが、『ゲイシャ』が上演されたとされている。これはイギリスの作曲家シドニー・ジョーンズによって一八九六年に書かれたオペレッタで、ロシアではモスクワで一八九七年にロシア語訳で初演されている。だから『ゲイシャ』は当時のロシアでは、最新流行の、「リアル」なものだったのである。

しかし、現実に源泉を持つのは、なにもこういった事物や芸術作品だけではない。なんといっても、興味深いのは、この作品のヒロインのプロトタイプが現実にいたのか、という問題だろう。この点については昔からいろいろ議論があるようで、ヤルタのチェーホフ家の家政婦だった女性は、実際に犬を連れたご婦人が散歩しているのをチェーホフが見かけ、「ほら、小犬を連れた奥さんだ」と言ったという回想を残している。この「小犬を連れた奥さん」が誰だったかも突き止められているのだが、実際に彼女が本当にアンナ・セルゲーヴナのモデルであったかどうかは疑わしい。

それよりも注目すべきは、同時代の証言を見ると、この作品が発表されるやいなや、ヤルタの町ではこれこそが「奥さん」だ、というモデルが「発見」され、モデルとされたご本人もそれがまんざらではなかったらしく、「チェーホフ先生に私の日記を読んでいただきます。先生は女性のハートの秘密や、病んだ女性の魂の感情を見事に理解されています!」などと言っていたらしい。その後、さらに別の女たちが続々と「私こそ犬を連れた奥さんよ!」と登場してきたのだとか。なんとも愉快な話ではないか。

それは要するに、この作品が当時からたいへんな評判をとっていて、人気が高かったことの証拠でもあるのだが、肝心の批評家たちの反応はどうだったのだろうか。当時の数多い批評を見ると、絶賛もあるけれど、意外なことに否定的なものも少なくない。不倫を描いた不道徳なものだと眉をひそめた保守派もいれば、自分の幸福のために戦う能力のない主人公の「軟弱さ」を批判したスカビチェフスキーのような社会派(元ナロードニキ系)の批評家もいた。さらに、小説作法の面から、特に結末を批判して、この短篇が「断片的」な印象を与える不完全なものだと不満を述べる向きもあった。「断片的なスケッチ、まだ書き上げられていない長篇の冒頭の数章」のようにしか見えない、という批判もあったが、それは的外れというよりは、チェーホフの小説作法の斬新さに批評家たちさえも戸惑ったことの現れと考えるべきだろうか。

実際、一番大事なことはこれからだと言って、いきなり読者を投げ出すような「開かれた」結末は、多くの読者を当惑させた。ペテルブルク在住のチェーホフの愛読者であるレーミゾワという女性は、是非続篇を書いてください、とチェーホフに手紙でリクエストしたほどだ。彼女は図々しくも、「あなたは自分の登場人物たちをいわば、彼らの人生の一番危機的なときに置き去りにしてしまいました。続篇を書くのはたぶん気が進まないでしょうから、せめてご自身がグーロフの立場にいたら、この先どんな風に行動するか、ほんの数行でも書いていただけないでしょうか」などと、作家本人にねだっている。実は私自身もある文学講座の期末レポートのために、「この後、アンナとグーロフの関係はどうなるか？　続篇を構想せよ」という課題を出したことがあるのだが、これは受講者たちには相当な難問だった。チェーホフは想像するための手がかりを与えず、本当に読者をいきなり放り出してしまっているようなところがあるからだ。

問題の解決も善悪の価値判断も押し付けない、というのはいかにもチェーホフ的だが、おそらくその点に苛立ったのが、トルストイである。「かわいい」を絶賛したトルストイも、この作品に対しては全面否定で、日記にこんな風に書き込んでいる。「チェーホフの『奥さんは小犬を連れて』を読んだ。このすべてはニーチェだ。善と悪を区別するはっきりとした世界観を自分のうちに作り上げられなかった人々だ。自分たちは善悪の彼岸にいると思いながら、じつは此岸《しがん》に残っている。つまりほとんど動物みたいな存在なのだ」

実際、この小さな作品には（チェーホフ本人はひょっとしたら夢にも思わなかったことかもしれないが）何かを超えてしまったような輝きがある。ゴーリキイがこの作品を絶賛したのは有名な話だが、彼はおそらく「超えてしまった」存在としてのチェーホフを直感的に感じとっていたのではないか。一九〇〇年一月に彼がチェーホフに宛てた手紙には、こんな風に書いてあった。「あなたの『奥さん』を読みました。自分が何をしているか、ご存知ですか？ リアリズムを殺そうとしているんです。そして、すぐに殺してしまうでしょう――完全にその息の根を止め、長いこと生き返らないように。この形式の寿命が尽きていることは事実です！ あなたより先には誰もこの道を行くことができません。誰もあなたのように、これほど単純な物事についてこれほど単純に書くなんてことはできません」

そして、この評価をさらに推し進めたのがウラジーミル・ナボコフだった。この短篇について詳細に分析しながら、彼は「ここには引き出すべき道徳も、受け止めるべき主張も存在しない」「高貴なものと低俗なものの違いが存在しない」「現実的な結末が存在しない」といった特徴を数え上げ、それをすべて肯定的に評価して、「かつて書かれたもっとも偉大な短篇小説の一つ」であるとまで言っている（『ロシア文学講義』）。そして、ナボコフ自身の短篇のおそらく最高傑作である「フィアルタの春」は、じつはチェーホフのこの作品に対するオマージュであり、またそれを乗り越えようとした試みとして読むことができるのだ。ナボコフが作り出した架空の地名「フィアルタ」は明らかにヤルタと響きあっている。マクシム・シュライヤーという研究者がすでに見事に解明しているように、この二つの作品を比較するとたいへん面白い並行関係があることがわかるのだが、その点についてはまた別の機会に譲ることにしよう。

さて、最後に小説のタイトルに戻る。新たな邦題を試みたのは、別に奇を衒《てら》ったわけではない。原題はДама с собачкой（ダーマ・スサバーチカイ）といって、これはヤルタの暇人たちがアンナ・

セルゲーヴナに与えた一種のあだ名である。だから、そこに優雅さや気品だけでなく、ワイドショー的な華やかさや俗悪さも見るべきではないか（チェーホフは卑俗なものと高尚なものを区別しなかった）。それから、日本語に訳すと決定的に失われてしまう言葉の響きやリズムの問題もある。原題は五音節からなり、母音は強弱の違いはあるがすべて〔ア〕である。第一および第四音節が強くて長めに発音するア、それ以外は弱いアで、詩学はダクチリと呼ばれる強弱弱のリズムになっている。また文法的な問題もある。ロシア語の原題の真ん中に現れるc一文字だけの単語は英語のwithに相当する前置詞で、「〜をともなった」の意味である。だからこのタイトルを普通の日本語にしようとするとどうしても「小犬を連れた奥さん」といった、原文の語順を転倒させた言い方になってしまう。私はこの翻訳くさい不自然さがなんとかならないものか、原文の語順（重要な単語の現れる順）を保持できないか、と長いこと思っていた。少なくとも、みんなが喜んでつけたあだ名が「犬を連れた奥さん」というのでは、散文的で面白みがなさすぎる。

そういったいくつかの要素を考え合わせて、新しいタイトルにたどり着いたわけで、これが従来のタイトルを一掃すべき正しいものだなどというつもりはない（これでは呼び名にはならないのだから、むしろ大いに間違ったタイトルだというべきかも知れない）。しかし、タイトル一つでも、ちょっと変えることによって、作品に新しい光が当たるのではないか。私たちは定訳のタイトルに知らず知らずのうちに縛られて、自由な読みができなくなっているのではないか。今回のタイトルは、そういった考えをこめてのささやかな試みである。

あとがき

ちょうど作家の生誕一五〇周年にあたる年に、この短篇集を出せることになった。チェーホフは好きな作家の一人で、二十代のころから折に触れて読んできたけれども、自分がその作品の新訳に取り組むことになるとは、正直なところ、つい最近まで思っていなかった。日本ではロシア文学の古典の多くは、高い水準の翻訳で読むことができる。チェーホフもその例外ではなく、神西清、池田健太郎、原卓也、松下裕などの諸先達の訳はいずれも優れたもので、まだ古びてはいない。さらに最近では、独創的なチェーホフ解釈者である浦雅春氏の新訳もある。私などの出る幕はないだろう。

ところがこの二、三年の間に、昨今のいわゆる「古典新訳」ブームの尻馬に乗るつもりはなかったのだが、心境の変化とそれを後押しする幸福な偶然が重なった。チェーホフをめぐって「日本のチェーホフ」とも呼ぶべき井上ひさし氏と対談する貴重な経験をし（『すばる』二〇〇八年二月号掲載）、栗山民也氏演出による『かもめ』の台本の新訳（『すばる』二〇〇八年七月号掲載）を手がける機会に恵まれただけでなく、新訳短篇の隔月連載のために集英社の文芸誌『すばる』の誌面を提供していただけることになったのである（二〇〇八年三月～二〇一〇年五月）。自分でも予期していなかったこのような流れの中で、私も自分なりのチェーホフ像を提示できたら、という思いを強くしていったのだった。

この新訳で目指したのは、精確さをとことん追求しながらも、「これがチェーホフだ！」と、作家の魅力がすぱっと現代の読者に通じるようなテキストを作ることだった。その際、すでに定訳となっている有名な作品タイトルの多くにもあえて変更を加えたが、それは決して奇を衒ってのことではなく、自分としては、作品を読み込んだ結果自然に出てきたものだとしか言いようがない。作品の選択についても特に新奇な基準を設けたわけではなく、すでによく知られている名作、文句なしに素晴らしいと思える傑作を中心にし、そこに個人的な好みを少々加えた。この拙訳を通じてチェーホフ短篇に新たに出会う読者が少しでもいたら、と願うばかりである。

今回自分が訳す立場になって一語一語原文を精読した結果、改めて痛感したのは、いまだに古びることのないチェーホフの現代性だった。チェーホフを敬愛した後進の作家ブーニンの回想によれば、晩年のチェーホフは、こんな予言をしていたという。「ぼくはやっぱりあと七年だけしか読まれないだろうな。でも生きられるのはもっと短くて、六年くらいのものだろう」。しかし、冷徹な観察家チェーホフにしても自分に関しては判断が鈍ったと言うべきか、この発言は二重の意味で間違っていた。第一に、チェーホフはその死後七年どころか、百年以上たった今でも、ロシアだけでなく世界中で（チェーホフ自身は自作の外国語訳に対して懐疑的であったにもかかわらず）読まれている。第二に、彼はこの発言をしたあと六年さえも生きることはできず、わずか一年あまりで亡くなってしまった。

チェーホフはトゥルゲーネフ、ドストエフスキー、トルストイといった長篇作家たちの後にやって来て、リアリズムの大きな物語が崩れていく時代の病を引き受けなければならない歴史的ポジションにいた。これは決して人に羨まれるような立場ではない。書くべきことはもうすべて書かれている。これから何をやったらいいのかわからない。そんな状況の中で、チェーホフは七分の死に至る絶望と三分のユートピア希求の夢を、あるいは七分の死刑執行人の非情さと三分の天使の優しさを携えて、現代へ通じる回路を探ったのだった。

本書ができるまでには、多くの方々にお世話になりました。特に『すばる』連載の際には川崎千恵子さん、単行本化にあたっては金関ふき子さんに並々ならぬご苦労をかけました。本書に多少なりとも見るべきところがあるとすれば、それは私のように手ごわい怠け者を相手にして怯むことのなかった、お二人の麗しくもりりしい女性たちのお手柄です。またこの機会に、はるか三十年以上前、学生時代の私に「せつない」原文講読の手ほどきをしてくださった故江川卓先生と、数年前道に迷いかけた私を「文学研究以外に大事なものはないんだ！」と言って叱責した故アレクサンドル・チュダコフ先生への学恩にも、この機会に改めて感謝させていただきたいと思います。一つだけかえすがえすも残念なのは、新訳に向けて私を励ましてくださった井上ひさしさんに、この本をもう読んでいただけないということです。

その他、ここにあえて名前を挙げませんが、いつも私の周りにいてくれた友人や学生の皆さんにもウィンクを送ります。

二〇一〇年八月十二日　モスクワ郊外が燃えている猛暑の夏に　東京で　訳者

初出誌　「すばる」

かわいい	2008年3月号
ジーノチカ	2009年1月号
いたずら	2008年11月号
中二階のある家	2009年3月号
おおきなかぶ	2010年5月号
ワーニカ	2007年8月号
牡蠣《かき》	2008年5月号
おでこの白い子犬	2009年8月号
役人の死	2010年5月号
せつない	2010年4月号
ねむい	2009年10月号
ロスチャイルドのバイオリン	2009年6月号
奥さんは小犬を連れて	2008年9月号

沼野充義 Mitsuyoshi Numano

1954年東京生まれ。文芸評論家、東京大学教授。専門はロシア・東欧文学。主な著書に『永遠の一駅手前――現代ロシア文学案内』『屋根の上のバイリンガル』『徹夜の塊――亡命文学論』（サントリー学芸賞）『徹夜の塊――ユートピア文学論』（読売文学賞）、主な訳書にヴィスワヴァ・シンボルスカ『終わりと始まり』スタニスワフ・レム『ソラリス』ウラジーミル・ナボコフ『賜物』など。

新訳《しんやく》　チェーホフ短篇集《たんぺんしゅう》

２０１０年９月３０日　第１刷発行

著　者　アントン・パーヴロヴィチ・チェーホフ
訳　者　沼野充義《ぬまのみつよし》
発行者　加藤　潤
発行所　株式会社　集英社
〒101-8050　東京都千代田区一ツ橋2-5-10
電話　03(3230)6094=編集部
03(3230)6393=販売部
03(3230)6080=読者係
印刷所　大日本印刷株式会社
製本所　ナショナル製本協同組合

 ISBN978-4-08-773470-6 C0097